Laura Lee Guhrke

Originaire de l'Idaho, elle a exercé plusieurs métiers, notamment dans le domaine de la publicité, avant de se consacrer à l'écriture. Auteur d'une quinzaine de livres, elle est devenue une figure essentielle de la romance historique. Son écriture fluide et rythmée, ses personnages bien campés et son talent pour restituer l'atmosphère victorienne ont été récompensés par le prestigieux RITA Award. Sa nouvelle série, *Abandonnées au pied de l'autel,* a été très remarquée par la critique.

Le scandale de l'année

Du même auteur
aux Éditions J'ai lu

Les trésors de Daphné
N° 7604

Sous chacun de tes baisers
N° 7891

Les noces de la passion
N° 8074

JEUNES FILLES EN FLEURS

1 – Et il l'embrassa…
N° 9404

2 – L'héritière
N° 9306

3 – Désirs secrets
N° 9285

4 – Séduction
N° 9622

ABANDONNÉES AU PIED DE L'AUTEL

1 – Le mariage de la saison
N° 10140

En semi-poche

Jeunes filles en fleurs, intégrale

LAURA LEE

GUHRKE

ABANDONNÉES AU PIED DE L'AUTEL – 2

Le scandale de l'année

Traduit de l'anglais (États-Unis)
par Cécile Desthuilliers

AVENTURES
& PASSIONS

Vous souhaitez être informé en avant-première
de nos programmes, nos coups de cœur ou encore
de l'actualité de notre site *J'ai lu pour elle* ?

Abonnez-vous à notre *Newsletter* en vous connectant
sur **www.jailu.com**

Retrouvez-nous également sur Facebook
pour avoir des informations exclusives :
www.facebook/pages/aventures-et-passions
et sur le profil *J'ai lu pour elle*.

Titre original
SCANDAL OF THE YEAR

Éditeur original
Avon Books, an imprint of HarperCollins Publishers, New York

Aux talentueuses auteurs et collègues
qui m'ont tant aidée durant l'écriture de ce livre :
Elizabeth Boyle, Gayle Callen et Kathryn Smith.
Je ne saurais vous dire combien votre amitié,
votre soutien et votre enthousiasme comptent pour moi.
Merci.

Invictus

Dans la nuit qui m'environne,
Dans les ténèbres qui m'enserrent,
Je loue les Dieux qui me donnent
Une âme, à la fois noble et fière.

Prisonnier de ma situation,
Je ne veux pas me rebeller.
Meurtri par les tribulations,
Je suis debout bien que blessé.

En ce lieu d'opprobres et de pleurs,
Je ne vois qu'horreur et ombres
Les années s'annoncent sombres
Mais je ne connaîtrai pas la peur.

Aussi étroit soit le chemin,
Bien qu'on m'accuse et qu'on me blâme
Je suis le maître de mon destin,
Le capitaine de mon âme.

WILLIAM ERNEST HENLEY, 1875

Prologue

Dans les colonnes du journal mondain *Talk of the Town*, édition du vendredi 9 octobre 1903 :

LE DIVORCE YARDLEY
AU TRIBUNAL AUJOURD'HUI !

La baronne va-t-elle admettre publiquement avoir commis l'adultère... ou va-t-elle mentir pour éviter d'aggraver son cas ?

La salle du tribunal londonien était pleine à craquer. Tandis qu'elle remontait l'allée centrale en direction du président de la cour, Julia sentait littéralement le poids des regards curieux dans son dos.

Une meute de reporters notaient fébrilement les détails scabreux qui pimenteraient les articles des éditions du soir.

Yardley était là, bien entendu. Bras croisés, mine hautaine, aussi glacial que d'ordinaire. Julia ne se donna pas la peine de le saluer. Et le regarda à peine lorsqu'elle passa à sa hauteur.

Elle savait qu'une partie de sa famille était venue, ainsi que certains de ses amis, mais elle ne chercha pas leurs visages dans la foule. Elle ne le pouvait pas. Pas maintenant. Pas tant que cette mascarade ne serait pas finie.

En dépit du regard sévère que dardait sur elle sir Birrell, elle n'éprouvait pas le moindre remords pour ce qu'elle avait fait, ni pour ce qu'elle s'apprêtait à déclarer. Quand il lui demanda si les accusations de son mari étaient exactes, elle prit une profonde inspiration pour rassembler son courage et redressa fièrement le menton. Puis, surmontant la terreur qui ne l'avait pas quittée durant les douze interminables années d'un mariage odieux, elle tourna la tête pour regarder Yardley droit dans les yeux.

— Oui, répondit-elle.

Sa voix résonna tel un appel à la liberté, vibrant d'une telle force de conviction que Julia faillit croire à son propre mensonge.

— L'après-midi du 21 août 1903, j'ai eu des relations intimes avec Aidan Carr, duc de Trathen.

Un tonnerre d'exclamations retentit derrière elle. Sir Birrell dut utiliser son marteau pour exiger le silence. Une fois le calme revenu, il déclara la demande de sir Yardley accordée. Le divorce était prononcé immédiatement et serait définitif au terme d'une durée de six mois.

Julia en éprouva un tel soulagement que, l'espace d'un instant, elle crut que ses jambes allaient se dérober sous elle. Puis l'angoisse et le désespoir qui l'accompagnaient depuis le jour de son mariage commencèrent à se dissiper. Elle qui s'était présentée en esclave devant ses juges les quittait désormais en femme libre.

C'est à ce moment-là qu'elle aperçut Aidan, près des portes, tout au fond de la salle. Elle ne s'était pas attendue à le voir. Ayant été nommément désigné comme étant son amant, il avait déjà signé une déclaration écrite et juré sur l'honneur de sa véracité peu de temps auparavant, devant ce même tribunal. Il n'avait donc aucune raison de s'attarder ici. À vrai dire, sa présence risquait juste d'exciter davantage la curiosité malsaine des journalistes mondains.

Tandis qu'elle l'observait, elle se souvint de leur première rencontre, au bord d'un petit ruisseau dans un bois du Dorset, douze ans auparavant. Même si cela lui semblait remonter à une éternité, il n'avait pas tellement changé. À vingt-neuf ans, il possédait toujours le beau visage à la fois sérieux et juvénile de ses dix-sept printemps.

Leurs regards se croisèrent, mais l'expression d'Aidan demeura indéchiffrable. Il ne détourna pas les yeux, ne cilla pas. Il l'observait avec intensité, mais sans méfiance apparente.

Comme elle approchait de lui, il releva le menton, et les vers de l'*Invictus* de Henley lui revinrent en mémoire.

Qu'il était douloureux de le revoir après tout ce qui s'était passé ! Il avait été publiquement humilié, et sa réputation traînée dans la boue. Certes, les dommages n'étaient pas irréparables, mais là n'était pas la question. Julia en était consciente, elle avait abîmé plus que son image. Elle avait compromis son honneur et entaché son estime de lui-même.

Pour la première fois, elle en éprouva une sourde culpabilité. Il lui sembla soudain qu'un poids lui oppressait la poitrine et que son âme était ternie. Et cependant, elle était incapable de ressentir le moindre regret.

Alors qu'elle passait près de lui, il pinça les lèvres. Il ne dit pas un mot, ne tourna pas la tête pour la suivre des yeux. En le voyant ainsi, droit comme un chêne, le regard fixe, Julia fit une découverte. Oui, elle était enfin libre… mais elle n'était pas la seule à en payer le prix.

1

Londres, mai 1904

Le duc de Trathen devait trouver une épouse. Hélas ! Dans sa quête de la candidate idéale, Sa Grâce venait d'essuyer une cuisante série de défaites.

On aurait pu penser que pour un homme de son rang, dénicher une fiancée n'était qu'une simple formalité. Les ducs étant des spécimens rares, très recherchés sur le marché du mariage, il n'aurait dû avoir que l'embarras du choix. En outre, un duc ne s'encombrait pas de considérations aussi futiles que l'amour ou la passion. Dans l'aristocratie, le mariage était une question d'alliances entre lignées, et Aidan Thomas Carr était à même de nommer tous ses ancêtres jusqu'à l'époque de la reine Elizabeth.

Onzième duc de Trathen, il détenait une demi-douzaine d'autres titres de moindre importance. Il était également à la tête de l'une des plus grosses fortunes d'Angleterre, à la fois en terres et en placements financiers. Il était doué en affaires, se passionnait pour la politique et, ce qui ne gâchait rien, était considéré comme un fort bel homme.

Malgré un tel palmarès, Sa Grâce ne parvenait pas à trouver la femme de sa vie. Après avoir été abandonné quasiment au pied de l'autel, non pas une mais deux fois, il éprouvait les plus vives réticences à la perspective d'une troisième tentative. Pourtant, son devoir envers ses ancêtres lui commandait de fonder une famille, de produire des héritiers et de transmettre l'héritage à la génération suivante. Et Aidan n'était pas homme à négliger ses obligations.

Quand arriva l'invitation au grand bal de charité du marquis de Kayne, le 1er mai – événement mondain le plus couru de la saison –, il y répondit donc favorablement. Il n'appréciait pas particulièrement la danse, détestait ces soirées où l'on se marchait sur les pieds et, après les rumeurs dont il avait fait l'objet ces derniers temps, aurait préféré passer le printemps là où il s'était retiré pour l'hiver, à savoir, sa résidence préférée des Cornouailles. Malheureusement, il ne pouvait s'offrir ce luxe. Le temps passait, Aidan entrait dans sa trentième année, et un bal de charité était l'occasion idéale pour rencontrer une fiancée convenable.

Lorsqu'il s'était mis en quête de sa future duchesse, trois ans auparavant, il n'imaginait pas que ce serait un tel parcours du combattant ! À l'époque, peu de temps après avoir décidé que vingt-sept ans était le bon âge pour convoler en justes noces, il avait été présenté à lady Beatrix Danbury. Non seulement elle était très jolie, avec ses boucles blondes et ses grands yeux sombres, mais elle était aussi charmante qu'intelligente. Fille d'un comte, elle avait été préparée depuis son plus jeune âge à assumer les devoirs de l'épouse d'un homme de haut rang. Aidan avait cru leur intérêt mutuel et leur affection réciproque. Certes, ils n'étaient pas follement épris l'un de l'autre, mais Aidan n'avait jamais été gouverné par la passion, et Beatrix semblait partager ce point de vue. À la Noël de cette même année, ils étaient fiancés.

Et deux mois avant la date fixée pour le mariage, Beatrix l'avait abandonné pour son amour d'enfance, le duc de Sunderland...

Aidan en avait souffert, mais il s'en était remis. Après avoir passé six mois dans les Cornouailles, il s'était de nouveau mis à la recherche de l'épouse parfaite. À la fin de la saison, il avait jeté son dévolu sur lady Rosalind Drummond, fille aînée d'un marquis écossais.

C'est alors qu'était survenu cet épisode aussi désastreux qu'incompréhensible avec lady Yardley. Au moment où la presse mondaine révélait son aventure d'une après-midi, Aidan était déjà en route pour l'Écosse afin de s'expliquer devant sa fiancée. Mais il n'avait rien trouvé à dire pour sa défense, pas même le début d'une explication.

Il n'aimait même pas lady Yardley ! Par quel mystère s'était-il retrouvé nu dans un lit avec elle tandis que son mari, fou de rage, faisait irruption dans la chambre ? Ce n'était toujours pas clair dans son esprit. Tout ce dont il se souvenait, c'était d'un pique-nique où le champagne avait coulé à flots... et de son ridicule entêtement à se prouver qu'il était capable de résister aux charmes de la vénéneuse lady Yardley. Mis à part quelques scènes d'un érotisme brûlant, il ne lui restait pas la moindre image de cette folle après-midi qui lui avait valu une telle infamie. Et à ce jour, il ne comprenait toujours pas de quelle façon cette femme l'avait incité à se conduire de manière aussi scandaleuse.

Quoi qu'il en soit, il avait dû en assumer les conséquences, autrement dit la rupture de ses fiançailles. Au terme d'un deuxième hiver dans les Cornouailles, il était de retour à Londres, une fois de plus en quête de la fiancée idéale.

Après avoir été éconduit à deux reprises et publiquement humilié, Aidan avait bien du mal à montrer un minimum d'enthousiasme pour ce projet, mais chaque fois qu'il songeait à son unique héritier, un cousin avide et fainéant, il se disait qu'il ne pouvait prolonger plus longtemps son célibat. Pour assurer l'avenir de l'empire qu'il avait bâti, il avait besoin d'une duchesse dans son lit et de solides héritiers dans sa *nursery*.

Voilà pourquoi il était ici, se rappela-t-il. Chassant de ses pensées ses échecs sentimentaux, il s'efforça de concentrer son attention sur l'immense salle de bal. D'un geste machinal, il prit une coupe sur le plateau que faisait circuler un valet, avant de pousser un soupir contrarié en s'apercevant qu'elle contenait du champagne.

Aidan savait depuis longtemps qu'il devait se méfier de l'alcool. Il ne s'accordait jamais plus d'un verre de vin lorsqu'il était en société. Le fait qu'il ait brisé cette règle en compagnie de lady Yardley, l'été dernier, n'était que l'un des nombreux mystères qui entouraient cet épisode. Aidan fixa la coupe d'un œil méfiant, la reposa sur le plateau, puis se mit à étudier les jeunes femmes présentes.

La plupart étaient déjà sur la piste, virevoltant comme autant de papillons aux nuances irisées. Il avisa l'une d'entre elles qui ne dansait pas. Lady Frances Mowbray se tenait au milieu d'un groupe d'amies, non loin de lui. Avant de rencontrer Beatrix, Aidan avait envisagé de courtiser lady Frances, mais le penchant de son père pour les paris et son incapacité à les assumer financièrement l'en avait découragé. Aidan n'avait aucune envie de rembourser *ad vitam aeternam* les dettes de son beau-père.

Son regard dériva vers l'une de ses compagnes. Minnie Goulet, de nationalité américaine, était une véritable beauté. Si elle n'était pas issue du clan Knickerbocker, ces pionniers hollandais qui avaient fondé New York, elle provenait toutefois d'une famille très fortunée. Cela dit, Aidan n'avait pas besoin d'épouser une héritière. En outre, son patriotisme lui faisait préférer une Anglaise. Il passa à la suivante.

Mlle Patricia Hopworth ? Pas aussi jolie que sa voisine, mais pas un laideron non plus… Son ascendance était irréprochable et, d'après ce qu'il avait cru comprendre, elle était dotée d'un aimable caractère.

— Bonté divine, mais c'est Trathen ! s'exclama une voix féminine, l'arrachant à ses pensées. Que faites-vous donc ici tout seul ? Si vous honorez de votre présence le premier bal de la saison, ce n'est pas pour bouder dans votre coin, je suppose ?

Aidan pivota sur ses talons, et reconnut lady Vale.

— Comtesse, la salua-t-il.

Il s'inclina brièvement, puis rectifia :

— Je ne boude pas, j'observe.

— Je vois.

S'absorbant dans un silence pensif, elle suivit du regard les couples qui évoluaient sur la piste. Ce n'est qu'à la fin de la valse qu'elle s'exclama, comme si elle venait de faire une découverte :

— Ah ! Felicia était bel et bien en train de danser. Je la croyais partie chercher un rafraîchissement.

Lady Vale marqua une pause avant d'ajouter dans un petit rire :

— Mais peut-être ne connaissez-vous pas ma fille cadette ?

Comme il secouait la tête, elle indiqua de son éventail une jeune fille en robe rose.

— C'est elle, là-bas, près du grand vase de lilas.

Elle était plutôt jolie, nota Aidan, avec ses cheveux blonds, son teint clair et ses grands yeux noirs, mais elle lui évoquait une poupée de porcelaine. Peut-être était-ce dû à son regard vide, ou à son visage inexpressif… D'un autre côté, cela ne coûtait rien de lui être présenté, d'autant que sa propre mère semblait ne demander que cela.

Aidan se tourna vers lady Vale, mais avant qu'il ait eu le temps d'ouvrir la bouche, son attention fut attirée par une silhouette qu'il reconnut d'emblée.

Bon sang ! se dit-il, irrité. Que faisait cette femme ici ?

C'était ainsi qu'il désignait lady Yardley. *Cette femme.* Bien que divorcée, elle était autorisée à garder le titre et le nom de son ex-époux ; son prénom était Julia, et certains de ses amis l'appelaient Julie, mais pour Aidan, elle était *cette femme.*

Ou, s'il était dans des dispositions d'esprit moins charitables, elle était *ce Iago en jupons*.

Elle portait une robe d'un rouge flamboyant qui mettait en valeur sa beauté vénéneuse – une robe couleur de feu pour une créature infernale… Avec son profond décolleté, et son étoffe soyeuse aux moirures sensuelles, cette dernière révélait ses courbes de la façon la plus impudique qui soit. La parcourant malgré lui d'un regard curieux, il remarqua qu'elle avait davantage de formes qu'autrefois. Sa gorge était plus ronde, ses hanches plus généreuses… Aidan réprima un mouvement agacé. Même s'il avait oublié bien des détails de cette maudite après-midi d'août, l'image de son corps nu restait comme gravée au fer rouge dans sa mémoire.

Ayant sans doute surpris son moment d'inattention, lady Vale suivit son regard. Pourtant, alors même qu'il savait qu'elle l'observait avec curiosité, Aidan ne pouvait détacher les yeux de la femme qui venait de faire son entrée.

D'autres images de lady Yardley s'imposèrent à son esprit, plus affolantes les unes que les autres. Lui, en train de déboutonner sa robe blanche pour la faire glisser sur ses épaules… Ses seins menus et fiers dans ses paumes… Son corps nu sur le sien…

Tout à coup, il lui sembla que la température de la pièce avait augmenté de plusieurs degrés. L'air lui manquait. Prenant une profonde inspiration, il glissa l'index dans son col. Il devait à tout prix quitter cet endroit avant qu'*elle* remarque sa présence. Hélas ! Il était incapable du moindre mouvement.

Comme hypnotisé, il continua de la regarder. Son visage d'elfe était le même, mais ses traits semblaient moins tirés. Elle était trop loin pour qu'il voie ses yeux, mais il savait que ses iris étaient de la même nuance lavande que les branches de lilas qui décoraient la salle. En revanche, les ombres violettes qui les cernaient l'été dernier avaient disparu.

Ses cheveux étaient remontés en un chignon souple révélant son cou aux lignes pures, mais Aidan ne voyait que ses longues boucles brunes retombant en cascade sur ses épaules pâles et sur des oreillers de soie... ce qui ne fit rien pour apaiser l'incendie qui s'était allumé dans ses veines.

Son regard fut attiré par les diamants qui scintillaient à son cou. L'avait-il embrassée *là* ? ne put-il s'empêcher de se demander, les yeux aimantés par les rondeurs laiteuses de sa gorge. L'onde brûlante qui le submergea aussitôt répondit sans la moindre ambiguïté à sa question.

Encore maintenant, songea-t-il, fou de rage et de frustration, même à dix mètres d'elle et plus de six mois après cette funeste après-midi, il pouvait sentir sur ses lèvres la douceur satinée de sa peau.

Les derniers accords de la valse retentirent. Aidan revint au présent... et prit conscience du silence qui était tombé sur la salle de bal. Puis il entendit le brouhaha qui s'élevait autour de lui, un concert de murmures discrets mais insistants. Il n'avait guère de mal à deviner ce qui se chuchotait. Le divorce Yardley était définitif depuis quelques semaines. La présence de lady Yardley et de lord Trathen était-elle une coïncidence ? Avaient-ils l'intention de poursuivre leur liaison ?

Lady Vale marmonna un au revoir glacial et s'éclipsa. Manifestement, elle avait tiré les conclusions qui s'imposaient en le voyant dévorer lady Yardley du regard. Et elle n'était pas la seule, à en juger par les coups d'œil curieux qui passaient alternativement de lui à la scandaleuse divorcée !

« Sauve-toi, murmura une petite voix en lui. Sauve-toi, avant qu'on associe ton nom à celui de cette femme. » Hélas, sa volonté ne semblait plus lui appartenir ! Tel un papillon de nuit attiré par la flamme meurtrière, il tourna de nouveau les yeux vers la femme en robe écarlate qui se tenait sur le seuil. Même s'il l'avait voulu, il était à présent trop tard pour s'esquiver. Elle l'avait vu.

Elle le salua d'un bref hochement de tête et attendit, un léger sourire flottant sur ses lèvres fardées. Aidan réfléchit. Il était encore temps de mettre un terme définitif aux rumeurs. Il lui suffisait de l'ignorer publiquement. En lui tournant le dos sans même répondre à son salut, il montrerait sans équivoque qu'ils n'étaient pas amants.

Oui, c'était la voie de la sagesse. Il le savait. Et cependant, il n'en fit rien. Ce n'était pas en se montrant grossier aujourd'hui qu'il rachèterait ses crimes d'hier. Si elle avait été traînée devant les tribunaux et contrainte au divorce, il en partageait la faute avec elle.

Il la salua aussi froidement que le permettaient les bonnes manières et se détourna d'elle, s'efforçant de chasser les images brûlantes que sa mémoire lui rappelait avec insistance. Puis, la tête haute, il se dirigea vers les portes-fenêtres ouvertes sur la terrasse. Une fois dehors, il alla s'accouder à la rambarde de marbre et inspira longuement l'air frais, le regard perdu dans la nuit. Peu à peu, le calme lui revint. Lorsque cette femme était dans les parages, tout pouvait arriver, songea Aidan en se félicitant de ne pas avoir touché au champagne.

Julia poussa un soupir en voyant Aidan Carr quitter la salle de bal parmi les murmures intrigués et les regards curieux. « Il n'a pas changé », se dit-elle avec une pointe d'agacement. Toujours aussi raide et fier.

Toujours attiré par les femmes qui ne lui convenaient pas. Et toujours bien trop séduisant... Pourquoi diable ne l'avait-il pas ignorée publiquement ? Elle savait ce qu'il était venu chercher en assistant à ce bal. Ce n'était pas en la saluant ouvertement qu'il allait trouver une fiancée !

Une bouffée de remords l'assaillit, comme la dernière fois qu'elle l'avait croisé. Julia n'était pas habituée à ressentir ce genre d'émotions. En vérité, elle détestait cela ! Soudain, elle regretta de ne pas être restée en France pour la saison.

Elle frissonna, comme pour chasser cette désagréable sensation. Il fallait parfois affronter les conséquences de ses actes, songea-t-elle, fataliste. En outre, elle avait payé son divorce avec Yardley au prix fort. Elle ne s'était pas donné tout ce mal pour fuir ensuite toute vie sociale ! Elle avait passé assez de temps dans sa vie à se terrer. Contrairement à Aidan Carr, elle se fichait éperdument d'être l'objet des rumeurs et des regards curieux. Elle se moquait de sa réputation. Elle se souciait comme d'une guigne de ce que pensait la bonne société. Aidan Carr, lui, ne pensait qu'à cela. Sur ce point, un gouffre les séparait.

— Julia !

La voix de la marquise de Kayne l'arracha à ses réflexions moroses. Julia tourna les yeux vers la jolie femme blonde en robe de soie saphir qui se dirigeait vers elle, mains tendues. Jetant un regard alentour, elle recula imperceptiblement.

— Êtes-vous certaine de devoir m'accueillir avec un tel enthousiasme, Maria ? murmura-t-elle. Je ne voudrais pas que ma désastreuse réputation déteigne sur vous.

Son amie balaya ses inquiétudes d'un éclat de rire et, la prenant par les épaules, déposa un baiser sonore sur chacune de ses joues.

— Au contraire, chuchota-t-elle. Il est vital que je vous manifeste mon soutien en public, si nous voulons redorer votre blason !

— J'apprécie vos efforts, ma belle, mais c'est une cause perdue. Autant essayer de rebâtir les murailles de Jéricho !

Elle pressa toutefois les mains de son amie avec chaleur, avant de la libérer pour saisir une coupe de champagne sur le plateau que faisait circuler un valet.

— Si l'on peut sauver la réputation de lady Shrewsbury, répliqua Maria, votre cas n'est pas aussi désespéré que vous le croyez. Vous avez des amis très influents, ne l'oubliez pas. Si seulement j'avais su plus tôt que vous étiez à Londres ! Où séjournez-vous ? Chez Danbury ?

Paul Danbury était le cousin de Julia. Celle-ci acquiesça d'un hochement de tête.

— Tante Eugenia était folle d'inquiétude à la perspective d'accueillir le mouton noir de la famille – une *divorcée* ! –, mais ce cher Paul a eu le dernier mot, et je suis la bienvenue à Berkeley Square.

— Parfait. Pourquoi ne m'avez-vous pas avertie que vous assistiez à mon bal ?

À ces mots, Julia fut saisie d'une vive inquiétude.

— Yardley n'est pas ici, n'est-ce pas ? demanda-t-elle en jetant autour d'elle des regards alarmés.

— Dieu du ciel, non ! Vous ne croyez tout de même pas que j'inviterais cet homme chez moi ? Jamais ! Même pour la bonne cause.

Les deux jeunes femmes s'esclaffèrent, puis Maria se rembrunit.

— On m'a dit qu'il n'était pas en ville, mais il pourrait arriver après la Pentecôte, comme un certain nombre de gens.

— C'est peu probable, la rassura Julia. Vous l'avez sans doute remarqué, ce n'est pas un homme très sociable. En outre, d'après mes informations, il est parti en

Afrique. Pour un safari, si j'ai bien compris. Enfin, peu importe. Je suis désolée de ne pas vous avoir annoncé ma venue.

Elle lui adressa un petit sourire complice.

— Je sais que c'est une terrible faute de goût de venir sans s'être annoncé, mais je ne voulais pas que mon nom apparaisse sur la liste des invités. Les bonnes œuvres ont besoin de tous les fonds possibles, et si l'on avait su que je serais présente, la moitié de la bonne société de Londres se serait fait porter pâle.

— Ne dites pas n'importe quoi ! s'écria Maria en glissant son bras sous le sien pour l'entraîner à sa suite. Je vous l'ai dit, vos amis font leur possible pour que vous retrouviez votre place dans le monde. Si vous m'aviez envoyé un mot pour me prévenir de votre arrivée, j'aurais pu vous rassurer sur ce point. Notre position officielle est que Yardley et vous aviez un accord explicite. Vous saviez parfaitement à quoi vous en tenir sur votre relation, mais il a brisé votre contrat en surgissant à l'imprévu dans votre cottage au mauvais moment.

Julia ne put réprimer un rire.

— Donc, sa faute serait d'avoir attiré le scandale sur notre couple en feignant de découvrir que j'avais un amant avant de pousser les hauts cris et de se lamenter en public ? Quelle sinistre farce ! Les couples ont le droit d'être infidèles tant qu'ils restent discrets, c'est cela ?

— Je sais, cela semble absurde, mais c'est la seule façon de rattraper la situation. Yardley n'a pas que des amis, croyez-moi. Certains d'entre eux n'hésitent pas à le condamner. Évidemment, vous attireriez davantage de compassion si vous...

Elle n'acheva pas sa phrase, mais Julia avait compris.

— Si j'avais donné un ou deux fils à mon époux avant de prendre un amant ?

Julia serra les doigts autour de son verre, mais parvint à conserver un ton insouciant.

— Je n'aurais jamais pu, ma chérie. Plutôt me jeter d'une falaise.

— Oh, Julia ! s'écria Maria. Ne dites pas des choses pareilles. Vous ne le pensez pas !

Julia était au contraire tout à fait sincère, mais elle se garda de le dire. Son ancienne vie n'était pas un sujet qu'elle avait envie d'évoquer, surtout lors d'un bal.

— Maria, ne prenez pas cet air choqué ! dit-elle en se forçant à rire. Tout cela est terminé. Je suis débarrassée de cette brute, et peu m'importe de ne plus être reçue à la Cour ni accueillie dans les cercles les plus fermés au motif que je suis divorcée. De toute façon, j'ai toujours préféré la bohème à l'aristocratie.

Puis, un peu coupable, elle précisa :

— Quand bien même j'aurais préféré épargner cette situation délicate à ma famille.

— Nous faisons notre possible pour que les choses s'arrangent au plus vite, lui assura Maria. Si Danbury vous soutient publiquement en vous accueillant chez lui, tout est pour le mieux.

— Oh, ne vous bercez pas d'illusions quant à ses motivations ! répliqua Julia d'un ton qu'elle espérait léger. Si Paul m'a reçue à bras ouverts, c'est uniquement parce qu'il manquait désespérément d'un interlocuteur digne de ce nom. Son épouse est partie aux États-Unis, son jeune frère Geoffrey étudie à Oxford, et notre cousine Beatrix s'est enfuie en Égypte. Il se retrouve seul avec sa mère, et n'importe qui deviendrait fou après trois jours en compagnie de la tante Eugenia.

— Nous savons toutes les deux que ce n'est pas là sa raison, riposta Maria en souriant. Mais rassurez-vous, ce triste épisode ne devrait pas ternir longtemps l'image de votre famille. Vous allez bientôt recevoir de nouveau des invitations, et de plus en plus à mesure que le temps passera. J'y veille.

Julia était profondément touchée de tant de sollicitude. Elle était tout à fait consciente des risques que prenait son amie en lui venant ainsi en aide.

— Ma chère Maria, je m'en veux de vous placer dans une telle situation. Vous avez consacré dix ans de votre vie à vous imposer dans cette société. Si je devais gâcher tous vos efforts...

— Vous ne gâcherez rien du tout, l'interrompit Maria. Même si je ne suis qu'une fille de cuisinier et que j'ai autrefois possédé une boutique et vécu du commerce, ma mère est issue de la *gentry*. J'ai tout de même un peu de sang noble dans les veines. Certains ne m'accepteront jamais, bien sûr, mais j'ai donné quatre superbes fils à mon mari, qui est lui-même riche et influent. Ma position dans le monde est aussi stable que possible. Kayne me soutient sans condition, et je suis heureuse de pouvoir vous apporter mon aide.

— J'ai bien peur d'en avoir besoin, avoua Julia. Ma famille semble être le sujet préféré de la presse à scandale, depuis quelques années. Paul est une cible facile, avec sa femme qui met un temps fou à revenir des États-Unis. Et la rupture de Beatrix avec Trathen, puis sa fuite en Égypte avec Sunderland n'ont rien arrangé.

Elle marqua une pause et, remarquant les regards curieux dont elles faisaient l'objet, reprit un ton plus bas :

— Cela dit, c'est moi qui remporte le pompon, vous ne trouvez pas ? Je crains d'avoir créé le scandale de l'année, si ce n'est de la décennie.

Maria la couva d'un regard affectueux.

— J'aimerais pouvoir en faire davantage pour vous.

— Vous en faites déjà beaucoup. Et ne soyez pas désolée pour moi. En ce qui me concerne, tout ce battage m'indiffère. Cela dit, je vous remercie pour ma famille.

Elle décocha un sourire complice à son amie avant d'ajouter :

— Je suppose que vous ne pourriez pas accomplir un miracle supplémentaire et trouver une épouse pour Trathen, n'est-ce pas ? Une femme qui le rendrait vraiment heureux ?

— En tout cas, ce ne sera pas lady Rosalind. Elle s'est fiancée à lord Creighton.

Julia en fut soulagée. Derrière son regard de biche, Rosalind Drummond cachait une âme de mercenaire. Que la malheureuse ait dû se contenter d'un riche marquis à la place d'un richissime duc n'éveillait pas en Julia la moindre compassion. Pour Aidan, en revanche, c'était une tout autre affaire.

Elle haussa les épaules, s'efforçant de chasser un désagréable sentiment de culpabilité. Ce qui était fait était fait. Elle ne pouvait pas revenir en arrière, et même si elle l'avait pu, elle aurait agi de la même façon.

Et pourtant, comme chaque fois qu'elle songeait au regard d'Aidan, terni par la honte et les remords, sa liberté toute neuve avait soudain un goût amer.

2

Ce n'est qu'après une bonne demi-heure de marche dans les jardins de Park Lane, derrière la résidence de lord Kayne, qu'Aidan retrouva assez de sang-froid pour retourner au bal.

Conscient que la présence de lady Yardley était aussi dangereuse pour sa sérénité que pour sa réputation, il était fermement résolu à se tenir à l'écart de cette femme jusqu'à la fin de la soirée.

Hélas ! À peine s'était-il dirigé vers l'escalier que sa résolution fondit comme neige au soleil. Elle était là, assise sur les marches du grand escalier menant à la terrasse, sa silhouette se découpant contre les portes-fenêtres illuminées de la salle de bal. De minces volutes de fumée tournoyaient autour d'elle et sa robe laissait voir ses chevilles.

Aussitôt, des images de leur après-midi de passion lui revinrent à l'esprit ; il s'empressa de les chasser.

— Lady Yardley, fit-il en s'approchant de l'escalier, je constate que vous fumez toujours.

Elle lui adressa un petit sourire.

— Si cela peut me faire remonter dans votre estime, j'essaie d'arrêter.

Comme il se contentait de la regarder, le visage impénétrable, elle esquissa une moue désabusée.

— Apparemment, cela ne vous impressionne pas.

— Bonne soirée, dit-il.

Il lui adressa un bref salut de la tête et s'apprêtait à gravir les marches lorsqu'elle lança :

— Je vous attendais. Je voulais vous remercier.

Aidan fit halte, intrigué.

— Me remercier de quoi ? demanda-t-il, avant de s'aviser qu'il commettait une erreur en lui parlant.

De sa main libre, elle s'empara de la coupe de champagne posée sur la marche près d'elle. Puis, s'adossant à la balustrade de marbre, elle se tourna vers Aidan et leva son verre comme pour porter un toast.

— De ne pas avoir refusé de me saluer tout à l'heure, quand je suis arrivée. Vous auriez pu être tenté de le faire, comme la dernière fois que nous nous sommes croisés.

Aidan tressaillit.

— Contrairement à ce que pourrait vous laisser supposer mon comportement par le passé, je demeure un *gentleman*.

Pourtant, son regard était descendu vers son décolleté, comme aimanté par les globes fermes de ses seins. Un *gentleman*, sauf lorsque lady Yardley était dans les parages, admit-il, mortifié.

— Du moins, je m'y efforce, marmonna-t-il en s'obligeant à la regarder dans les yeux.

Elle était en train de l'observer d'un air pensif qu'il ne sut pas déchiffrer.

— Nul besoin de faire des efforts. Même si vous le vouliez, vous ne pourriez pas vous empêcher d'être un *gentleman*.

Aidan éclata d'un rire sans joie.

— Venant de vous, voilà qui ne manque pas de sel. La dernière fois que nous avons passé du temps ensemble, on ne peut pas dire que j'aie brillé par ma bonne éducation.

Elle tira sur sa cigarette avant de renverser la tête en arrière pour exhaler un nuage de fumée bleutée.

— Et depuis, vous vous accablez de reproches, je parie.

— Oh, rassurez-vous ! s'exclama-t-il avec une pointe d'amertume. J'en ai autant à votre service.

— C'est bien normal. Pourtant, mon petit doigt me dit que c'est envers vous-même que vous êtes le plus sévère.

— Comment pourrait-il en être autrement ? J'ai tout de même compromis une dame.

Elle sourit, révélant des dents d'une blancheur de nacre.

— Vous êtes bien le seul à croire que séduire une femme consentante et expérimentée pourrait la compromettre. En outre, le seul fait que vous parliez encore de moi comme d'une dame prouve que j'ai raison. Pourquoi vous obstinez-vous ainsi à jouer les nobles chevaliers ?

Elle se tut quelques instants, avant d'ajouter d'une voix plus douce :

— Cela vous rend vulnérable.

— Vulnérable ? répéta Aidan, intrigué.

— Aux femmes qui ne sont pas pour vous.

Il se raidit, vexé.

— Si vous faites allusion à vous-même, lady Yardley, et à ce regrettable incident de l'été dernier, je puis vous assurer que...

— Je ne parlais pas de moi, l'interrompit-elle, mais de Rosalind Drummond. Et de Felicia Vale. Je vous ai vu la regarder, quand je suis arrivée. Vous perdez votre temps. Elle est aussi spirituelle qu'un fer à friser.

Cela confirmait les soupçons d'Aidan, mais, étrangement, il se sentit obligé de contester ce point.

— C'est absurde. Lady Felicia est tout à fait intelligente.

— Hum... Alors vous ne l'avez pas rencontrée. Elle parle comme une souris.

Puis elle poursuivit en adoptant un timbre aigu qui lui vrilla les tympans :

— Avec une toute petite voix haut perchée.

Elle but une gorgée de champagne avant d'ajouter d'un ton normal :

— Elle vous donnerait des envies de meurtre en moins d'une demi-heure.

Aidan ne put s'empêcher de voler au secours de la malheureuse si cruellement raillée.

— Une voix aiguë n'est pas un signe de stupidité.

— Lady Felicia ferait une épouvantable duchesse, poursuivit Julia comme si elle ne l'avait pas entendu. Surtout pour un homme aussi cultivé que vous, passionné d'histoire, de sciences et de politique.

— Je me suis retiré de la vie parlementaire, rétorqua Aidan un peu sèchement. Mes collègues m'ont suggéré de ne plus siéger à la chambre, dans l'intérêt du parti. Les scandales et les tories[1] ne font pas bon ménage.

— Je suis désolée. Je...

Elle hésita, avala une autre gorgée de champagne, puis :

— Je l'ignorais.

Aidan détourna les yeux.

— Peu importe, mentit-il.

— Quoi qu'il en soit, avec lady Felicia, vous ne pourriez jamais discuter politique. Elle ne distingue pas un travailliste d'un tory.

— Tout de même ! Son père siège à la Chambre. Elle doit bien avoir une idée de...

Il s'interrompit, furieux contre lui-même ; il était en train de se quereller avec une femme qui ne lui était rien au sujet d'une fille qu'il ne connaissait même pas. Il prit une profonde inspiration pour se calmer.

---

1. Tory (plur. tories) : membres du parti conservateur anglais. *(N.d.T.)*

— Veuillez me pardonner, reprit-il tout en se composant un masque indifférent, mais quel est le but de vos remarques peu charitables sur l'intelligence de lady Felicia ?

— Il me semblait que c'était évident. Vous êtes de nouveau en chasse.

— Et en admettant que ce soit le cas, en quoi cela vous concerne-t-il ?

— En rien. Quoique... Vous auriez intérêt à revoir votre stratégie. Assister à ce genre de sauterie présente plus d'inconvénients que d'avantages.

— J'ai rencontré votre cousine Beatrix dans un bal, lui rappela Aidan.

— À Saint-Ives, précisa lady Yardley. Londres en pleine saison, ce n'est pas exactement la même chose, comme vous l'aurez sans doute remarqué. Avant la fin de la semaine, vous croulerez sous les invitations, la plupart provenant de mères de filles à marier qui espèrent mettre le grappin sur un duc.

— Depuis que mon nom et le vôtre ont été associés, lady Yardley, je ne suis plus reçu parmi mes pairs, répliqua-t-il sèchement. Je me vois donc contraint d'élargir mon cercle de relations.

Il la vit se mordre les lèvres.

— On ne boude pas éternellement quelqu'un comme vous. Votre disgrâce est l'affaire d'une saison, deux tout au plus.

— C'est possible, mais je ne peux m'offrir le luxe d'attendre que ma réputation soit rétablie. En outre, je ne me souviens pas d'avoir sollicité vos avis sur la question. Et enfin, conclut-il, j'ai un titre. Cela vous ennuierait-il de vous adresser à moi en l'utilisant ?

Il avait dit ces derniers mots d'un ton aussi hautain et cassant que possible, mais sans grand espoir qu'ils soient suivis d'effet.

De fait, elle lui décocha un sourire espiègle.

— Cela ne m'ennuie pas que vous me le demandiez, répliqua-t-elle, aussi peu impressionnée par sa morgue aristocratique qu'il l'avait craint. En revanche, j'ai peur de ne pas pouvoir m'y résoudre. Il n'y a rien de plus prévisible que les gens qui s'adressent aux autres comme il convient, et j'ai horreur d'être prévisible.

— Ma foi, je suis ravi de l'entendre. Dans ce cas, surprenez-moi en vous abstenant de m'imposer vos avis éclairés.

D'un geste insouciant, elle désigna la salle de bal.

— À votre guise. Retournez donc là-bas, même s'il n'y a personne pour vous. Vous avez déjà étudié – et rejeté – la plupart des célibataires. Quant aux débutantes, vous les trouverez mortellement assommantes.

Elle avait peut-être raison, mais il ne lui ferait pas le plaisir de l'admettre. Un homme à la recherche d'une épouse devait bien commencer quelque part. Croisant les bras, il lâcha :

— Je serais curieux de savoir où vous voulez en venir ?

— Disons que j'essaie de vous avertir, répondit-elle d'une voix soudain grave. Ne vous laissez pas piéger par une femme dont vous ignorez tout. Cela pourrait vous arriver plus vite que prévu si vous n'y prenez garde.

— Dois-je déduire que, parce que vous m'avez manipulé, n'importe quelle femme peut en faire autant ?

S'il avait espéré la vexer, il en fut pour ses frais. Elle haussa les épaules avec désinvolture.

— Nous avons tous nos faiblesses. La vôtre, c'est votre irréprochable droiture.

— En quoi diable est-ce une faiblesse ? s'étonna Aidan.

— Cela vous met à la merci de femmes prêtes à tout pour mettre le grappin sur un homme de votre rang.

— S'agit-il d'une conclusion fondée sur votre talent personnel en matière de manipulation, ou n'est-ce qu'une marque de cynisme envers votre propre sexe ?

— Je suis juste réaliste. La plupart des femmes se voient refuser le droit de tracer leur propre chemin dans le monde. Leur seule façon d'assurer leur avenir et celui de leurs enfants, c'est de contracter un bon mariage. Vous êtes duc. Vous êtes riche. Tout vous réussit, et malgré notre petit interlude, vous restez quelqu'un de très influent. Sans compter que vous êtes fort bel homme, même si vous semblez vous obstiner à l'ignorer. Dites-moi ce qu'une femme pourrait vouloir de plus ?

Aidan serra les mâchoires.

— En un mot, ironisa-t-il, je suis l'homme idéal.

Rejetant la tête en arrière, elle le parcourut d'un regard intense.

— Tout à fait. Vous êtes l'homme dont rêvent les jeunes filles – et leurs mères, si elles ont un minimum d'ambition. Passer la bague au doigt d'un duc, même à la réputation un peu ternie, représente la consécration absolue. Je connais des dizaines de femmes qui vous épouseraient rien que pour votre fortune.

— Les personnes de ce genre ne m'intéressent pas.

— Rosalind Drummond est une personne de ce genre. Si Creighton n'était pas arrivé à temps, elle serait retombée dans vos bras avant la fin de la saison. Félicity Vale est une personne de ce genre, même si elle n'est pas aussi rusée que Rosalind. Et de toute façon, ni l'une ni l'autre n'est digne de vous.

Puis, d'un ton impatient, elle ajouta :

— Faut-il vraiment que vous perdiez tout bon sens chaque fois que vous croisez des grands yeux de biche ?

— Enfin, c'est absurde ! protesta Aidan, indigné.

— Ah oui ? Regardez-moi en face et jurez-moi que vous n'étiez pas sur le point de demander à être présenté à Félicity Vale, uniquement parce qu'elle a de grands yeux bruns ?

Mon Dieu ! songea Aidan, horrifié. Était-il donc si transparent ? Il ne voulait même pas y penser.

— Vous n'avez pas les yeux bruns, bougonna-t-il, et cela ne m'a pas empêché de me conduire comme le dernier des imbéciles. Et puisque nous parlons de mes goûts en matière de femmes, lady Beatrix, si je vous ai bien comprise, était aussi une menteuse et une arriviste ?

— Beatrix ? Pas du tout ! Enfin...

Lady Yardley réfléchit quelques instants.

— Disons que, d'une certaine façon, elle ne vous a pas dit toute la vérité.

— Accuseriez-vous votre propre cousine de malhonnêteté ?

— Il y a mensonge et mensonge. Comprenez-moi bien. J'aime Beatrix comme une sœur et je suis persuadée que jamais, de sa vie, elle n'a menti délibérément. Quand je vous ai présentés à Saint-Ives, elle était encore sous le choc du départ de Sunderland pour l'Égypte et elle venait de perdre son père. Elle était au plus bas. Et voilà que vous êtes apparu, tel le chevalier blanc ! Vous étiez comme un baume sur sa fierté blessée. Vous lui offriez une protection contre un avenir incertain. Elle est parvenue à se convaincre qu'elle serait heureuse avec vous, mais elle se mentait à elle-même. Le seul homme capable de faire son bonheur, c'est Sunderland. Quant à vous, ses grands yeux tristes vous ont ému, mais il n'y avait rien de plus.

— Rien de plus ? répéta Aidan. Qui vous dit que je n'étais pas follement épris d'elle ?

La réponse de lady Yardley fut simple, directe, presque brutale.

— Quand Sunderland est revenu et qu'elle est retombée dans ses bras, vous ne vous êtes pas battu pour la garder.

— Dieu du ciel ! Vous n'y allez pas par quatre chemins, baronne Yardley.

— Je n'ai fait que répondre à *votre* question, répondit-elle tranquillement.

Puis, ayant porté sa coupe à ses lèvres et tiré sur sa cigarette, elle ajouta :

— J'aimerais juste que vous soyez aussi honnête envers vous-même en ce qui concerne votre vie sentimentale. Vous ressemblez beaucoup à Beatrix, au fond. Vous êtes droit et bon, vous essayez de toutes vos forces de faire ce qu'il faut, d'accomplir votre devoir. Vous déployez une énergie phénoménale pour être à la hauteur des attentes des autres en vous persuadant que la vertu est sa propre récompense.

— Elle l'est, dit simplement Aidan.

Elle émit un petit rire de dérision.

— Vous aimeriez en être convaincu. C'est pour cette raison que vous avez accepté mon invitation à un pique-nique, l'été dernier. Vous vouliez vous prouver que vous pouviez me résister, afin de pouvoir ensuite vous féliciter de votre moralité exemplaire.

Aidan réprima un soupir agacé en maudissant la perspicacité de lady Yardley. Et sa propre arrogance.

— Eh bien, j'ai été puni par là où j'ai péché, n'est-ce pas ?

Elle lui décocha un sourire suave.

— Vous avez fait ce dont vous aviez secrètement envie. Et vous seriez plus heureux si vous aviez l'honnêteté d'admettre que derrière votre façade de *gentleman*, vous rêvez de goûter à la liberté, à l'aventure, au fruit défendu.

— M'enivrer et avoir une aventure avec une femme mariée avant d'être publiquement humilié est une aventure dont je me serais volontiers passé ! À vous entendre, ce qui s'est passé n'était qu'une aimable partie de campagne, mais c'est faux.

Il marqua une pause, fou de rage contre elle, et encore plus contre lui-même.

— Vous vous êtes servie de moi, reprit-il d'un ton accusateur. Vous vouliez divorcer, et la seule façon de parvenir à vos fins était de prendre un amant en vous arrangeant pour que Yardley vous surprenne au moment crucial. Pour une raison qui m'échappe, c'est moi que vous avez choisi comme pion.

Elle ne cilla pas, ne tenta pas de se défendre, ne dit pas un seul mot, et son silence ne fit qu'attiser la colère d'Aidan.

— J'admire votre talent de stratège, poursuivit-il. Yardley avait fermé les yeux sur vos précédentes liaisons, mais comment aurait-il pu continuer après vous avoir surprise en flagrant délit ? Sans compter que, par mesure de précaution, vous vous êtes empressée de raconter l'histoire à la presse à sensation, créant un tel scandale que Yardley n'avait d'autre choix que de se séparer de vous. Vous m'avez manipulé, et vous l'avez manipulé également. Vous nous avez promenés lui et moi comme des pièces sur votre petit échiquier personnel. Vous êtes un Iago en jupons, madame !

Une expression douloureuse passa – enfin ! – sur le visage de lady Yardley. Mais n'apporta aucune satisfaction à Aidan. Vaguement penaud, il détourna les yeux.

— Veuillez m'excuser, marmonna-t-il.

Puis, après avoir ramené, non sans peine, un semblant de calme dans ses émotions, il la regarda de nouveau.

— Voilà qui était totalement déplacé.

— Pas du tout, répondit-elle sans s'émouvoir.

Elle approcha sa cigarette de ses lèvres, puis se ravisa et l'écrasa sur la marche près de ses pieds.

— Pourquoi vous excuser de dire la vérité ? reprit-elle. Vos accusations sont fondées.

— Pourquoi ? Pourquoi avez-vous fait cela ? Je peux comprendre que ce mariage ne vous ait pas rendue heureuse, mais en le brisant, ce n'est pas seulement à vous et à moi que vous avez fait du tort. C'est aussi à deux personnes innocentes. Cela ne vous pose donc aucun problème de conscience ?

Il la vit sursauter et redresser le menton, exactement comme en ce lointain jour d'octobre, au tribunal.

— Mon mari était une brute, articula-t-elle, d'une voix si glaciale qu'Aidan frissonna. Je n'ai que du mépris pour cet homme. Quant au fait qu'il ait pu souffrir ou être humilié par cette situation, c'est le cadet de mes soucis. Et si je suis désolée que vos fiançailles aient été rompues, je connais suffisamment lady Rosalind pour savoir qu'elle ne mérite pas vos regrets. Au passage, notez qu'elle s'est rapidement consolée puisqu'elle a déjà un nouveau fiancé. Par conséquent, et pour répondre à votre question, non, cela ne me pose aucun problème de conscience. Si c'était à refaire, je recommencerais.

Aidan secoua la tête, incrédule. Comment pouvait-on faire preuve d'un tel cynisme, d'une telle froideur calculatrice, d'un tel manque d'humanité ?

— Que vous a donc fait votre mari pour que vous le haïssiez à ce point ? murmura-t-il.

— Ce qu'il m'a fait ? répéta-t-elle.

Et soudain, à la rapidité de l'éclair, son expression changea. L'éclat polaire de son regard disparut, remplacé par un pétillement espiègle.

— Il couchait avec les bonnes, bien sûr ! lança-t-elle d'un ton léger avant d'éclater de rire, comme s'il s'agissait d'une bonne plaisanterie. Tous les maris n'en font-ils pas autant ?

— Certains, peut-être, reconnut Aidan, mais pas tous.

Il pouvait comprendre que Yardley ait fait partie de ces hommes-là, mais il ne voyait pas ce qu'il y avait d'amusant à cela.

— Ma foi, je suppose que ce ne sera pas votre cas, déclara lady Yardley d'un ton désabusé.

Puis, d'un geste las, elle désigna la salle de bal.

— Sauvez-vous. Vous perdez votre temps avec moi. Allez donc chercher votre duchesse.

Aidan hésita. Il lui semblait que leur conversation n'était pas terminée. D'un autre côté, ils en avaient assez dit pour ce soir. Il pivota sur ses talons.

— Faites-moi tout de même une promesse, reprit-elle alors qu'il commençait à gravir les marches.

Il s'arrêta, mais ne se retourna pas vers elle.

— Laquelle ? s'enquit-il.

— Je ne comprendrai jamais pourquoi les gens veulent à tout prix se marier et, à mon avis, ils feraient mieux de s'en abstenir, mais si vous y tenez vraiment – et vous semblez tout à fait résolu –, promettez-moi de vous marier par amour, et uniquement par amour. Promettez-moi de choisir une femme qui en vaille la peine et qui vous rendra heureux. Croyez-le ou non, je ne veux que votre bonheur. Je vous aime bien, voyez-vous. Je vous ai toujours beaucoup apprécié.

Aidan en doutait, et les protestations d'affection de lady Yardley étaient un peu trop tardives pour être honnêtes, mais il ne discuta pas ce point.

— Si j'épouse une femme qui partage mes valeurs et ma position dans le monde, et que nous nous respectons mutuellement, nous finirons par éprouver une affection sincère l'un pour l'autre.

— Ou bien vous vous ennuierez tous les deux à mourir, répliqua-t-elle d'un ton désabusé. Je n'appelle pas cela de l'amour.

— De toute évidence, nous n'avons pas la même définition de l'amour, lady Yardley. Je vous souhaite le bonsoir.

Il levait le pied pour monter l'escalier lorsque, à sa grande stupeur, elle tendit la main et la referma sur sa cheville. Aidan tressaillit. Il ferma les yeux, luttant contre les sensations voluptueuses que ce contact éveillait en lui. Comment cette femme pouvait-elle encore, rien qu'en posant la main sur lui, ranimer le désir brûlant, irrépressible, qui lui avait coûté son honneur et sa carrière politique ?

— Un mariage sans amour est un enfer, Aidan, murmura-t-elle. Promettez-moi de ne pas commettre la même erreur que moi.

Il ne répondit pas. Pour la simple raison qu'il n'y avait rien à répondre à cela. Il était duc. Son devoir lui commandait de se marier, avec ou sans amour. Lentement, comme à regret, il se dégagea de son emprise, puis s'éloigna sans lui avoir fait la promesse qu'elle demandait.

Aidan ne prenait jamais d'engagement qu'il n'était pas certain de pouvoir tenir.

Julia suivit Aidan du regard. Le voir lui était toujours aussi douloureux, même des mois après leur dernière rencontre au tribunal. Et maintenant, il la détestait ! Elle ne pouvait certes pas l'en blâmer, mais c'était encore plus insupportable.

« En un mot, je suis l'homme idéal ! » lui avait-il dit.

Ses inflexions sarcastiques ne lui avaient pas échappé, et cela aussi lui était une souffrance. Elle s'adossa à la rambarde, pensive. Elle le voyait encore, là où il se tenait quelques instants auparavant. Elle savait parfaitement à quoi il ressemblait, sous sa veste de soirée à la coupe impeccable et sa chemise blanche. Torse et abdomen aux muscles ciselés, hanches étroites, longues jambes solides, il possédait un corps d'athlète, sculpté sur les terrains de sport d'Eton et d'Oxford et les courts de tennis de Saint-Ives et de Wimbledon. Un corps fait pour donner du plaisir à n'importe quelle femme… sauf elle. Car en vérité, elle n'avait rien ressenti, cette fameuse après-midi du mois d'août. Voilà bien longtemps que les plaisirs de la chair lui étaient refusés.

Cela n'avait rien à voir avec Aidan. Il était bel et bien l'homme idéal, même s'il ne s'en rendait pas compte. C'était aussi un *gentleman* jusqu'au bout des ongles, fidèle à ses racines, beau joueur, toujours résolu à accomplir son devoir quoi qu'il lui en coûte. Cependant, il y avait aussi une part plus sombre en lui, un démon affamé de jeux interdits. Il l'avait toujours désirée – elle le savait depuis leur première rencontre, treize ans auparavant. Lorsque l'occasion s'était présentée, elle avait utilisé cette faiblesse à ses propres fins.

Un Iago en jupons.

La description, faute d'être flatteuse, était assez juste. Si le héros de l'*Othello* de Shakespeare pouvait être considéré comme une âme rôtissant en enfer, ivre de désespoir et de frustration, prête à tout pour échapper à ses tourments, alors oui, elle était bien, à l'image du célèbre Iago, une manipulatrice consommée, et elle avait joué son rôle à la perfection, du début à la fin de la pièce.

Mais le rideau était tombé, à présent. Alors pourquoi souffrait-elle encore mille morts ?

3

À peine Aidan eut-il regagné la salle de bal qu'il comprit qu'il ne pourrait pas rester. Il était incapable de sourire, de demander à être présenté à des jeunes femmes ou de les inviter à danser, alors qu'il brûlait de désir pour cette femme. De désir, de rage et de frustration mêlés. Et il ne pouvait pas non plus rentrer chez lui. Le bal battait son plein. Il lui faudrait plus d'une heure pour faire amener son attelage.

Il traversa la vaste salle, ignorant les regards curieux qui le suivaient, puis remonta le corridor menant au fumoir qui faisait office de salle de jeu. La pièce était si enfumée que l'on y voyait à peine, mais peu lui importait. Même lady Yardley n'aurait pas l'audace de s'aventurer dans ce bastion masculin. Et puis, une partie de cartes lui offrirait une diversion bienvenue.

Il fit halte sur le seuil et balaya la pièce du regard. Toutes les tables étaient occupées. De l'autre côté du salon, le duc de Scarborough était installé dans un fauteuil devant la cheminée, un whisky à la main. Aidan se dirigea vers lui. Avec son regard pétillant de malice et sa réputation de libertin, Scarborough était l'exact opposé de lui-même, mais c'était aussi un excellent partenaire aux cartes.

— Scarborough, le salua-t-il en le rejoignant.

Puis, désignant les tables de jeu, il ajouta :

— Vous attendez qu'une place se libère ?

— En effet, répondit l'autre avant d'avaler une généreuse gorgée d'alcool. Dieu merci, il y a encore les cartes. C'est la seule façon de supporter ces maudites soirées.

Aidan sourit.

— Vous parlez des bals publics ?

— Je parle des bals en général. Si je dois assister à une sauterie de plus, je vais devenir fou. Et nous ne sommes qu'en mai !

Il porta de nouveau son verre à ses lèvres et ajouta :

— S'occuper d'une débutante est un véritable enfer.

Scarborough faisait allusion à sa pupille, qu'Aidan avait croisée dans Hyde Park quelques jours auparavant, accompagnée de sa mère et de Scarborough. Mlle Annabel Wheaton, d'origine américaine, était une jolie brune aux manières modestes et à l'air très doux, avec de grands yeux bruns. Quoique… Avait-elle les yeux bruns ? Il ne s'en souvenait plus.

À cet instant, les railleries de lady Yardley à propos de son faible pour les yeux bruns lui revinrent en mémoire. Il étouffa un soupir exaspéré. Maudite soit cette femme ! Comment réussissait-elle à deviner ses goûts avec une précision aussi diabolique ?

Il jeta un coup d'œil morose aux tables de jeu et demanda à Scarborough :

— À quoi vouliez-vous jouer ? Au whist ?

— Je préférerais une partie de bridge à enchères. Enfin, à condition de trouver un partenaire qui comprenne à peu près les règles.

— Merci du compliment, mon vieux, murmura Aidan d'un ton faussement offensé.

— Désolé, ce n'est pas ce que je voulais dire ! s'esclaffa Scarborough. Je ne mettais pas en doute vos capacités. Pour tout dire, vous êtes même l'un des rares joueurs en ville à maîtriser le concept d'enchère et d'atout.

— Dans ce cas, voulez-vous faire équipe avec moi pour quelques parties ?

— Bien volontiers, mais vous savez que je mise gros. C'est risqué, certes, mais à mon âge, on ne se refait pas.

Aidan haussa les épaules. Jouer une forte somme ne le dérangeait pas particulièrement.

— Je peux me le permettre, déclara-t-il. En outre, vingt-cinq pour cent des gains sont reversés aux hôpitaux de Londres.

— Les jeux d'argent ne sont pourtant pas dans vos habitudes, il me semble ?

— C'est que vous ne me connaissez pas aussi bien que vous le pensez.

Scarborough arqua un sourcil.

— Ma foi, c'est ce qu'on dirait, murmura-t-il. Mais allons donc faire notre bonne action pour les hôpitaux en spoliant quelques-uns de ces messieurs de leur argent de poche !

Si les cartes avaient fourni à Aidan une agréable distraction pendant le reste de la soirée chez Kayne, il eut plus de mal à chasser lady Yardley de ses pensées au cours des jours qui suivirent.

En se réveillant le matin, il lui semblait voir son corps voluptueux étendu, nu, sous les draps. Quand une voiture automobile passait à sa hauteur alors qu'il se rendait à ses bureaux dans le Strand, il ne pouvait s'empêcher de penser à sa Mercedes, qu'elle pilotait à une allure folle. Et chaque fois qu'il voyait une femme en robe blanche, il se souvenait de cette après-midi d'août, sur la plage de Gwithian où il l'avait vue sortir de l'eau, sa robe de mousseline blanche lui collant au corps telle une seconde peau. Après des mois de lutte acharnée à tenter d'oublier ce jour funeste, il avait suffi d'une seule rencontre pour anéantir tous ses efforts.

Il leva les yeux et regarda par la fenêtre tandis que son esprit remontait le temps, quittait cette journée de printemps pluvieuse, survolait cette matinée si tendue au tribunal, dépassait cette fameuse après-midi d'août au cottage, pour atteindre ce lointain jour d'été où il l'avait vue pour la première fois, l'année de ses dix-sept ans, au bord d'une rivière dans la campagne du Dorset.

Pour être franc, Aidan se souvenait avec exactitude de chacune de leurs rares rencontres tout au long de ces années. Le bal à Saint-Ives, où il avait dansé avec sa cousine plutôt qu'avec elle puisqu'elle était mariée. Le séjour chez le vicomte Marlowe, où elle massacrait des airs de *ragtime* au piano, et où il avait eu tant de mal à garder son sang-froid. La veille du fameux pique-nique, lorsqu'elle l'avait hélé de l'autre côté de la rue principale de Saint-Ives et qu'il avait traversé la chaussée pour aller lui parler, ignorant superbement un mauvais pressentiment. Et ce fameux instant où il l'avait vue sortir de l'eau, nue sous sa robe de mousseline blanche...

Aidan avait parfois l'impression que ces épisodes dataient de la veille tant ils demeuraient vivaces dans son esprit. Et il ne s'expliquait pas qu'il en ait enregistré le moindre détail avec une clarté aussi aveuglante.

Certes, lady Yardley était une très belle femme, mais elle était surtout d'une audace choquante. Elle dansait jusqu'à l'aube, fumait comme un homme, et n'avait jamais manifesté le moindre respect pour son époux, le mariage ou, plus généralement, les conventions sociales. Et cependant, même si elle représentait tout ce qu'il détestait chez une femme, même s'il ne l'avait croisée que rarement et toujours par hasard, chacune de leurs rencontres était gravée dans sa mémoire. Pourquoi ?

Peu importe, se dit-il en s'obligeant à reporter son attention sur les affaires en cours. Il avait rendez-vous avec Marlowe trois jours plus tard afin de conclure un important marché. Les papeteries de Trathen Mills devaient devenir le principal fournisseur de la société d'édition de Marlowe à partir de l'année suivante. Aidan avait fait une offre à Marlowe, qui avait répondu par une contre-proposition. Aidan s'apprêtait donc à l'examiner, mais à peine avait-il ouvert le dossier que son secrétaire particulier frappa à la porte et entra avant d'y avoir été invité, comme à son habitude.

Charles Lambert était un jeune homme énergique au visage fin, chaussé de petites lunettes rondes et doté d'un regard pétillant d'intelligence. Il avait toujours les manches retroussées, un stylo derrière l'oreille et un bloc-notes à la main, ce dernier accessoire apparemment aussi indispensable pour lui que l'ombrelle d'une dame partant en promenade.

— Voici le courrier de l'après-midi, monsieur, annonça-t-il en s'approchant du bureau, son éternel bloc-notes sous un bras, le carnet de rendez-vous d'Aidan sous l'autre et une énorme pile d'enveloppes entre les mains.

Il déposa le tas sur la table de travail d'Aidan avant d'ajouter :

— Il y en a un peu plus que d'habitude. Ce sont surtout des invitations.

— Résultat de mon apparition au bal du 1er mai, je suppose, murmura Aidan.

— C'est bien possible, monsieur.

Aidan ne serait peut-être plus jamais admis dans les cercles les plus huppés du royaume ni reçu à la Cour, et peut-être recevrait-il désormais plus d'invitations des sphères inférieures, mais s'il se fiait à la pile d'enveloppes posée son bureau, il demeurait un parti très recherché en dépit de son erreur de parcours.

Lady Yardley avait raison. Bien des femmes s'intéressaient davantage à sa fortune et à son rang qu'à ses qualités personnelles. Peut-être étaient-elles aussi séduites par son physique, songea-t-il non sans une pointe d'amertume. Il plaisait au beau sexe et en avait toujours été conscient. Certaines n'hésiteraient pas à lui mentir pour gagner son affection, même si elles n'éprouvaient aucun sentiment pour lui.

Aidan n'avait rien d'un cynique. La perspective d'un mariage fondé sur la dissimulation lui était insupportable. Il n'espérait pas vivre une passion débridée, qui s'éteindrait une fois satisfaite, mais il ne pouvait pas non plus se contenter du genre de mariage qui était le lot de la plupart des pairs du royaume – une union faite de dégoût mutuel, de liaisons discrètes et de vies séparées. Et il refusait catégoriquement de suivre l'exemple de son père, un méprisable don Juan qui n'avait pu s'empêcher de séduire toutes les femmes qu'il croisait. Aidan était un fervent partisan des traditions familiales, celle-ci exceptée.

Il voulait mieux que cela. Il voulait un mariage satisfaisant, une compagne qui partagerait ses valeurs. Pourtant, après s'être lancé dans la vie mondaine avec enthousiasme afin de réaliser ce vœu, sa quête lui apparaissait de plus en plus désespérante.

Alors qu'il fixait du regard la pile de courrier que son secrétaire venait d'apporter, il sentit le découragement l'envahir. Un instant, il fut même tenté de renoncer au mariage. L'infâme cousin Reginald hériterait de tous ses biens ? Il s'en lavait les mains !

Puis il comprit qu'il ne pouvait pas faire une chose pareille. L'empire qu'il avait bâti à force de volonté serait en faillite en quelques mois. Aidan n'avait pas le choix. Il devait trouver une épouse. Il ne pouvait se soustraire à son devoir.

Promettez-moi de vous marier par amour, et uniquement par amour.

Aidan poussa un soupir exaspéré. Il devait oublier cette femme une fois pour toutes.

— Monsieur ?

— Hum ? fit Aidan en revenant au présent.

Son secrétaire l'observait d'un air intrigué. Comprenant qu'il attendait sa réponse, Aidan secoua la tête.

— Veuillez m'excuser, monsieur Lambert. Où en étions-nous ?

— Au courrier du jour, monsieur.

— Ah, oui, merci !

D'un geste, il lui fit signe de s'asseoir. Son secrétaire s'exécuta, posa son bloc-notes sur ses genoux et, ayant ouvert l'agenda d'Aidan, prit le premier carton.

— Lord Danbury demande si vous êtes libre jeudi matin pour une partie de tennis.

L'invitation surprit Aidan. Depuis ses mésaventures avec les deux cousines de Paul Danbury, les deux hommes avaient tendance à s'éviter. Cette proposition annonçait-elle un rapprochement diplomatique avec le clan Danbury ?

— Suis-je libre jeudi matin ?

M. Lambert consulta l'agenda et hocha la tête, puis parcourut de nouveau la carte de Paul Danbury.

— Lord Danbury vous prévient qu'il a amélioré son service et vous demande de vous préparer à une défaite.

Aidan sourit, ravi de ce défi.

— Dites-lui que j'accepte, et que je me félicite qu'il ait progressé, parce que je me suis sacrément ennuyé lors de notre dernière partie. Et ajoutez que tout l'entraînement du monde lui sera inutile. Il ne peut rien contre mon revers.

Charles Lambert, qui n'avait rien d'un athlète, arqua un sourcil perplexe devant ces vantardises sportives, mais il nota scrupuleusement les paroles d'Aidan sur son bloc, inscrivit le rendez-vous sur l'agenda et s'empara du courrier suivant.

— Lord Marlowe veut savoir si vous avez eu le temps d'étudier sa proposition et, dans ce cas, propose que vous vous retrouviez vendredi après-midi dans ses bureaux pour signer le contrat, si cela vous convient.

Le secrétaire leva les yeux.

— Vous êtes libre de 14 h 30 à 17 heures.

— Confirmez à Marlowe que je suis en train d'examiner son offre et que je serai là vendredi.

Charles Lambert prit note, puis passa à la carte suivante.

— Lord Vale vous demande d'honorer de votre présence sa loge à Covent Garden, jeudi soir.

Aidan hésita. Lady Yardley avait beau être une authentique peste, elle possédait un flair infaillible pour sonder la nature humaine. Et lui aussi soupçonnait la jeune Felicia de manquer cruellement de jugeote. D'un autre côté, non seulement il trouvait injuste de la juger sur son apparence, mais il n'excluait pas que lady Yardley, pour une raison qui lui appartenait, se soit jouée de lui.

— Répondez à Vale que je serai ravi de venir les saluer, sa famille et lui, durant l'entracte.

— Très bien, monsieur. Le premier ou le second ?

Aidan cilla.

— Pardon ?

— Je crois que c'est un opéra de Wagner qui sera donné jeudi soir, monsieur. Ce qui signifie qu'il y aura deux entractes. Vous préférerez peut-être le second, puisque vous avez aussi un dîner jeudi soir.

Tout en parlant, le secrétaire avait pris la carte suivante sur la pile.

— Le duc de Scarborough vous invite à souper avec sa pupille, Mlle Annabel Wheaton, et la mère de celle-ci, Mme Henrietta Chumley, au Savoy, à 19 h 30. Vous pouvez accepter, si vous n'allez saluer lord Vale qu'au deuxième entracte.

Aidan secoua la tête.

— Impossible. Il faudrait que je retourne à Grosvenor Square pour me changer avant d'aller à l'opéra. J'ai horreur de traverser la ville à toute allure. Exprimez mes regrets à Scarborough et dites-lui que je serai ravi de dîner avec lui une autre fois.

Charles Lambert hocha la tête et prit note.

— C'est sans doute plus sage, monsieur, commenta-t-il en parcourant du regard la page réservée au jeudi sur l'agenda. Ce jour-là, votre emploi du temps est déjà plein. Tennis le matin, un rendez-vous avec votre bottier à 11 heures, puis un autre avec votre tailleur à la demie, déjeuner au Clarendon avec lord et lady Malvert, réunion de travail avec lord Marlowe dans l'après-midi, thé au Savoy avec lord et lady Worthing, et enfin l'opéra. Vous serez épuisé avant la fin de la journée. Je me demande pourquoi vous acceptez autant d'engagements pendant la saison.

Hélas, cette activité mondaine frénétique risquait d'être son quotidien au cours des trois prochains mois ! songea Aidan. S'il souhaitait dénicher une fiancée avant la fin de la saison, il n'avait guère le choix. Aidan laissa échapper un soupir las. S'il avait été capable de résister aux charmes d'une certaine beauté aux cheveux d'ébène quelques mois plus tôt, il n'en serait pas là aujourd'hui…

— Nous avons tous nos obligations, monsieur Lambert, répondit-il avec résignation.

4

Julia était rentrée en Angleterre pour y reconstruire sa vie après avoir fait table rase d'un insupportable passé. Elle devait à présent affronter les conséquences de ses actes. Et l'une de ces conséquences était une montagne de dettes qu'elle ne savait comment rembourser.

Depuis le départ de sa richissime épouse américaine, son cousin Paul n'avait d'autre source de revenus que Danbury Downs. S'il devait régler les créanciers de Julia, sa famille et lui n'auraient plus de quoi vivre. Elle leur avait déjà causé assez de problèmes comme cela. Il n'était pas question qu'elle leur en demande plus.

Quelques jours après le bal du 1er mai, Paul l'avait prise à part pour s'enquérir de l'état de ses finances, mais elle avait été incapable de lui avouer la vérité. Non seulement son cousin serait fou de rage s'il apprenait que Yardley ne lui avait pas versé un *shilling* durant les six dernières années de leur mariage, mais il serait furieux qu'elle n'ait pas réduit son train de vie pour compenser la pingrerie de son ex-mari. Il lui infligerait – à juste titre d'ailleurs – un sermon sur ses dépenses inconsidérées et la conversation deviendrait parfaitement assommante.

Elle s'était donc contentée de reconnaître qu'elle n'était pas vraiment en fonds ces temps-ci. Aussitôt, son cousin lui avait fait verser une pension de cinquante livres par mois, la même somme qu'il allouait à Beatrix avant qu'elle épouse Sunderland. Pour de l'argent de poche, c'était plutôt généreux, mais Julia n'avait pas eu le cœur d'avouer à Paul que cela ne couvrait même pas les intérêts de son découvert. Elle avait toutefois accepté l'offre de son cousin avec gratitude, tout en songeant qu'elle allait devoir se mettre en quête d'un autre moyen de renflouer ses finances.

Après le petit déjeuner, elle rassembla ses factures impayées et s'assit à son secrétaire, munie d'une plume, d'un flacon d'encre et de papier. Elle était résolue à trouver une solution, même si elle était conscience d'avoir bien peu de choix.

Sa dot avait été intégralement versée à Yardley le jour de leur mariage. Âgée d'à peine dix-sept ans à l'époque, Julia n'avait pas eu la présence d'esprit d'exiger que le contrat stipule qu'une partie lui soit réservée. Quant à ses parents, ils étaient si soulagés d'avoir casé leur petite rebelle qu'ils n'avaient pas discuté un instant. Le modeste héritage qu'elle avait touché à leur décès avait servi à régler les frais d'obsèques, et leur maison avait été léguée par obligation testamentaire à un cousin de son père, de sorte qu'elle ne disposait d'aucune fortune personnelle.

Son cottage dans les Cornouailles, qu'elle tenait de sa grand-mère, était l'une de ses rares possessions de valeur mais, par disposition contractuelle, il devait rester dans la famille. Même si elle l'avait voulu, Julia n'aurait pu le vendre. Au demeurant, l'idée ne lui en serait pas venue. Dovecotes était son refuge, son havre de paix, son seul foyer.

Elle pouvait certes se débarrasser de la Mercedes, le seul bien qu'elle possédât, mais son être entier se révoltait à la perspective de se séparer de sa chère voiture. Elle l'avait achetée afin de pouvoir s'enfuir chaque fois que son mari menaçait de faire irruption et de se montrer agressif. De ce point de vue, elle n'en avait plus besoin, mais avec le temps, ce véhicule était devenu plus qu'un simple moyen de déplacement. C'était le symbole de sa liberté. Lorsqu'elle le conduisait, lorsqu'elle sentait le vent dans ses cheveux et le vrombissement du moteur sous ses mains, elle était libre. Non, elle n'imaginait pas vendre la Mercedes.

Peut-être pourrait-elle travailler ? Elle songea aux femmes de son entourage qui, à un moment ou un autre de leur vie, avaient eu une carrière professionnelle. Lady Marlowe et lady Avermore, des amies de toujours, étaient auteurs. Le métier d'écrivain était une occupation des plus respectables, à laquelle des dames de l'aristocratie pouvaient s'adonner, mais Julia, pour sa part, en aurait été bien incapable. Elle rédigeait des lettres pleines de fantaisie – y compris sur le plan grammatical – qu'elle envoyait à ses amis, mais des romans ou de la poésie ? Dans le premier cas, il fallait mettre au point des intrigues et développer des thèmes ; dans le second, trouver des rimes et respecter la métrique. Elle ne possédait ni la rigueur suffisante pour l'un ni le talent nécessaire pour l'autre.

Pourquoi pas les Beaux-Arts ? Sa cousine Beatrix avait exploré cette voie après avoir rompu ses fiançailles avec Aidan. Cela avait provoqué un véritable tollé dans la famille. Julia avait déjà fait assez de mal aux siens. Et de toute façon, contrairement à Beatrix, elle ne possédait aucun don pour la peinture ou le dessin. Elle jouait du piano, mais une carrière dans le music-hall n'était pas exactement l'activité respectable à laquelle elle aspirait.

Pensive, elle tapota sa plume sur son bureau. Peut-être Lucy aurait-elle une idée ? Son amie d'enfance, qui s'appelait désormais lady Weston, possédait une agence de placement. Cela dit, Julia ne voyait pas quel emploi elle pourrait occuper. Elle ne savait pas taper à la machine. Elle était trop bavarde pour être opératrice téléphonique – elle aurait été capable d'intervenir dans des conversations privées pour donner son avis ! Gouvernante ? Dieu du ciel ! Qui confierait l'éducation de ses enfants à une divorcée ? Commerçante ? Elle envisagea la question quelques instants. Avant de devenir marquise de Kayne, Maria avait possédé une boulangerie. Et Vivian Marlowe, la célèbre couturière connue sous le nom de Vivienne, tenait une boutique de luxe dans New Bond Street. Seulement, pour ouvrir un magasin, il fallait de l'argent – lequel faisait si cruellement défaut à Julia. Et pour être honnête serait-elle capable de se rendre chaque matin dans son magasin ? De s'occuper de la comptabilité, de recruter des vendeuses, de les surveiller, éventuellement de les licencier ? Cela semblait terriblement ennuyeux. Julia connaissait ses qualités et ses défauts. Elle était trop frivole pour être une femme d'affaires.

Avec un soupir, elle posa sa plume. Était-elle à ce point incapable ? Elle eut soudain envie d'une cigarette, mais elle n'avait pas fumé depuis le bal du 1er mai. Céder à la tentation après une petite semaine d'efforts ne l'aiderait pas à regagner l'estime d'elle-même, et ne ferait pas de bien à son porte-monnaie.

S'accoudant à son secrétaire, elle cala le menton entre ses mains et contempla la pile de factures devant elle. Elle devait à tout prix trouver une solution, mais quelle profession pouvait donc exercer un papillon de nuit comme elle, avec sa réputation sulfureuse et, pour seul talent, son goût de la fête ?

Elle n'en voyait qu'une seule, en vérité. Être la maîtresse d'un homme fortuné. Et cela la désespérait, car tout en elle s'y refusait. Dans son esprit, ce n'était guère différent du mariage. C'était une autre forme d'esclavage. Et de toute façon, elle n'en aurait pas le courage.

Sa réputation scandaleuse, soigneusement entretenue, n'était qu'une façade. Depuis qu'elle avait épousé Yardley, un seul homme avait compté pour elle. Un seul.

Elle songeait encore avec incrédulité à cette après-midi d'août avec Aidan. Comment avait-elle réussi à se montrer aussi sensuelle, aussi audacieuse, alors qu'à l'intérieur, elle n'était que panique et désespoir ?

La porte s'ouvrit, l'arrachant à ses réflexions maussades. Levant les yeux, elle découvrit sa bonne qui tenait en laisse Spike, son bouledogue adoré. Dès qu'il la vit, ce dernier courut vers elle, arrachant sa laisse de la main de Gisèle. Il était à présent trop âgé pour sauter sur les genoux de Julia, mais il posa ses pattes avant sur ses cuisses en agitant joyeusement la queue.

— Salut, mon toutou chéri ! s'écria-t-elle en lui caressant la tête d'un geste affectueux. On rentre de promenade ?

— Non, madame, répondit Gisèle avec un fort accent français. Le chien n'est pas sorti. Un des domestiques a essayé de l'emmener, mais...

La robuste bonne haussa les épaules avec fatalisme. Julia poussa un soupir de découragement. Spike terrorisait tous les domestiques masculins de Paul.

— A-t-il mordu Smithison ? s'inquiéta-t-elle.

Gisèle secoua la tête, lèvres pincées en une expression désapprobatrice.

— Le garçon est rapide, madame, mais ce n'est pas passé loin ! Un de ces jours...

Elle n'alla pas plus loin, mais le ton était menaçant. Julia hocha la tête.

— Je sais, Gisèle, je sais. Il faudrait que je fasse quelque chose, mais quoi ? Je ne peux pas reprocher à Spike de mordre les hommes, c'est précisément pour cela que je l'ai adopté !

Pragmatique, Gisèle écarta cette objection d'un geste de la main.

— Monsieur n'est plus là, madame. Et ce chien est intelligent. On peut le dresser, mais il faut le gronder quand il montre les crocs aux *gentlemen*.

Julia, pour qui la perspective de discipliner Spike était aussi déprimante que la pile de factures qui s'accumulait sur son secrétaire, décida de s'octroyer une récréation.

— Alors il n'a pas pu se promener aujourd'hui, murmura-t-elle en grattouillant son chien entre les oreilles. Et que dirais-tu d'aller jusqu'à New Bond Street pour saluer Vivian, mon vieux Spike, hein ? Là-bas, il n'y aura pas d'hommes pour t'ennuyer. Promis.

Ignorant les soupirs navrés de Gisèle, qui détestait la voir remettre au lendemain ce qu'elle aurait dû faire le jour même, Julia lui demanda d'aller lui chercher son chapeau.

Une heure plus tard, tenant Spike en laisse, elle franchissait les portes de Vivienne, l'une des maisons de couture les plus élégantes de Londres, un sanctuaire féminin tout en blanc, noir et rose nacré. Julia et Vivian étaient amies d'enfance. Après s'être fait annoncer et avoir confié Spike à une assistante, elle alla s'asseoir dans un vaste salon carrelé de noir et de blanc. Elle n'était pas là depuis deux minutes qu'une voix s'exclama avec des inflexions ravies :

— Julia !

Levant les yeux, celle-ci regarda son amie – une belle rousse mince d'une trentaine d'années – descendre l'escalier de marbre, la main frôlant à peine la rambarde de fer forgé.

— Bonjour, Vivian, répondit Julia en se levant pour aller à sa rencontre.

Les deux femmes s'embrassèrent chaleureusement.

— J'ignorais que tu étais rentrée de Paris ! s'exclama son amie. De quoi as-tu besoin ? Une robe du soir, une tenue pour l'après-midi, de la lingerie ?

Julia secoua la tête.

— Tout me fait envie, mais je ne peux rien acheter, aujourd'hui.

Vivian recula d'un pas et parcourut Julia du regard avant de froncer les sourcils d'un air désapprobateur.

— Qu'est-ce que c'est que cette veste ? grommela-t-elle en désignant les volumineuses manches gigot. Elle date du printemps dernier ! Cette année, les emmanchures sont ajustées et les poignets évasés.

Julia soupira. Elle savait que sa tenue datait, mais elle ne pouvait absolument pas s'en offrir une nouvelle.

— Oh, Vivian, ne me tente pas ! gémit-elle. Je n'ai pas les moyens d'acheter quoi que ce soit, en ce moment. Je suis ruinée, ma belle ! Paul me verse une petite somme, mais je dois payer mes dettes. Je sais, c'est navrant.

— Je me moque que tu me paies, riposta Vivian avec impatience. Tu es mon amie d'enfance, je te rappelle. Et j'adore que tu portes mes modèles quand tu sors en ville. Cela me fait une publicité extraordinaire.

Julia fit la grimace.

— À cause de ma réputation, gémit-elle.

— Il faut reconnaître que tu as le don de faire sensation à chacune de tes apparitions. Mais cela ne suffit pas. Tu possèdes aussi l'élégance nécessaire pour mettre mes créations en valeur. Tiens, que dirais-tu d'un ensemble pour l'après-midi ? Tu pourrais te pavaner dans Savile Row et déclarer à qui voudra t'entendre combien ma collection de printemps est fabuleuse. Je suis sûre que cela me vaudrait une bonne demi-douzaine de nouvelles clientes !

Julia éclata de rire, renonçant à discuter.

— C'est bon, dit-elle. Si tu me prends par les sentiments.

Vivian l'observa de nouveau.

— Tu as l'air d'aller mieux, commenta-t-elle en la prenant par le coude pour l'entraîner vers un canapé à rayures noires et blanches. Tant mieux. La dernière fois que nous nous sommes vues, à Pixie Cove, tu étais d'une minceur inquiétante.

D'un geste, elle lui fit signe de s'asseoir. Puis, jetant un regard autour d'elle, elle interpella l'un de ses mannequins :

— Mademoiselle Wellesley, veuillez montrer à lady Yardley les tenues d'après-midi de notre collection de printemps, je vous prie. Demandez à Mlle Lovell de vous aider.

La jeune femme leur adressa un sourire blasé, puis s'éloigna d'une démarche chaloupée tandis que Vivian s'asseyait à côté de Julia sur le canapé.

— Raconte-moi tout ! Je suppose que tu savoures ta liberté maintenant que tu as brisé les chaînes du mariage. Comment s'est passée ta cure thermale à Biarritz, cet hiver ?

— C'était divin, avoua Julia, tout simplement divin. Mais pourquoi parles-tu de " chaînes " ? Aurais-tu développé une soudaine aversion pour le mariage ?

— Le terme est un peu exagéré, admit son amie en haussant les épaules. Mais j'ai trente-deux ans, je ne suis plus une débutante depuis longtemps.

D'un geste, elle désigna le salon autour d'elles.

— Et avec tout ce que j'ai à faire ici, quand trouverais-je du temps pour un mari et des enfants ?

— Je suppose que tu as raison, mais j'espère que tu ne condamnes pas cette noble institution à cause de ma propre expérience. Yardley n'est pas...

À la seule évocation de son ex-mari, Julia avait soudain la gorge nouée. Elle déglutit péniblement.

— Eh bien, reprit-elle, tous les hommes ne sont pas comme lui.

— Possible, mais c'est un risque que je ne suis pas prête à courir. Si l'occasion t'en était donnée, accepterais-tu de te remarier ?

— Doux Jésus, non ! s'écria Julia, atterrée.

— Tu vois ? triompha Vivian. Nous n'avons pas changé, toi et moi. Nous sommes toujours d'accord sur tout, ou presque.

— Madame ?

Les deux amies levèrent les yeux sur Mlle Wellesley, qui non seulement n'avait pas passé l'une des tenues qu'elle était censée montrer à Julia, mais affichait en outre une expression affolée. Elle murmura quelques mots à l'oreille de Vivian, qui arqua un sourcil surpris.

— Elle a *horreur* de la gaze, dites-vous ? C'est bien le mot qu'elle a employé ?

Mlle Wellesley hocha la tête. Vivian poussa un soupir las.

— Tu peux faire confiance à une princesse pour avoir plus d'argent que de goût, marmonna-t-elle à l'adresse de Julia. Son Altesse Royale la princesse du Monténégro n'aime pas la gaze de soie saphir que je propose pour sa robe de bal et exige que je vienne immédiatement dans le salon d'essayage. Tu m'accordes quelques minutes ?

— Je t'en prie, répondit Julia en riant. Va ! On ne fait pas attendre une princesse.

— Je n'en ai pas pour longtemps, promis. En attendant, Mlle Wellesley va te montrer quelques ensembles.

Vivian adressa un regard autoritaire à la jeune femme, qui s'éloigna aussitôt.

— Je vais aussi te faire apporter quelques échantillons de tissu, ajouta Vivian en emboîtant le pas à son employée. J'ai une adorable mousseline de soie lilas qui serait sublime sur toi.

Après le départ de son amie, Julia s'empara de la dernière édition de *La Mode illustrée*. À peine avait-elle ouvert le magazine qu'une voix juvénile lui parvint. Sa propriétaire parlait haut et fort, et ses propos étaient de plus en plus audibles à mesure qu'elle s'approchait.

— ... mais maman a absolument insisté pour que papa envoie l'invitation. Elle a assuré que le duc avait semblé très désireux de faire ma connaissance. Bien entendu, j'ai pensé qu'elle exagérait, comme toujours, mais quand la réponse du duc est arrivée ce matin au courrier, j'ai failli me trouver mal.

Julia baissa la tête, et se mordit les lèvres pour réprimer un soupir exaspéré. Felicia Vale, car c'était elle, poursuivit de sa petite voix haut perchée :

— Et lorsque maman m'a lu à haute voix sa réponse, j'ai bien cru que mon cœur allait s'arrêter de battre ! Rien que d'en parler, j'en suis encore tout tremblante. Rendez-vous compte, Cora, je vais enfin rencontrer mon héros !

Julia se retint de lever les yeux au plafond. Décidément, Trathen était un cas désespéré. Ne l'avait-elle pas averti, au sujet de Felicia ? Pourquoi diable avait-il accepté l'invitation de papa Vale ? N'avait-il donc pas deux sous de bon sens ?

— Êtes-vous sérieuse ? demanda son amie avec un scepticisme bien compréhensible. Le duc de Trathen va vraiment assister au spectacle dans la loge de vos parents demain soir ?

— Eh bien, pas tout à fait, avoua Felicia. Il a accepté de venir nous saluer pendant l'entracte.

Au moins, Aidan ne s'était pas engagé à passer la soirée entière en compagnie de cette péronnelle, songea Julia, vaguement soulagée. Il lui restait encore un peu de discernement.

— Cela dit, reprit Mlle Vale avec une détermination que Julia ne lui connaissait pas, j'ai bien l'intention qu'il y reste jusqu'au dernier acte.

À ces mots, une image incongrue jaillit dans l'esprit de Julia : Aidan tentant d'échapper à une Felicia Vale qui le retenait par la veste. Elle porta la main à ses lèvres pour étouffer un fou rire. Il fallait absolument qu'elle s'arrange pour obtenir une place dans la loge de Paul le lendemain soir afin d'observer la rencontre avec ses jumelles de théâtre. Le spectacle serait assurément plus distrayant que celui qui se déroulerait sur la scène.

Aidan, c'était de notoriété publique, était un joueur de tennis accompli. Il avait été capitaine de l'équipe d'Oxford, avait atteint à deux reprises les quarts de finale à Wimbledon et battu le comte de Danbury au tournoi de Saint-Ives. Beau joueur, Paul lui avait serré la main par-dessus le filet, mais l'avait averti qu'il aurait sa revanche. Il ne l'obtint que deux ans plus tard. Trois jours après avoir défié Aidan en lui envoyant sa carte, il le battit en trois sets consécutifs.

— Oui ! cria Paul lorsque la balle de match, qu'Aidan avait tenté de rattraper à la volée, rebondit sur l'herbe du court devant la ligne de craie avant de rouler hors des limites du terrain.

Emporté par son élan, Aidan perdit l'équilibre. Il vacilla et tomba à genoux tout en regardant, fataliste, la balle rouler sur la pelouse du Tennis Club de Hyde Park. Puis il tourna la tête vers son ami qui, de l'autre côté du filet, lui souriait comme un gamin au matin de Noël.

— Je vous avais bien dit que j'avais amélioré mon service, lança-t-il d'un ton triomphal.

En vérité, ce n'était pas la seule raison de la victoire de Paul. Si Aidan n'avait pas été obsédé par la trop séduisante cousine de son adversaire, il aurait fort bien pu gagner.

Il s'essuya le front et se redressa, puis se dirigea vers le filet pour serrer la main de Paul.

— Félicitations, mon cher. Bien joué.

— C'est bien la première fois que je vous bats en trois sets ! s'exclama Paul, radieux.

Puis il fronça les sourcils d'un air soudain inquiet.

— Vous n'êtes pas malade au moins ?

— Moi ? Pas du tout ! J'ai juste manqué de concentration. Nous y allons ? enchaîna-t-il en désignant un petit bâtiment près du court de tennis qui abritait les douches et les vestiaires.

Les deux hommes prirent cette direction.

— Vous avez des projets pour la Pentecôte ? s'enquit Aidan comme ils pénétraient dans le vestiaire. Si vous êtes en ville, nous pourrions disputer quelques parties ? Tout le monde sera à la campagne ; Londres sera vide. Nous n'aurons même pas besoin de réserver un court.

— Ce serait avec grand plaisir, répondit Paul en prenant la serviette de bain que lui tendait un membre du personnel, mais je serai moi-même parti. Ma mère a invité des amis à Danbury Downs. Il y aura beaucoup de gens et...

Il s'interrompit, toussota pour éclaircir sa voix.

— Évidemment, vous êtes le bienvenu, reprit-il, un peu hésitant. Je vous aurais volontiers invité plus tôt, mais...

Il se tut de nouveau, prit une profonde inspiration, comme pour se donner du courage, et ajouta :

— Eh bien, Julia est rentrée d'Europe.

— Oui, je sais.

Aidan s'empara à son tour d'une serviette et s'approcha du casier où étaient rangées ses affaires. Incapable de supporter le silence gêné qui était tombé entre eux, il lança d'un ton faussement désinvolte :

— Je suppose que vous ne m'avez pas invité à jouer au tennis pour m'annoncer que lady Yardley est de retour, n'est-ce pas ?

— Non, bien sûr, mais il m'a semblé que le moment était venu de détendre un peu les relations entre ma famille et vous.

Danbury se tut quelques instants, songeur, avant de reprendre :

— Si vous m'envoyez au diable, je comprendrai très bien.

Aidan lui adressa un regard surpris.

— Pourquoi ferais-je une chose pareille ? Rien de ce qui est arrivé n'est votre faute.

— Non, certes, mais vous n'avez pas eu beaucoup de chance dans vos rapports avec le clan Danbury. En tant que chef de famille, je le déplore. Cela fait quelque temps que je souhaitais en discuter avec vous, mais ce n'était jamais le bon moment. Je veux dire... d'abord Beatrix, puis Julia...

Il afficha un air navré.

— Désolé. Tout ceci est terriblement gênant.

Aidan fit de son mieux pour le mettre à l'aise.

— Paul, cette histoire avec Beatrix est du passé, et je ne souhaite que du bonheur à votre cousine. Quant à lady Yardley, elle n'est rien de plus qu'une simple connaissance. En dépit de... certains événements, nous ne sommes rien l'un pour l'autre.

— Tant mieux, fit Paul, visiblement soulagé.

Puis, au grand étonnement d'Aidan, il ajouta :

— Yardley est un sale type. Il l'a toujours été.

Aidan était déjà parvenu à la même conclusion, mais il n'éprouva aucun plaisir à se l'entendre confirmer.

— Je vous souhaite un excellent séjour avec vos amis à Danbury Downs, dit-il. À votre retour, peut-être pourrons-nous disputer une autre partie.

Comme Paul acceptait d'un hochement de tête, Aidan précisa :

— Je vous avertis, j'ai l'intention de prendre ma revanche.

— Si vous le pouvez ! s'esclaffa Paul. Il va d'abord falloir travailler un peu la concentration.

Aidan serra les mâchoires.

— À partir de maintenant, promit-il, autant pour lui-même que pour Paul, je ne me laisserai plus distraire.

Durant les heures qui suivirent, Aidan dut mobiliser toute sa volonté pour chasser Julia Yardley de son esprit. Il prit un bain au club de tennis, passa des vêtements propres et se rendit chez son chausseur, puis chez son tailleur, sans cesser un instant de guetter, et de repousser vaillamment, toute pensée se rapportant à cette femme.

Lorsqu'il rejoignit lord et lady Malvers au Clarendon, il avait retrouvé une certaine sérénité. Par chance, Malvers et son épouse n'étaient pas amis avec lady Yardley, de sorte que rien ne pouvait la lui rappeler. Le déjeuner se passa donc fort bien.

Il se rendit ensuite à son rendez-vous avec Marlowe pour conclure leur accord. La négociation s'avéra si prenante qu'il en oublia totalement l'infernale séductrice. À la fin de la réunion, Marlowe et lui avaient trouvé un accord favorable aux deux parties, pour sa plus grande satisfaction. Et à la fin de l'après-midi, Aidan était de nouveau en paix avec lui-même.

Sa tranquillité fut de courte durée. À peine avait-il franchi le seuil du salon du Savoy Hotel – où il était censé prendre le thé avec lord et lady Weston – que tous ses efforts se révélèrent vains.

Assise à l'une des tables se trouvait lady Yardley.

Aidan tressaillit, et s'immobilisa, les yeux rivés sur la jeune femme. Elle était coiffée d'un grand chapeau de paille orné de plumes d'autruche, mais il aurait reconnu entre mille ses traits délicats et son regard bleu lavande.

Quelqu'un toussota derrière lui. Jetant un coup d'œil par-dessus son épaule, il s'aperçut qu'il empêchait les gens de passer. Il se remit en marche et suivit le garçon chargé de l'escorter jusqu'à sa table. En passant à la hauteur de Julia Yardley, il s'interdit de la regarder. Il rejoignit lord et lady Worthing qui étaient déjà arrivés, les salua et s'assit.

Il parla de tout et de rien, parcourut le menu, passa sa commande, mais pas une seule fois il ne tourna les yeux dans la direction de lady Yardley. Pourtant, une question le taraudait – celle-là même qui le tourmentait depuis des mois : quelle mouche l'avait piqué d'accepter de la rejoindre pour un pique-nique ?

Et pour la première fois, une réponse se fit jour dans son esprit.

Derrière votre façade de gentleman, *vous rêvez de goûter à la liberté, à l'aventure, au fruit défendu.*

C'était l'exacte vérité, comprit-il, furieux de constater qu'elle lisait mieux en lui qu'il n'en était lui-même capable. À l'époque, il savait déjà que se rendre à son cottage pour un pique-nique en tête à tête était une pure folie, mais cela ne l'avait pas arrêté. Quand elle avait de nouveau rempli sa coupe de champagne, il s'était rappelé avec force toutes les raisons pour lesquelles il refusait systématiquement de prendre un deuxième verre, puis il l'avait bu. Ainsi qu'un troisième, et encore un autre. Même s'il avait perdu le fil des événements à partir de là, il se souvenait avec une précision brûlante du désir qui l'avait envahi, et avait fait fondre ses bonnes résolutions comme neige au soleil.

N'y tenant plus, il risqua un bref coup d'œil dans sa direction. Il ne vit pas la femme en robe de soie bleue, prenant le thé dans les salons du Savoy, parmi les chandeliers de cristal, les tapis moelleux et les palmiers en pots, mais une créature sensuelle, drapée d'une robe de mousseline blanche ruisselante, marchant vers lui, pieds nus sur le sable...

Elle s'empara de sa tasse. Dans l'esprit d'Aidan, ses doigts fuselés ne s'étaient pas refermés sur l'anse délicate, mais glissaient d'un geste provocant sur la peau humide de sa gorge.

S'arrachant à sa contemplation, Aidan murmura quelques commentaires polis sur la pluie et le beau temps, tout en se demandant si, durant les longs mois qui avaient suivi le procès, il ne s'était pas bercé d'illusions en pensant avoir enfin oublié cette femme. Il avait beau faire, le désir qu'il éprouvait pour elle était toujours tapi en lui, tel un incendie dont les braises couvaient sous la cendre. S'il se laissait de nouveau aller à la passion qui l'embrasait, quel serait le prix à payer ? songea-t-il, en proie à la colère et à la frustration.

Il se leva brusquement, s'attirant les regards surpris de ses amis.

— Pardonnez-moi, marmonna-t-il. Je ne me sens pas très bien.

Il était conscient de se montrer terriblement impoli, mais il n'aurait pu demeurer là un instant de plus. Prétextant un violent mal de tête, il abandonna lord et lady Worthing et quitta le Savoy.

Maudite soit cette femme ! se dit-il en remontant le trottoir. Maudite soit cette tentatrice !

Il était à Londres pour se trouver une duchesse et non pour se languir d'une divorcée à la réputation scandaleuse. Mais tant qu'ils seraient tous deux en ville, il ressentirait la même passion et les mêmes tourments chaque fois qu'il la croiserait. Il fallait mettre un terme à cela.

Il prit la direction des quais de la Tamise et marcha jusqu'à ses bureaux. Son secrétaire était déjà parti, mais il lui avait laissé une pile de contrats à lire et de propositions à étudier.

Aidan ôta sa veste, roula ses manches de chemise et s'assit à son bureau. Il le savait d'expérience, le travail n'était pas l'antidote absolu lorsqu'il s'agissait de cette femme, mais c'était tout de même une distraction. Et il devrait s'en contenter pour l'instant.

La nuit était tombée depuis longtemps lorsque son attelage s'arrêta devant chez lui, à Grosvenor Square. Aidan n'avait qu'une envie : manger et aller se coucher. Tandis qu'il gravissait l'escalier, son nouveau majordome ouvrit la porte.

— Bonsoir, monsieur, dit celui-ci. Nous ne vous attendions pas si tôt.

Aidan trouva cette remarque étrange, mais il était trop fatigué pour la relever.

— Bonsoir, Covington, répondit-il en lui tendant son chapeau et son manteau. Veuillez demander à Mme Bowles de me préparer un repas léger. Je serai dans mon bureau.

Le majordome hocha la tête, tendit les affaires de son maître à un domestique et s'éloigna. Aidan traversa le hall et s'engagea dans le couloir qui menait à son cabinet de travail.

La pièce était plongée dans l'obscurité, mais il s'y déplaça sans peine. Il se laissa tomber dans son confortable fauteuil de cuir, tendit la main vers le cordon électrique de sa lampe de bureau, puis fit glisser les doigts le long du fil jusqu'à ce qu'ils rencontrent l'interrupteur. Il cligna des yeux quand un flot de lumière jaillit, projetant un halo ambré sur sa table en érable patiné, son fauteuil et le siège disposé de l'autre côté du bureau.

Où était assise, vêtue d'une robe du soir pourpre et de longs gants blancs, des diamants scintillant sur sa gorge, un sourire amusé aux lèvres, la femme qu'il avait tenté d'oublier toute la journée. Non, rectifia-t-il en son for intérieur, toute la semaine. Non, toute l'année.

Ou, pour être plus précis, la femme qu'il tentait d'oublier depuis un certain jour d'été, l'année de ses dix-sept ans.

5

Dorset, 1891

La première fois qu'Aidan croisa Julia, dans une forêt du Dorset, il crut qu'il venait de pénétrer dans un autre monde.

Il avait terminé son dernier semestre à Eton et profitait de vacances bien méritées avant la rentrée, à Oxford. Par une superbe après-midi de juillet, il se promenait dans les bois lorsqu'il aperçut une très jolie fille, étendue sur un petit pont de bois qui franchissait un ruisseau. La belle semblait endormie. Le tableau qu'elle offrait ressemblait tellement à une vignette de conte de fées qu'Aidan s'immobilisa, stupéfait.

Avec sa robe de velours bleu, son visage reposé, ses paupières closes et ses mains réunies sous la joue, elle évoquait la Belle au bois dormant. À la différence près qu'au lieu d'être d'un blond angélique, ses cheveux étaient d'un noir de jais. Les longues mèches bouclées retombaient par-dessus son bras pour venir frôler l'eau du ruisseau. Derrière elle, sur le pont, un rouet complétait la scène. Même si lui aussi semblait tout droit sorti du célèbre conte, ce n'était pas vraiment le genre d'article que l'on trouve d'ordinaire dans la campagne anglaise.

Aidan battit des paupières, mais chaque fois qu'il les rouvrait, la belle endormie et son rouet étaient toujours là, vision aussi charmante qu'inattendue dans la lumière diaprée que filtraient les saules pleureurs. Aidan ne possédait pas une imagination débridée et n'avait aucun goût pour le macabre, mais il n'aurait pas été surpris de voir, à la place du petit pont de bois, le cercueil de la princesse Aurore. Il ne manquait que le prince charmant pour la réveiller !

Elle ne devait pas avoir besoin de cette assistance car, à cet instant, elle ouvrit les yeux. Et lorsqu'elle parla, l'image de la douce et tendre princesse attendant son héros vola en éclats.

— Flûte ! s'écria-t-elle en se redressant.

Elle s'assit sur le petit pont, les jambes pendant dans le vide. Des jambes *nues*, nota Aidan – le bas de sa robe s'était accroché à une aspérité du bois, si bien que ses jupes étaient retroussées jusqu'aux genoux. Fasciné, il regarda ses orteils délicats frapper l'eau dans un joyeux éclaboussement. Puis il réussit à s'arracher à sa contemplation et leva les yeux vers son visage.

— Bon sang, quelle est la suite ? maugréa-t-elle. Je vais encore tout gâcher, c'est certain, et je serai perdue. Que vais-je faire, nom de nom ?

Aussitôt, le charme fut brisé. Aucune princesse de conte de fées ne s'exprimait de la sorte. Pourtant, touché par son désarroi, Aidan fit un pas vers elle.

— Bonjour, lança-t-il. Puis-je vous aider ?

Elle poussa un petit cri et se tourna vers lui.

— Bonté divine ! s'exclama-t-elle en plaquant la main sur son cœur. Vous m'avez fait une de ces peurs !

Aidan s'arrêta au pied du petit pont et la scruta plus attentivement. Son impression initiale ne fit que se dissiper davantage. De plus près, sa Belle au bois dormant évoquait plus une gamine des rues qu'une princesse de conte de fées. Son visage d'elfe était joli, mais son expression, frondeuse. Ses yeux étaient immenses, d'un bleu presque violet, ses cils, épais et son petit menton, pointu. Sa chevelure ruisselait sur ses frêles épaules en une cascade de boucles indisciplinées.

— Veuillez m'excuser, dit-il en s'inclinant. Je n'avais pas l'intention de vous effrayer. Pour être franc, j'ai moi-même été surpris. L'espace d'un instant, je vous ai prise pour la Belle au bois dormant.

Son expression contrariée céda la place à un sourire joyeux, révélant deux charmantes fossettes... et un tempérament espiègle.

— C'était le but.

Aidan fronça les sourcils, intrigué, mais avant qu'il ait le temps de lui demander ce qu'elle entendait par là, elle fouilla dans la poche de sa jupe et ajouta :

— Enfin... si j'arrive à retenir mes répliques.

Elle sortit quelques feuillets qu'elle déplia. Puis elle commença à parcourir la première page tout en balançant les jambes d'avant en arrière, caressant paresseusement l'onde du bout des pieds. Une fois de plus, Aidan ne put s'empêcher de contempler ses chevilles.

Depuis dix-sept ans qu'il était au monde, jamais il n'avait vu les jambes nues d'une femme. Lorsqu'il avait une dizaine d'années, il avait aperçu un groupe de fillettes de son âge en train de se baigner, mais cela ne comptait pas vraiment. Il lui était parfois arrivé d'entrevoir une cheville recouverte d'un bas lorsque le vent soulevait les jupes d'une jeune fille. Et il avait même distingué, quelques semaines auparavant, la silhouette d'une courtisane dans la pénombre d'une maison close, à l'occasion d'une première étreinte quelque peu décevante. En revanche, jamais il n'avait pu admirer le charmant spectacle de chevilles délicates et de jambes fuselées, audacieusement dévoilées dans la pleine lumière du jour. Un désir soudain le saisit, si imprévu, si violent qu'il en eut le souffle coupé.

En voyant s'agiter dans l'onde fraîche les petits pieds blancs parfaits, Aidan sentit la panique l'envahir.

Pourrait-il étouffer, ou au moins masquer, l'incendie qui se propageait dans ses veines à la vitesse de l'éclair ? Il avait toujours été fier de son aptitude à discipliner à la fois son corps et son esprit, et à maîtriser toutes les situations. Et voilà que ce petit bout de femme menaçait de lui faire perdre tout empire sur lui-même ! Jamais il n'avait été confronté à une telle situation.

Se rappelant à grand-peine les notions d'honneur et de conduite digne d'un *gentleman*, il s'arracha à sa contemplation et s'efforça de poursuivre la discussion.

— Vos répliques ? répéta-t-il. Vous jouez dans une pièce de théâtre ?

— Enfin voyons ! fit-elle en levant les yeux de sa feuille. Je me promène tous les jours dans la forêt dans ma plus belle robe de velours et j'emporte tout le temps mon rouet avec moi.

Aidan ne put retenir un sourire. Décidément, c'était une drôle de créature.

Elle s'esclaffa.

— Ah, tout de même ! s'écria-t-elle. Vous savez sourire. Je commençais à me demander si vous aviez un soupçon de sens de l'humour. Le premier imbécile venu aurait éclaté de rire en me voyant dans une situation aussi incongrue.

— Pardonnez-moi, je n'imaginais pas qu'une demoiselle en détresse puisse être un sujet d'amusement.

— Je vous en prie ! protesta-t-elle. Inutile d'être aussi guindé avec moi. Nous sommes amis, désormais.

Aidan doutait d'avoir assez de points communs avec cette sauvageonne pour se lier d'amitié avec elle. Elle avait l'air d'une bohémienne et il était duc. Rien ne les rapprochait ! Ce n'était cependant pas une raison pour se montrer impoli envers elle en exprimant un tel avis à haute voix.

— Êtes-vous comédienne ? s'enquit-il.

— Non, pas du tout, mais je joue dans une pièce.

Elle dut surprendre son regard intrigué, car elle rit et précisa :

— Un simple divertissement destiné à collecter des fonds pour l'orphelinat. Comme tous les événements de la journée.

— Ah ! dit Aidan, qui comprenait mieux, à présent. Alors il y a une fête ?

— Oui, cette après-midi.

Puis, agitant d'un geste éloquent sa liasse de feuillets, elle ajouta :

— Comme il ne me restait qu'une poignée de minutes pour apprendre mon rôle, j'ai cherché un coin tranquille pour essayer de mémoriser quelques répliques. Avec un peu de chance, j'éviterai de me ridiculiser définitivement. Cela dit, j'ai peur que ce soit sans espoir. J'ai trop attendu pour m'y mettre.

Aidan, qui n'aurait pas supporté l'idée que l'on rie de lui en public, et qui jamais ne remettait au lendemain ce qu'il pouvait faire le jour même, ne put s'empêcher de lui faire remarquer ce qui aurait dû être une évidence :

— N'aurait-il pas été plus avisé de consacrer plus de temps à réviser vos répliques ?

— Ma foi, je suppose que oui, répliqua-t-elle avec insouciance. Mais pourquoi faire aujourd'hui ce que je peux remettre à demain ?

— Vous n'avez pas l'air de prendre votre mission très au sérieux.

— Je ne prends *jamais* rien au sérieux.

L'ayant balayé d'un regard acéré, elle ajouta :

— Vous, en revanche, vous avez le problème inverse. Est-ce que vous buvez ?

Aidan battit des paupières, déconcerté par cette question inattendue.

— Non, s'écria-t-il en secouant la tête. Certainement pas. Cela dit, je ne vois pas le rapport avec…

— Vous devriez, l'interrompit-elle. Vous êtes bien trop timide. Un petit verre de temps en temps vous ferait du bien.

— J'ai essayé, avoua-t-il. Avec des résultats catastrophiques.

— Vraiment ? fit-elle, intrigué. Que s'est-il passé ?

— C'est bien le pire. Je n'en ai aucun souvenir. J'avais seize ans. Avec des amis, j'ai fait une razzia dans la cave de mon père. Nous avons bu tout son stock de bouteilles de champagne.

— Fabuleux ! s'exclama-t-elle. Je commence à vous trouver sympathique. Et ensuite ?

— Tout ce dont je me souviens, c'est de m'être réveillé dans une chambre à l'auberge du coin, sans la moindre idée de la façon dont j'y étais arrivé. C'était le matin, mais je n'avais aucun souvenir de la nuit. D'après ce que m'ont dit mes amis, il paraît que j'avais libéré du chenil tous les chiens de mon père, traversé le village en montant un étalon à cru, chanté la sérénade sous les fenêtres du vicaire vers 3 heures du matin et tenté de séduire la fille de l'aubergiste…

Il s'interrompit, soudain gêné. Comment pouvait-il faire des aveux aussi embarrassants devant une inconnue ?

— Quoi qu'il en soit, reprit-il, c'était une très mauvaise idée.

— Dans ce cas, pourquoi avez-vous bu autant ?

Il esquissa une moue désabusée.

— C'est ce que j'aimerais savoir…

— Oh, mais vous le savez très bien ! Vous l'avez fait parce que vous en aviez envie.

Elle inclina la tête de côté et l'étudia d'un regard attentif.

— Vous êtes un de ces fils parfaits, je parie ? Le genre de type qui ne pose jamais aucun problème à ses parents, fait toujours ce qu'on attend de lui, obéit sans discuter, travaille dur et n'aurait pas l'idée de sortir du droit chemin.

Il la fixa d'un regard stupéfait. Comment avait-elle pu lire en lui avec une précision aussi diabolique ?

— Qui êtes-vous ? murmura-t-il. Une diseuse de bonne aventure ?

— Ce n'est pas de la divination, mais une simple question de bon sens. Et d'expérience.

— Votre *propre* expérience ?

— Dieu du ciel, non ! Moi, je suis rebelle depuis la naissance. Je crains que mes parents n'aient définitivement renoncé à faire quelque chose de moi. Ma cousine Beatrix, en revanche, est comme vous. Elle ne vit que pour le Devoir et les Responsabilités. Quelle tristesse ! Un de ces jours, elle va ruer dans les brancards, avoir un coup de folie, et qui sait ce qui se passera ?

— Et vous ? ne put s'empêcher de demander Aidan. Jouer les rebelles a aussi des conséquences, non ?

À ces mots, elle se rembrunit et détourna les yeux.

— C'est vrai, murmura-t-elle. Et je vais bientôt le payer, j'en ai peur.

Puis elle le regarda de nouveau, et son expression changea une fois de plus. Un sourire aussi lumineux qu'un rayon de soleil déchirant les nuages éclaira son visage.

— Mais assez parlé de moi et de mes erreurs passées, reprit-elle. C'est de vous qu'il s'agit. De votre envie de vous révolter contre l'autorité.

Aidan mourait d'envie de savoir ce qu'elle avait fait, mais il aurait eu honte de se montrer indiscret. En outre, il ne pouvait laisser passer une telle affirmation.

— Je n'ai aucune envie de me rebeller ! rétorqua-t-il.

— Non seulement vous l'avez déjà fait, mais je parie que même si vous ne vous en souvenez pas, vous avez adoré cela. Pourquoi refusez-vous d'admettre que c'est exactement ce que vous voulez ?

Elle secoua la tête d'un air navré.

— Pas étonnant que vous soyez si rigide si vous n'êtes même pas capable de reconnaître que vous avez envie de prendre un peu de bon temps ! Vous êtes jeune, vous êtes beau et, si je me fie à vos vêtements, vous n'avez pas de problème d'argent. Qu'est-ce qui vous empêche de profiter de la vie ?

Aidan songea à son père, qui avait « pris du bon temps » pour un régiment entier. Le vieux duc les avait fait cruellement souffrir sa mère et lui. La dernière chose que voulait Aidan, c'était lui ressembler.

— Si vous vous amusiez davantage, poursuivit l'elfe aux yeux violets, vous auriez l'air moins prétentieux. Et vous seriez plus heureux.

Aidan fronça les sourcils. Il n'appréciait pas du tout le portrait qu'elle dressait de lui.

— Vous offrez vos avis aux inconnus avec une grande libéralité, laissa-t-il tomber d'un ton dédaigneux.

— Vous me trouvez impertinente ? Vous avez raison, mais si vous me connaissiez mieux, vous n'en seriez pas surpris.

Elle leva vers lui un regard faussement navré, mais au fond de ses prunelles brillait une étincelle espiègle que rien ne semblait pouvoir éteindre.

— Je suis terriblement impertinente. J'ai peur que ce ne soit mon plus grand défaut.

— Ainsi qu'une déplorable tendance à la procrastination, ajouta Aidan en posant un regard éloquent sur les feuillets.

— Vous osez vous moquer de moi ? feignit-elle de s'offusquer. Eh bien, vous avez raison. C'est même pour cela que je suis aussi embarrassée aujourd'hui. Je crains de me couvrir de ridicule devant mon fiancé et sa mère. C'est elle qui a écrit la pièce. Si je sabote tout, je vais descendre encore plus bas dans son estime – si une telle chose est possible.

— Vous êtes fiancée ?

Elle esquissa une petite moue.

— Votre étonnement n'est guère flatteur, monsieur.

En vérité, ce qui déconcertait Aidan n'était pas qu'elle soit promise à un homme, mais qu'il en conçoive un tel dépit. Un dépit aussi hors de propos qu'inexplicable, songea-t-il, perplexe. Il ne connaissait pas cette fille et, en outre, s'il en jugeait par ce qu'il avait vu d'elle pour l'instant, ce n'était pas du tout quelqu'un pour lui. Pour tout dire, jamais il n'avait rencontré une créature aussi extravagante. Sa déception n'avait donc aucun sens.

— Toutes mes félicitations, dit-il d'un ton neutre.

— Oh, attendez un peu ! répondit-elle en lui décochant un clin d'œil. Si je suis assez mauvaise actrice cette après-midi, mon fiancé peut encore m'abandonner au pied de l'autel.

Aidan fut surpris de l'entendre évoquer avec une telle insouciance une éventualité qui aurait anéanti la plupart des gens, mais il aurait été impoli de se montrer curieux sur un sujet aussi intime.

— Il faut que je parte, dit-il. Je vais vous laisser apprendre vos répliques.

— Ce serait mieux si vous restiez.

Aidan eu beau faire, son regard s'en alla errer du côté des jambes nues de la jeune fille, avant de descendre jusqu'à ses petits pieds qui jouaient paresseusement dans l'eau.

— Je ne pense pas, non, répliqua-t-il.

— Vous pourriez me lire mon texte. Cela m'aiderait énormément.

Aidan serra les dents.

— Ce ne serait pas convenable. Vous n'avez même pas de chaperon.

— Nous ne faisons rien de mal ! Et je vous crois trop bien élevé pour tenter de profiter de la situation. Ce qui est dommage, ajouta-t-elle en l'enveloppant d'un regard approbateur.

Aidan s'aperçut, mortifié, qu'il était en train de rougir. Non pas à cause du compliment sous-entendu, mais à cause des images que l'expression « profiter de la situation » avaient fait naître en lui.

Elle dut percevoir son embarras – quand bien même il espérait qu'elle n'en avait pas deviné la raison –, car elle s'esclaffa :

— Allons bon ! Vous voilà rouge comme une pivoine !

— Mademoiselle, vous n'êtes qu'une coquette, rétorqua-t-il d'une voix étranglée.

Elle ne parut pas s'en émouvoir le moins du monde. Elle garda le silence quelques instants, puis son expression hilare fit place à une gravité inattendue.

— Vous n'aimez pas que l'on se moque de vous, n'est-ce pas ?

— Non, et je ne comprends pas qu'une jeune fille sur le point de se marier joue les coquettes devant moi.

— Flirter un peu, ce n'est pas bien méchant. Vous devriez essayer, un jour. Quoique... Non, ce ne serait peut-être pas une bonne idée. Un beau prince ne flirte pas. Ce serait trop cruel pour les cœurs à prendre.

Aidan ne sut que répondre à un tel discours.

— Merci pour le compliment, lâcha-t-il finalement, se réfugiant derrière les bonnes manières, mais je ne suis pas prince. Seulement duc. Aidan Carr, duc de Trathen, pour vous servir, ajouta-t-il en s'inclinant devant elle.

— Duc ? répéta-t-elle avant de s'esclaffer.

De toute évidence, son rang ne l'impressionnait pas le moins du monde.

— Alors j'avais presque raison, enchaîna-t-elle. Un duc ou un prince, c'est du pareil au même, non ? Ravie de faire votre connaissance. Toute Belle au bois dormant a besoin de son prince, même si vous n'avez pas eu à m'embrasser pour me réveiller.

Elle poussa un soupir théâtral.

— C'est bien dommage, d'ailleurs.

Aidan, qui n'avait aucun talent pour le flirt, comprit que ce n'était pas le moment de s'y essayer.

— Vous n'avez pas besoin de moi pour cela, observa-t-il.

Puis, comme elle le regardait d'un air perplexe, il précisa :

— Votre fiancé… n'est-il pas déjà votre prince ?

À ces mots, une ombre passa sur son visage. L'espace d'un instant, elle parut si triste qu'il en eut le cœur serré.

— Suis-je distraite ! s'écria-t-elle avec un enthousiasme qui sonnait faux. Oui, j'ai déjà un prince.

— À vous entendre, on ne le dirait pas.

Elle secoua la tête, puis éclata d'un rire argentin qui chassa l'impression de malaise d'Aidan.

— Ce n'est pas un prince, ni même un duc. Juste un baron.

Aidan fixa la bohémienne d'un regard incrédule.

— Votre fiancé est baron ?

Elle se redressa de toute sa hauteur, comme s'il l'avait vexée.

— Vous ne me trouvez pas assez bien pour épouser un aristocrate ?

— Ce n'est pas ce que je voulais dire, se défendit Aidan. Veuillez m'excuser.

— Je vous en prie. Et vous avez raison, du reste.

Elle lui décocha un petit sourire en coin.

— J'ai beau être nièce de comte et fille de châtelain, je ne suis pas faite pour épouser un noble, quoi qu'en disent mes parents. Je crains d'être plus diablesse que comtesse.

Et comme pour le lui prouver, elle s'amusa à le provoquer une fois de plus. Remontant davantage ses lourdes jupes, elle s'assit en tailleur, puis sortit une cigarette et une allumette de la poche de sa robe.

Aidan la regarda, interloqué, tout en se demandant pourquoi diable il s'étonnait encore.

— Et en plus, vous fumez, lança-t-il d'un ton désapprobateur.

— Dieu que c'est choquant ! s'écria-t-elle.

Et comme elle fronçait les sourcils d'un air sévère, Aidan eut la désagréable impression qu'elle était en train de l'imiter.

— Que cette fille est mal élevée ! poursuivit-elle. Elle jure, elle fume, elle se promène pieds nus, et elle sait même siffler !

Arrondissant les lèvres, elle émit quelques notes d'un célèbre air de music-hall. Puis ses mimiques impudentes disparurent, remplacées par une mine contrite.

— Vous désapprouvez ma conduite. Oh, que je souffre !

Elle imita un sanglot.

— J'en ai le cœur brisé. Me voilà condamnée à errer jusqu'à la fin de mes jours en me languissant de vous !

Elle était si comique, malgré son expression tragique, qu'Aidan faillit éclater de rire, mais lorsqu'elle glissa sa cigarette entre ses lèvres et frotta son allumette contre le bois usé du petit pont, son humeur s'assombrit.

— Pourquoi vous adonnez-vous à une pratique aussi dégradante ? demanda-t-il, soudain furieux.

Cette fois, ce fut elle qui arqua des sourcils intrigués. Par-dessus l'allumette enflammée qu'elle avait approchée de son visage, ses yeux expressifs s'agrandirent. À vrai dire, Aidan ne s'expliquait pas lui-même les raisons de sa colère, et encore moins la passion avec laquelle il l'avait exprimée. Cette fille pouvait bien faire ce que bon lui semblait, cela ne le concernait en rien.

— Nous ne sommes pas dans un salon, voyons ! marmonna-t-elle, son élocution gênée par la cigarette coincée entre ses lèvres.

Elle enflamma le petit rouleau de tabac, jeta l'allumette dans l'eau, et exhala un nuage de fumée bleue.

— Il n'y a pas de rideaux de velours que des bonnes déjà surchargées de travail devront aérer, reprit-elle.

Puis, prenant une autre bouffée, elle souffla un rond de fumée dans la direction d'Aidan avant d'ajouter :

— Pourquoi ne devrais-je pas fumer ?

Aidan s'écarta tandis que l'anneau flottait dans l'air, se déformait, et disparaissait.

— Cela laisse une odeur déplaisante sur les vêtements, ainsi que sur les coussins et les rideaux, répliqua-t-il.

— Ma foi, c'est possible, mais une simple petite cigarette n'y changera rien. Aujourd'hui, tout le monde fume.

Elle le désigna d'un geste.

— Sauf vous, apparemment, précisa-t-elle. Cela dit, à moins de vivre en ermite, vous êtes condamné à sentir le tabac en permanence. Si vos vêtements empestent, ce ne sera pas à cause de ma cigarette.

— Une femme ne devrait pas fumer. Ce n'est pas convenable.

— Convenable ? répéta-t-elle avant de rire. Je ne suis pas une personne convenable.

— C'est dégradant, insista-t-il, buté. Et certains médecins craignent que cela ait des effets nocifs sur les poumons. Il est déjà regrettable que les hommes s'adonnent à cette déplorable habitude, mais pour les femmes, c'est encore pire.

— Mais vous êtes un vrai bonnet de nuit ! s'exclama-t-elle. Vous ne fumez pas, vous ne buvez pas, vous ne pensez qu'à la droiture morale et aux bonnes manières.

Elle esquissa une moue déçue.

— Je ne crois pas que le prince charmant soit comme ça.

— Et moi, je ne crois pas qu'un baron soit ravi d'épouser une femme qui fume.

Les yeux bleu lavande croisèrent les siens. Un éclair de défi, froid et métallique, passa dans leurs profondeurs tandis qu'elle tirait sur sa cigarette et soufflait un nuage de fumée.

— Je vous l'ai déjà dit, ma vie est une lutte permanente contre l'autorité. Je suis sur le point de faire un mariage respectable afin de racheter mes péchés, mais cela ne m'empêchera pas de me rebeller de temps en temps. C'est ma seule façon de ne pas devenir folle.

— Votre fiancé pourrait tout annuler s'il découvrait que vous fumez.

— Il le sait très bien.

Son visage d'elfe avait pris une dureté inattendue, mais elle poursuivit d'une voix enjouée :

— Il est déterminé à m'épouser malgré tous mes défauts.

— Ma foi, tant mieux pour vous.

Comme elle ne renchérissait pas, il reprit :

— N'est-ce pas ?

— Si vous le dites.

Elle jeta sa cigarette dans la rivière et se pencha pour attraper ses souliers de velours, posés un peu plus loin.

— Eh bien, beau prince, je ferais mieux d'y aller, déclara-t-elle en se rechaussant. Le rideau va bientôt se lever, et si je suis en retard, ils vont croire que j'ai eu peur et que je me suis enfuie. Si vous voulez me voir massacrer mon rôle, la scène est sur la place du village. Un *shilling* l'entrée.

Sur ces mots, elle se leva, ramassa son rouet et gagna l'autre rive en sifflotant.

— Attendez ! cria Aidan. Je ne sais même pas comment vous vous appelez.

— Julia.

Elle éclata de rire avant de pivoter sur ses talons pour le regarder, mais sans cesser de marcher.

— Enfin, c'est ainsi que mes amis m'appellent.

— Oh, mais nous ne sommes pas amis ! Juste des... connaissances.

— Eh bien, nous le serons. J'y suis tout à fait résolue.

— Pourquoi ?

— Parce que vous ne m'aimez pas. Voilà pourquoi.

Aidan secoua la tête, déconcerté.

— Même si c'était vrai, cela n'a aucun sens.

— Oh, mais si ! Je déteste que l'on ne m'aime pas. En outre...

Elle jeta un rapide coup d'œil derrière elle pour voir où la menaient ses pas.

— ... je vous aime bien, malgré vos airs supérieurs, votre obsession de la moralité et vos idées désespérément démodées. Un jour, nous serons amis. Autant vous y habituer dès maintenant.

Sans lui laisser le temps de protester, elle ajouta :

— Car je vous préviens, vous n'avez pas la moindre chance de me résister. *Ciao !*

Elle porta la main à ses lèvres pour y déposer un baiser qu'elle souffla dans sa direction, puis, pivotant de nouveau, elle s'éloigna d'un pas léger.

Aidan la suivit du regard en tentant de se convaincre qu'il était soulagé qu'elle s'en aille enfin. Cette jeune fille avait un comportement indigne d'une demoiselle bien élevée. Elle disait des choses qui le prenaient au dépourvu, des choses absurdes auxquelles il ne trouvait aucune réponse appropriée et des choses audacieuses qui le mettaient mal à l'aise. Elle était insolente, audacieuse, rebelle, et même si elle était fiancée, elle n'hésitait pas à flirter avec lui.

Pourtant, tandis que sa frêle silhouette disparaissait entre les arbres, ce ne fut pas du soulagement qu'il ressentit mais des regrets. Jamais il n'avait rencontré une héroïne de contes de fées, et il était persuadé que plus jamais il ne croiserait celle-ci.

Ce n'est que dix ans plus tard que les circonstances lui donneraient tort.

6

— Encore vous !

Aidan bondit sur ses pieds en fixant d'un regard abasourdi la femme assise dans son bureau.

— Que diable faites-vous ici ?

Elle se débarrassa de l'étole d'hermine drapée sur ses épaules, révélant un décolleté vertigineux.

— Je pourrais vous retourner la question.

Aidan n'était pas d'humeur à jouer aux devinettes. Il croisa les bras et la fusilla du regard.

— Comment avez-vous pu entrer chez moi sans que mon majordome en soit averti ?

— Je ne me suis pas introduite par effraction, si c'est ce que vous pensez.

D'un geste, elle indiqua sa robe du soir.

— Vous n'imaginez tout de même pas que je suis passée par la fenêtre dans cette tenue ? J'ai simplement ouvert la porte et je suis entrée. Personne n'a remarqué ma présence, apparemment.

Secouant la tête d'un air atterré, elle ajouta :

— Vraiment, Aidan, cela ne vous ressemble pas d'avoir un maître d'hôtel aussi incompétent. C'est une nouvelle recrue ?

Elle avait vu juste, mais il n'avait pas l'intention de l'admettre devant elle. Même si elle possédait un indubitable sens de l'observation et un vrai talent pour la déduction, il se refusait à l'encourager.

— Vous êtes entrée ? répéta-t-il, sceptique. Comme cela ?

— J'ai sonné, mais personne n'a répondu. D'après ce que j'ai compris, il y avait un problème avec une bonne. Du moins, c'est ce que semblaient indiquer les hurlements de votre majordome.

Ouvrant son petit sac à main doré pour y chercher quelque chose, elle poursuivit :

— Vous pouvez le congédier. Il ne vérifie pas que la porte est fermée à clef le soir, ce qui est bien imprudent, à Londres. N'importe qui pourrait s'introduire dans la maison, dérober quelques-unes de ces superbes pièces d'argenterie exposées dans le hall et disparaître en un clin d'œil.

Elle sortit un petit boîtier émaillé, long et plat, l'ouvrit pour y prendre une cigarette et une allumette puis, sans laisser à Aidan le temps d'objecter, elle reprit :

— Il bat le petit personnel. Il accablait cette malheureuse d'insultes en criant si fort que je l'ai entendu avant d'atteindre la porte d'entrée, Aidan ! Elle avait oublié un peu de suie dans une cheminée, ou fait je ne sais quelle broutille, et elle était en larmes à cause de lui.

Elle leva vers Aidan un visage bouleversé. Tout à coup, il eut l'impression qu'elle était sur le point d'éclater en sanglots.

— Cet homme la terrorise, conclut-elle.

Aidan fronça les sourcils. Il n'aimait pas ce qu'il découvrait au sujet de son maître d'hôtel. Et il aimait encore moins l'inexplicable souffrance qu'il lisait sur ses traits. Puis elle lui sourit, et la souffrance disparut au profit de son habituelle expression désinvolte.

— Cela vous ennuie si je fume ?

— Oui, cela m'ennuie. Vous connaissez mon point de vue sur la question. De plus, je croyais que vous vouliez mettre un terme à cette déplorable habitude.

— J'essaie, mais c'est moins facile que prévu.

Elle soupira et lui adressa un regard navré.

— Je crains de manquer totalement de volonté.

— Essayez encore.

Décroisant les bras, il se pencha pour lui ôter cigarette et allumette des mains, et jeta le tout dans la cheminée.

— Une femme ne devrait pas fumer. C'est tout à fait...

— Inconvenant, je sais, l'interrompit-elle. Vous me l'avez dit la première fois que nous nous sommes rencontrés.

Aidan était surpris qu'elle se souvienne de cette étrange discussion, mais elle avait le don de le prendre au dépourvu, de le choquer, de lui faire perdre contenance. C'était très éprouvant.

— Vous n'avez pas changé depuis cette époque, d'ailleurs. Vos opinions sur les femmes sont aussi rétrogrades que lorsque nous avions dix-sept ans. Vraiment, Aidan, quand me suis-je comportée convenablement ?

— Jamais, reconnut-il avec un soupir las.

— En outre, il me semble que ma manie de fumer, aussi désolante soit-elle, ne devrait pas être votre principal souci pour l'instant. Il y a un sujet qui devrait vous préoccuper bien davantage.

— Lequel ?

— L'heure, mon cher ! Il est 22 heures passées.

Elle lui adressa un regard consterné avant d'ajouter :

— Et vous n'êtes même pas habillé pour l'opéra.

— L'opéra ? répéta Aidan, comprenant enfin. Lady Felicia ! Bon sang, je l'ai complètement oubliée !

Julia éclata de rire.

— Oui, c'est l'effet qu'elle fait aux hommes, en général.

Aidan lui décocha un regard agacé et sortit sa montre de sa poche. Constatant qu'elle avait dit vrai, il réprima un mouvement d'humeur.

— J'ai raté le premier entracte.

— Ne vous affolez pas. Vous avez tout le temps d'arriver pour le second. Enfin, si votre valet est plus efficace que votre maître d'hôtel…

Elle se leva et lui emboîta le pas tandis qu'il fourrait sa montre dans sa poche et se dirigeait vers la porte.

— Vous pouvez encore vous changer et arriver à Covent Garden à temps. Cela dit, si j'étais vous, il ne me viendrait pas à l'idée de me précipiter pour tenir compagnie à lady Felicia. J'espère que vous avez déjà votre billet ?

Aidan pila sur place et se retourna. Lady Yardley le suivait de si près qu'elle faillit le heurter. Il la prit spontanément par les épaules pour l'empêcher de tomber. À peine avait-il effleuré sa peau soyeuse qu'il la lâcha comme s'il s'était brûlé, mais il était trop tard. Ce simple contact avait suffi à éveiller en lui un désir intense, presque brutal.

Il prit une profonde inspiration pour se calmer.

— Je n'en ai pas besoin, répondit-il. Je loue une loge à l'année. Je m'étonne que vous n'en soyez pas déjà informée, vous qui semblez tout connaître de moi. Et puisque nous en parlons, comment savez-vous que je suis censé aller à l'opéra ce soir et rencontrer lady Felicia ?

Sans lui laisser le temps de répondre, il ajouta :

— Non, je préfère l'ignorer.

Pivotant sur ses talons, il se dirigea vers l'escalier. Soudain, il se souvint de ce qu'il venait d'apprendre au sujet de Covington, s'arrêta de nouveau et tira d'un geste impatient sur le cordon situé au pied des marches. Il attendit que quelqu'un vienne, sous le regard amusé de lady Yardley, qui se tenait près de la porte d'entrée. L'une des petites bonnes arriva en courant.

Il suffit à Aidan d'un seul regard pour comprendre que lady Yardley avait vu juste. La fille avait la lèvre fendue et sa pommette était tuméfiée. Elle avait manifestement été battue, et avec une grande violence. Lorsqu'elle leva les yeux vers lui, il vit ses paupières rougies par les larmes et son expression résignée. À l'évidence elle s'attendait à être accusée et congédiée. Aidan fut envahi par une bouffée de rage. Ces messieurs de Scotland Yard pouvaient-ils inculper un duc pour avoir roué de coups son futur ex-majordome ?

La jeune fille baissa la tête et s'inclina timidement.

— Monsieur a appelé ? demanda-t-elle d'une voix tremblante.

— Oui, Ellis. Dites à Mme Bowles d'annuler le dîner que j'ai commandé et faites atteler ma voiture. Ensuite, vous irez informer M. Covington que je veux le voir dans mon bureau immédiatement.

Les épaules de la petite bonne s'affaissèrent, comme si le poids du désespoir était une charge trop lourde.

— Oui, monsieur, murmura-t-elle.

Elle tournait les talons lorsque Aidan reprit :

— Ellis ?

Comme elle s'immobilisait, il ajouta, avec toute la bienveillance dont il était capable :

— Vous direz aussi à Mme Bowles que j'ai ordonné qu'elle vous prépare une compresse avec de la glace. Rassurez-vous, je n'ai pas l'intention de vous mettre à la porte. Quant à M. Covington, il ne lèvera plus la main sur vous. Il aura quitté cette maison avant que je m'en aille tout à l'heure, je vous en donne ma parole.

La malheureuse se mit à trembler de la tête aux pieds, mais un soupir de soulagement lui échappa.

— J'informerai Mme Ward de tout ceci avant mon départ, poursuivit-il. En tant que gouvernante, c'est elle qui sera responsable en attendant qu'un nouveau majordome soit engagé. Vous pouvez y aller.

— Ou... oui, monsieur, merci, monsieur, bégaya-t-elle avant de s'éloigner d'un pas rapide, se prenant presque les pieds dans le tapis dans sa hâte de transmettre ses instructions.

Lorsqu'elle eut disparu, Aidan se tourna vers lady Yardley. Celle-ci l'observait d'un air pensif. Elle parut sur le point de dire quelque chose, puis se ravisa, l'air indécis. Après un silence, elle murmura enfin :

— Vous êtes un homme bon, Aidan.

Il détourna le regard, à la fois embarrassé et secrètement ravi. En vérité, il n'avait pas l'impression de mériter des louanges pour son comportement. Aucun *gentleman* digne de ce nom n'aurait gardé chez lui un majordome qui frappait une femme.

— Que faites-vous ici ? demanda-t-il d'un ton bourru en posant le pied sur la première marche. Vous n'avez pas de projets pour la soirée ?

— Je me sauve ! s'écria-t-elle en ouvrant la porte. Je ne voudrais pas manquer la Chevauchée des Walkyries, c'est mon passage préféré.

— Vous allez à Covent Garden, vous aussi ? s'exclama-t-il en se retournant, avant d'ajouter d'un ton résigné : Oui, bien sûr. Pourquoi aurais-je de la chance, tout à coup ?

Elle lui décocha l'un de ces sourires radieux dont elle avait le secret.

— Voulez-vous partager mon taxi ?

Il avait beau être agacé et contrarié, Aidan ne put retenir un imperceptible sourire. Il se détourna vivement, de peur que lady Yardley se sente encouragée dans ses audaces.

— Je vous ai vu ! lança-t-elle d'un ton joyeux tandis qu'il gravissait les marches.

Aidan sourit. Il ne put s'en empêcher. Cette femme était décidément la créature la plus insolente qu'il eût jamais rencontrée. Et la plus séduisante.

Le second entracte venait de commencer lorsque Julia regagna Covent Garden. Paul et la tante Eugenia étaient venus avec elle à la représentation, mais lorsqu'elle entra dans la loge de la famille Danbury, il était seul.

Aussi blond que leur cousine Beatrix, et doté des mêmes yeux bruns, Paul était accoudé à la balustrade. Il observait la foule en contrebas, une flûte de champagne à la main.

— Tout le monde t'a abandonné ? demanda-t-elle en le rejoignant.

Il se tourna vers elle, l'air soulagé.

— Mère a repéré la famille Marlowe ; elle est allée les saluer. Où diable étais-tu ? Je croyais que tu allais prendre l'air quelques minutes ? Voilà plus d'une heure que tu es partie.

— J'ai rencontré des connaissances et nous avons discuté. Je n'ai pas vu le temps passer. C'est quand tout le monde a commencé à sortir que j'ai compris que c'était déjà le second entracte.

Julia mentait sans le moindre scrupule. Après une vie de rébellion contre sa famille et douze années de mariage avec Yardley, elle avait élevé la dissimulation au rang des beaux-arts, et y recourait chaque fois qu'elle l'estimait nécessaire.

Paul avala son histoire sans broncher, et ne songea même pas à lui demander qui elle avait croisé.

— Dieu merci, tu es revenue ! Comme elle n'avait personne d'autre à qui parler, mère m'a fait la conversation pendant tout le second acte.

— Il y a de quoi devenir fou, n'est-ce pas ? compatit Julia.

Elle posa son sac sur son siège et drapa son étole sur le dossier.

— Plutôt, admit Paul. Je ne m'expliquerai jamais pourquoi vous, les femmes, passez tant de temps à observer les gens avec vos jumelles et à discuter, au lieu de regarder le spectacle.

— Mon cher Paul, personne à part toi ne va à l'opéra pour voir ce qui se passe sur la scène. Le plus intéressant, c'est le public.

Tout en riant, elle chercha du regard la loge de la famille Vale. L'ayant trouvée, elle plissa les yeux. Elle distinguait une silhouette féminine vêtue de vert pâle, accoudée à la rambarde, mais elle était trop loin pour voir de qui il s'agissait. Pour l'instant, il n'y avait personne d'autre dans la loge. Aidan, qui avait dû se changer, n'était pas encore arrivé.

Elle sortit ses jumelles du sac fixé à la paroi devant elle. Elle ne voulait pas être prise au dépourvu lorsque Aidan ferait son apparition. Elle adorait les comédies. Voir Trathen, si poli et bien élevé, tenter d'échapper aux petites griffes pointues de Felicia Vale serait un pur bonheur. Julia attendait ce moment depuis que, la veille, elle avait surpris l'échange entre Mlle Vale et son amie. Elle avait été tellement déçue qu'Aidan ne fasse pas son apparition au premier entracte qu'elle était partie le chercher chez lui.

— Quoi qu'il en soit, poursuivit Paul, je t'interdis de quitter ton siège jusqu'à la fin de la représentation. Mère pourra discuter avec toi tout son saoul pour savoir qui est là, qui est avec qui ou qui porte quoi. Quant à moi, je pourrai enfin écouter la musique.

— Ravie de te rendre ce service, Paul. C'est le moins que je puisse faire pour te remercier de m'avoir soutenue avec une telle loyauté.

— C'est tout à fait normal, protesta-t-il. La famille, c'est sacré. Je regrette juste de ne pas avoir pu te libérer moi-même des griffes de ce sale type.

Elle lui pressa le bras d'un geste affectueux.

— Je sais, mais tu n'aurais rien pu faire. Et de toute façon, c'est terminé, maintenant. Je suis désolée de vous avoir imposé ce scandale, à toi et aux autres.

— Ne t'inquiète pas. Je suppose que n'importe quelle femme mariée à Yardley aurait fini par tomber dans les bras d'un autre homme.

Cela fit presque sourire Julia. Paul était si gentil ! Il était vraiment convaincu que tout cela n'avait été qu'une aventure romantique entre Aidan et elle.

— Qui aurait pensé que Yardley ferait tant d'histoires en apprenant que tu avais une liaison ? D'un autre côté, quelle idée d'avoir choisi Aidan Carr !

Il secoua la tête d'un air encore incrédule.

— Quand le scandale a éclaté, j'ai d'abord refusé d'y croire. Comme nous tous dans la famille, d'ailleurs. Nous étions persuadés que vous vous détestiez, Trathen et toi. Et après la rupture de ses fiançailles avec Beatrix...

Il se tut, se racla la gorge, puis :

— Enfin, peu importe. Ce que je veux dire, c'est que je suis ravi de t'avoir de nouveau à la maison. Il n'y a pas une semaine que tu es là, mais ma vie s'est déjà considérablement améliorée.

— Tant mieux.

Julia hésita.

— Paul... n'y a-t-il aucune chance pour que Susanna et toi puissiez...

— Non, l'interrompit-il.

Susanna, l'épouse américaine de Paul, était retournée dans sa famille et ne semblait pas disposée à revenir en Angleterre.

— Elle m'a fait savoir qu'elle s'était définitivement installée à Newport.

Avec un soupir peiné, Julia prit place dans son fauteuil.

— J'aimerais tant que vous trouviez une solution !

— Impossible, répondit Paul, le visage fermé, en s'asseyant à côté d'elle. Il n'y en a pas.

— Je suis désolée.

— Oui. L'amour n'est que souffrance.

Il essaya de sourire.

— Quand c'est fini, précisa-t-il.

— Exact, approuva Julia. Mais tant que cela dure, c'est tellement merveilleux !

Elle regarda sans vraiment les voir les rangées de loges de l'autre côté de la salle, avec leurs fauteuils tendus de velours pourpre, leurs moulures dorées, leurs occupants en tenues élégantes. Elle se rappelait la petite maison au milieu des bois, sur la propriété de son père, ainsi que l'homme qui l'avait autrefois habitée, un bel inconnu d'une dizaine d'années de plus qu'elle, un poète aux cheveux longs et aux idées folles.

— J'ai été amoureuse, il y a longtemps, s'entendit-elle murmurer.

— Ah bon ? fit Paul, surpris. Ce n'était pas Yardley, je suppose ?

— Certainement pas.

— Alors qui ?

Julia demeura silencieuse. Elle se souvenait de la première fois où elle avait posé les yeux sur Stephen Graham. Avec sa beauté sauvage et ténébreuse, il avait séduit d'emblée la jeune fille imaginative qu'elle était. Elle ignorait encore, à ce moment-là, qu'il écrivait les vers les plus sublimes qu'elle lirait de sa vie. Elle ne savait pas qu'elle risquerait tout pour être auprès de lui. Et elle ignorait le prix qu'elle aurait à payer pour cela. Dès le premier regard, avant même de connaître son nom, elle avait su ce que c'était que d'aimer et d'être aimée. Comment Stephen avait-il appelé cela, dans l'un de ses poèmes ? La divine brûlure de l'extase…

— Ce n'était pas quelqu'un de notre monde, dit-elle, répondant finalement à la question de son cousin. Nous nous retrouvions en secret.

Elle marqua une pause.

— C'était merveilleux.

— Que s'est-il passé ?

— Papa nous a découverts et a mis un terme à notre liaison. Il m'a interdit de l'épouser et l'a chassé.

— Quel dommage, marmonna Paul. Tu n'aurais pas pu tomber amoureuse d'un homme convenable ?

— Moi ? dit-elle avec une gaieté forcée. Faire quelque chose de convenable ? Dieu m'en préserve !

Paul s'esclaffa.

— Il faut dire que tu as la manie de nager à contre-courant. Tu l'as toujours eue.

— Nous avions prévu de nous enfuir, reprit-elle. Il est parti et je l'ai rejoint en Écosse quelques semaines plus tard. Quand je suis arrivée à Peebles, il était mort. La scarlatine, m'ont appris ses parents. Une partie de moi est morte avec lui ce jour-là. Papa et maman m'ont retrouvée et ramenée de force à la maison. Ils ont décidé de me marier au plus vite, avant qu'on apprenne ma fuite et qu'un scandale éclate.

— Voilà donc pourquoi tu as épousé Yardley. Quand nous avons appris tes fiançailles, nous avons eu l'impression qu'il se passait quelque chose d'anormal. Tes parents semblaient ravis de ce mariage, mais pas toi. Nous n'avons jamais compris pourquoi tu avais accepté.

— Tu veux dire que, vu mon caractère, j'aurais dû me révolter ?

— Eh bien, oui, avoua Paul d'une voix un peu hésitante.

Julia lui adressa un sourire navré.

— Je voulais me faire pardonner mes fautes passées. Yardley était… Disons qu'il était une juste punition.

— C'est cher payé pour un péché aussi véniel que d'avoir aimé. Tu ne l'as jamais regretté ? Je veux dire, d'être tombée amoureuse ?

Elle sourit.

— Jamais.

— Moi non plus, avoua Paul, nostalgique. Même si Susanna refuse de revenir.

Julia hocha la tête pour l'encourager à poursuivre.

— Je suis allé à Newport cet automne pour la convaincre de rentrer, mais elle n'a rien voulu entendre. Elle n'aime pas l'Angleterre.

— Dans ce cas, pourquoi ne demandes-tu pas le divorce ? Tu l'obtiendrais facilement.

— Je sais, mais à quoi bon ? Je n'ai pas l'intention de me remarier.

— Moi non plus ! s'exclama Julia. Tiens, nous pourrions former un club ?

Paul éclata de rire, mais il retrouva vite sa gravité.

— Penses-tu aimer de nouveau un jour ?

Julia réfléchit un moment. En ce qui la concernait, l'amour était mort et enterré depuis longtemps. Il reposait à côté de ses compagnes de toujours, la peur et le chagrin. Avec Stephen, elle avait connu le paradis. Et avec Yardley, l'enfer. Il avait été le prix à payer pour avoir franchi les portes dorées de l'Eden. Désormais, tout ce qu'elle voulait, c'était vivre libre. Ne plus jamais fuir, ne plus jamais pleurer… et ne plus jamais aimer. Elle n'attendait plus rien de la vie, sinon de pouvoir savourer sa liberté toute neuve.

— Non, répondit-elle finalement. Une fois m'a suffi.

— À moi aussi. Bonté divine, que nous sommes devenus cyniques !

— Pas du tout, protesta Julia. Je crois à l'amour et au mariage. Vraiment.

Puis, décochant un clin d'œil à son cousin, elle précisa :

— Pour les autres.

Il sourit. Il allait répondre lorsque le gong retentit, indiquant que la première moitié de l'entracte venait de s'écouler. Julia se souvint alors du spectacle auquel elle était venue assister.

— Flûte ! s'écria-t-elle en s'emparant de ses jumelles. Je suis en train de tout rater.

— Pardon ? fit Paul.

— Je suis venue pour voir...

Elle approcha l'instrument de ses yeux et chercha la loge de lord Vale. Et oublia ce qu'elle s'apprêtait à dire lorsqu'elle aperçut Aidan en compagnie de la fille en robe verte. Celle-ci lui tournait le dos, mais Julia n'avait pas besoin de voir son visage pour savoir qu'il s'agissait de Felicia Vale. Elle le devinait à l'expression consternée d'Aidan.

Elle éclata d'un rire joyeux. Ce fut plus fort qu'elle. Malgré la distance, il lui semblait presque entendre les couinements de souris que faisait Felicia en parlant. Si cette scène avait été un dessin humoristique, on aurait écrit dans la bulle représentant les pensées d'Aidan : *Cet entracte ne finira donc jamais ?*

Tant pis pour lui, songea-t-elle, partagée entre l'hilarité et la compassion. Elle l'avait mis en garde. Se mordant les lèvres pour réprimer un fou rire, elle se promit d'avoir le triomphe modeste, la prochaine fois qu'elle le verrait. Enfin, aussi modeste que possible.

— Qu'est-ce qui te fait rire ? s'enquit Paul, qui essayait de suivre son regard.

Julia abaissa ses jumelles et adressa un sourire suave à son cousin.

— Je croyais que tu méprisais les gens qui épient les autres et colportent des ragots ?

Paul pinça les lèvres, mortifié.

— Simple curiosité, bougonna-t-il.

Julia reporta son attention de l'autre côté de la salle. C'était si drôle qu'elle ne résista pas à l'envie de partager son hilarité.

— J'observe Trathen, avoua-t-elle. Il est dans la loge de lord Vale. Lady Felicia est en train de le prendre d'assaut. Oh, si tu voyais sa tête ! C'est vraiment trop drôle.

Paul émit un grognement.

— Le pauvre. Cette fille m'a littéralement harponné dans un bal, il y a quelque temps. Elle n'a cessé de parler pendant deux heures. J'ai dû me montrer impoli pour réussir à m'en dépêtrer.

— Je crains que ce ne soit le tour de Trathen, ce soir. Elle va le convaincre de partager leur loge et il va vivre une heure et demie d'enfer. Va à sa rescousse, Paul. S'il te plaît. Cela te vaudra sa reconnaissance éternelle. Cela ne fait pas de mal d'être le débiteur d'un duc.

— Peut-être, mais est-ce bien raisonnable ? Même s'il accepte de venir s'asseoir avec nous, je doute que ce soit une bonne idée. En le voyant en ta compagnie, les gens vont s'imaginer que...

— Ma chérie ! s'écria une voix masculine, en français.

Julia et Paul se tournèrent d'un même mouvement sur leurs sièges. Un homme brun et mince se tenait sur le seuil de la loge.

— René ! s'exclama Julia, ravie. Quelle bonne surprise !

Elle rangea ses jumelles et se leva pour aller accueillir l'élégant jeune homme qui s'approchait d'elle, bras tendus. Elle lui prit les mains et le laissa l'embrasser sans façon sur les joues.

— J'ignorais que vous étiez en Angleterre, dit-elle.

— Je ne suis arrivé qu'hier de Paris. J'étais en bas, avec des amis, en train de me dire que cet opéra était bien pénible, quand j'ai levé les yeux et vous ai vue. Depuis, je trouve que c'est une merveilleuse soirée.

Comme il jetait un coup d'œil derrière elle, Julia pivota.

— Paul, dit-elle à son cousin, qui la rejoignit, te souviens-tu de René Dubois ? Nous avons fait sa connaissance aux courses automobiles de Scarborough, il y a deux ans.

Paul décocha un sourire glacial au nouvel arrivant. Manifestement, il ne l'avait pas oublié, et ne l'appréciait guère.

— Bien sûr. Bonsoir, Dubois.

Celui-ci s'inclina, apparemment peu ému par cet accueil distant.

— Bonsoir, lord Danbury, répondit-il avec un fort accent français.

Julia, qui avait perçu la tension entre les deux hommes, s'adressa à son cousin :

— Paul, sois gentil. Va délivrer ce pauvre Trathen des griffes de Felicia. Tu n'as pas besoin de le ramener ici. Invente une excuse et emmène-le dans la loge des Marlowe. Il les connaît tous, et même s'il ne reste pas de place, Marlowe se fera un plaisir de l'entraîner dehors pour parler affaires.

Saisie par une soudaine inspiration, elle ajouta :

— En vérité, plus j'y pense, plus je trouve que c'est une bonne idée. Vas-y, Paul. Le malheureux a désespérément besoin d'aide.

— Comme tu voudras, grommela Paul, agacé. Mais ensuite ? Marlowe va se sentir obligé de le convier à son dîner au Savoy, et je te rappelle que nous y serons également.

Voilà justement où Julia voulait en venir. Il fallait qu'elle parle à Aidan d'une idée qui venait de germer dans son esprit. Ce souper lui offrait l'occasion idéale.

— Pour l'amour du ciel, Paul, nous sommes des adultes ! Nous pouvons passer une soirée dans la même pièce, non ?

— Pour notre réputation à tous, il serait préférable que Trathen et toi vous évitiez autant que possible.

— Ce ne sera pas un dîner formel. Je demanderai à la femme de Marlowe d'asseoir sa sœur, Phoebe, à côté de Trathen. Cela détournera les ragots de ma personne. En outre...

Prenant le Français par le bras, elle poursuivit :

— ... comme René nous accompagnera, aucun doute ne sera permis. Vous venez avec nous, René, n'est-ce pas ?

— Avec grand plaisir.

— Julia ! s'offusqua Paul. On n'invite pas ses amis aux soirées des autres !

— Bah ! Les Marlowe ne s'en formaliseront pas. Je crois au contraire que ce sera une soirée très joyeuse, pas toi ?

Paul laissa échapper un soupir résigné et s'éloigna.

— Quelquefois, ton sens de l'humour m'échappe, lança-t-il par-dessus son épaule. Tu ne fais cela que pour pouvoir te moquer de lui.

Julia n'essaya même pas de nier. Certes, la perspective de railler gentiment Trathen était irrésistible, et ses malheurs avec Felicia Vale lui auraient offert une source inépuisable d'amusement, mais ce n'était pas pour cette raison qu'elle avait manœuvré pour qu'il se joigne à leur petit groupe.

Elle avait une faveur à lui demander. Et elle n'avait pas l'intention de gâcher ses chances en riant trop ouvertement de ses déboires avec Felicia Vale.

7

Jamais Aidan n'aurait cru que vingt minutes puissent durer aussi longtemps.

— ... et quand maman m'a dit qu'un invité très spécial devait nous rejoindre pendant l'entracte, j'ai été follement excitée ! gloussa lady Felicia d'une petite voix stridente qui faisait honneur aux talents d'imitatrice de Julia Yardley.

Il était arrivé à Covent Garden une dizaine de minutes après le début du second entracte, mais il avait à peine eu le temps de saluer ses hôtes que ceux-ci lui avaient présenté leur fille. Depuis, le temps semblait s'être arrêté. Pourtant, lady Felicia parlait si rapidement qu'il se demandait comment elle parvenait à respirer.

— Et même si je savais que cela devait être une surprise, je n'ai pas résisté à la tentation de lui demander qui était ce mystérieux invité. Maman a d'abord refusé de me le révéler, bien entendu, je veux dire, sinon, ce ne serait plus une surprise, n'est-ce pas ? Seulement, il en faut plus pour me décourager ; je suis très déterminée, quand je le veux !

Elle émit un petit rire nerveux.

— Alors j'ai insisté, jusqu'à ce que maman, qui n'a jamais su garder un secret, accepte de me donner au moins un indice. Et vous ne devinerez jamais ce qu'elle m'a dit ?

Elle fit une pause, signalant que, malgré une telle prédiction, Aidan était censé faire au moins une tentative. Hélas ! Il n'en trouva pas le courage. Aussi se contenta-t-il d'arquer un sourcil interrogateur.

Sa réaction s'avéra un encouragement suffisant, car elle poursuivit :

— Maman m'a dit que j'allais enfin faire la connaissance de mon héros.

Elle lui décocha un sourire qui, si elle avait jusque-là gardé le silence, n'aurait pas été totalement dénué de charme. Malheureusement, la séduction de lady Felicia Vale était partie en fumée à l'instant où elle avait ouvert la bouche. Voilà pourquoi il ne réagit pas lorsqu'elle lui adressa un regard enjôleur, démentant l'accusation de Julia Yardley selon laquelle il avait un faible pour les grands yeux bruns.

S'avisant qu'on venait de lui faire un compliment, il se mit en devoir d'y répondre de la manière appropriée.

— Vous me flattez, lady Felicia, murmura-t-il. Je vous en remercie, mais j'ai peur de ne pas correspondre à une description aussi élogieuse.

— Oh, mais si, lord Trathen ! Nous avons déjà eu l'occasion de nous rencontrer, même si vous ne vous en souvenez sans doute pas.

Aidan fouilla dans sa mémoire, en vain. Il jeta un coup d'œil désespéré vers la porte en se demandant si l'étiquette exigeait qu'il prolonge sa visite jusqu'à la fin de l'entracte. Puis il songea que battre en retraite aurait été indigne d'un *gentleman*.

Cherchant une autre issue pour échapper à l'exaspérant caquetage de lady Felicia, il parcourut la loge du regard. Il considéra un instant les parents de la jeune fille dans l'espoir qu'il pourrait les intégrer à la conversation, mais ils lui tournaient résolument le dos et discutaient avec des amis – façon, peut-être, de lui signifier qu'il devait se débrouiller sans eux.

— C'était il y a huit ans, reprit lady Felicia avec un soupir nostalgique, obligeant Aidan à se tourner de nouveau vers elle. Je n'étais qu'une petite fille, à l'époque. J'étais allée faire une promenade à cheval dans Hyde Park avec ma gouvernante, quand soudain, ma jument s'est emballée. J'ai eu affreusement peur, car je ne parvenais pas à l'arrêter. J'essayais, bien entendu, mais comme j'ai toujours été de constitution délicate, je ne faisais pas le poids comparée à cette grande et solide monture.

Elle ponctua ses paroles d'un rire suraigu.

— Donc, ma jument fonçait vers la Serpentine, et c'est à ce moment que vous êtes arrivé. Vous avez lancé votre étalon au galop à côté de ma monture, m'avez soulevée de ma selle et déposée sur la vôtre ! J'ai été si surprise en me retrouvant soudain entre vos bras si solides que j'ai perdu connaissance. À mon réveil, j'étais étendue sur l'herbe, avec ma gouvernante à genoux à côté de moi, en train de me masser les poignets, tandis que vous montiez la garde près de nous pour nous protéger et tenir les curieux à distance.

Maintenant qu'elle en parlait, Aidan se souvenait de l'incident. Il n'avait jamais su le nom de la gamine qu'il avait enlevée de son cheval, et sa version à lui était légèrement moins romanesque que la sienne. La petite, qui n'avait qu'une douzaine d'années, avait poussé sa jument au galop, avant de s'affoler lorsque celle-ci avait pris de la vitesse. Elle avait lâché les rênes et s'était mise à hurler. Il l'avait rejointe pour essayer de la calmer mais, gagnée par une sorte de terreur hystérique, elle avait été incapable d'appliquer ses conseils. À la fin, voyant qu'il ne pourrait l'apaiser, il l'avait soulevée de sa selle et déposée sur la sienne. Dans son souvenir, elle ne s'était nullement évanouie. Il l'avait rendue tout à fait consciente à sa gouvernante, avait salué cette dernière et poursuivi sa promenade. Il ne souligna toutefois pas ces différences entre leurs deux versions. Ç'aurait été impoli de sa part.

— Vous êtes parti avant que je puisse vous remercier de m'avoir sauvé la vie, monsieur, mais jamais je n'ai oublié votre acte chevaleresque.

Puis, pressant ses mains gantées l'une contre l'autre, elle le couva d'un regard éperdu de gratitude et d'admiration.

— Vous serez toujours mon héros ! s'écria-t-elle.

Devant son expression béate, Aidan songea aux récentes affirmations de lady Yardley. Il frémit d'impatience et d'irritation. Il n'était certainement pas un héros.

Comme pour lui donner raison, une image lui vint à l'esprit. Lui, en train de faire glisser cette diabolique robe de mousseline blanche sur les épaules humides de sa propriétaire... Non, rien ne justifiait qu'une innocente le porte ainsi aux nues.

— N'importe qui en aurait fait autant à ma place, protesta-t-il, gêné.

Avant qu'elle ait le temps de se récrier qu'il n'en était rien et de renouveler ses compliments immérités, le gong sonna de nouveau, signalant qu'il ne restait que cinq minutes avant le lever de rideau. Considérant qu'il avait accompli son devoir, Aidan se réjouit à la pensée de rentrer enfin chez lui.

Il allait marmonner un rapide au revoir et prétexter de vagues obligations lorsque lady Felicia, faisant preuve d'une présence d'esprit que lady Yardley n'avait pas soupçonnée, lui donna le coup de grâce.

— Vous devez absolument vous asseoir avec nous pour regarder le dernier acte, monsieur.

Elle parut sur le point de le prendre par le bras pour l'entraîner de force vers un fauteuil. Il devait choisir. Accepter l'effrayante invitation de lady Felicia, ou lui opposer un refus catégorique, au risque de heurter sa sensibilité. C'est alors qu'une voix masculine s'éleva derrière lui.

— Trathen ! Il me semblait bien vous avoir vu d'en bas !

Pivotant sur ses talons, Aidan reconnut le comte de Danbury, qui se tenait sur le seuil de la loge. Il réprima un soupir de soulagement et de gratitude mêlés.

Paul Danbury s'arrêta pour saluer lord Vale et complimenter son épouse sur son élégance, puis il se dirigea vers Aidan et Mlle Vale.

— Lady Felicia, que vous êtes jolie ! Comme d'habitude, du reste. Trathen, je vous reconnais bien là ! Il faut toujours que vous repériez la plus belle jeune fille de la soirée. Serait-ce Mlle Vale qui vous rend aussi distrait ?

Il secoua la tête d'un air faussement exaspéré, avant de décocher un regard complice à Aidan.

— Vous aviez promis à Marlowe de le retrouver dans sa loge pendant l'entracte pour discuter d'une affaire urgente, mais il vous attend toujours. Cela dit, personne ne songerait à vous reprocher de l'avoir oublié, ajouta-t-il en adressant à la jeune fille un regard entendu.

Aidan s'empressa de saisir la perche que Danbury lui tendait.

— Vous avez raison, j'avais oublié, reconnut-il.

— J'étais en compagnie de Marlowe quand il vous a aperçu. Il se demandait si cela ne vous ennuierait pas d'aller le retrouver dès maintenant. D'après ce que j'ai compris, il quitte la ville demain pour une durée indéterminée. Si vous ne saisissez pas votre chance, j'ignore quand vous pourrez le revoir.

— Dans ce cas, j'y vais de ce pas, décréta Aidan.

Se composant une expression navrée, il se tourna vers sa voisine.

— Lady Felicia, je vous prie de m'excuser. Les affaires passent avant le plaisir, j'en ai peur.

Elle esquissa une petite moue boudeuse mais comme elle n'avait aucun argument à lui opposer, elle ne put que s'incliner.

— Bien sûr, répondit-elle.

Aidan remercia ses hôtes, leur souhaita le bonsoir et suivit Danbury le long du couloir incurvé.

— Merci, mon vieux, murmura-t-il une fois qu'ils se furent éloignés.

Déjà, ils approchaient de la loge du vicomte Marlowe.

— Remerciez plutôt Julia, répliqua Paul. C'est elle qui m'a envoyé en mission pour vous porter secours.

Tandis qu'il expliquait à Aidan comment les choses s'étaient passées, Aidan réfléchit. Même s'il soupçonnait lady Yardley d'avoir bien ri à ses dépens, il ne pouvait nier qu'il l'avait mérité.

Il n'avait pas reçu d'invitation formelle pour se joindre au petit groupe réuni autour de Marlowe, mais il était trop heureux d'avoir échappé à la loge des Vale pour se montrer sourcilleux sur les usages. Par chance, Marlowe n'était pas très à cheval sur les principes pour ce genre de questions. Il rit beaucoup en apprenant qu'il avait involontairement aidé Paul Danbury à le sauver des griffes d'une débutante ambitieuse. Il lui proposa un fauteuil dans sa loge et l'invita à dîner avec ses amis au Savoy après la représentation. Aidan, qui appréciait la compagnie des Marlowe, fut heureux d'accepter.

Paul Danbury regagna sa loge. Quant à Aidan, il eut tout juste le temps de saluer la mère, l'épouse et les deux sœurs de Marlowe que déjà les lumières faiblissaient et le rideau se levait.

Il prit la place qu'on lui indiquait, à côté de Phoebe, la sœur de Marlowe, sourit à celle-ci et s'adossa à son siège en étouffant un soupir de soulagement. Il ne nourrissait aucune passion pour l'opéra wagnérien, mais les gémissements tonitruants d'une Walkyrie représentaient une amélioration notable comparés aux gloussements suraigus de Felicia Vale.

Il était à craindre que ce qu'il venait de vivre ne soit un exemple parfait de ce qui l'attendait au cours des prochains mois. Une succession de soirées auxquelles il n'aurait pas envie d'assister, de présentations un peu maladroites, de mères prêtes à tout pour caser leur fille, de regards indiscrets, d'entrefilets dans la presse mondaine et de conversations assommantes avec des dizaines de jeunes femmes.

Tout cela dans l'espoir de trouver celle avec qui il pourrait envisager de passer sa vie – une femme à la fois séduisante et capable d'assumer ses devoirs de duchesse. À condition, bien entendu, qu'il parvienne (avec plus de succès que lors de ses précédentes tentatives !) à l'emmener jusqu'à l'autel...

À côté de lui, Phoebe s'agita sur son siège. Il lui glissa un regard pensif. Phoebe était assurément une femme séduisante : brune, les yeux bleus, et un visage à la douceur presque enfantine. En outre, elle était intelligente et pleine d'humour. Pourtant, il ne parvenait pas à s'imaginer marié avec elle. Il l'appréciait beaucoup, mais il avait fait sa connaissance lors du séjour où Beatrix avait brisé leurs fiançailles, et cela le mettait un peu mal à l'aise.

Cet épisode avait été aussi douloureux qu'embarrassant. Aidan n'avait pas envie que quelque chose, ou quelqu'un, le lui rappelle toute sa vie, même involontairement. Et son affection pour Phoebe ne s'était pas développée lorsqu'il avait eu l'occasion de mieux la connaître. Au demeurant, la jeune femme semblait éprouver des sentiments similaires.

En vérité était-ce important ? Il était à la recherche de sa future duchesse, et même si Phoebe Marlowe était parfaitement qualifiée pour le rôle, l'idée de se marier pour respecter les convenances le laissait soudain de marbre. Que lui arrivait-il donc ?

Ou bien vous vous ennuierez tous les deux à mourir. Goûter au fruit défendu...

Tandis que l'écho de la voix de lady Yardley résonnait dans sa tête, le regard d'Aidan dériva vers la loge de Danbury, de l'autre côté de la salle. Il sortit ses jumelles de théâtre de la poche de sa veste de soirée.

Elle souriait, le visage tourné de côté, tandis que son voisin, un homme qu'Aidan n'avait jamais vu, lui parlait à l'oreille. Quoi qu'il lui ait dit, cela la fit rire. Était-ce son dernier amant en date ? À cette idée, il éprouva un agacement soudain... qui se transforma en colère lorsqu'il en comprit la cause.

Il était jaloux.

Abasourdi, il observa lady Yardley en se demandant ce qui ne tournait pas rond chez lui. L'inconnu – tout comme lui-même – n'était que l'une de ses nombreuses conquêtes. Aidan savait que cette femme ne méritait pas son attention et que sa vie privée ne le regardait pas. Et pourtant, il avait beau tout faire pour s'en convaincre, la brûlure demeurait, avec son cortège d'amertume et de dépit.

Aidan abaissa ses jumelles et leva les yeux vers le plafond du Royal Opera aux élégantes moulures blanc et or, furieux d'être ainsi la proie d'émotions primitives et sauvages qu'il était incapable de maîtriser. Il désirait cette femme depuis toujours. Depuis leur première rencontre sur ce petit pont de bois, l'année de ses dix-sept ans. Et malgré tout ce qui s'était passé – malgré ses efforts pour l'oublier, malgré les années qui s'étaient écoulées –, il avait encore envie d'elle. Il était tout simplement incapable de s'interdire de la désirer.

Il fallait que cela cesse. Durant la saison, ils allaient immanquablement se croiser à de nombreuses reprises. Il devait éradiquer une bonne fois pour toutes son envie d'elle, avant que sa réputation en soit davantage ternie, qu'elle le détourne une fois encore de son but, et que son honneur en souffre de nouveau.

Quel était l'antidote contre les charmes d'une créature aussi vénéneuse, capable d'éveiller ses appétits les plus charnels ? Il aurait pu penser qu'une étreinte avec elle suffirait à résoudre le problème, mais ladite étreinte avait eu lieu et rien n'avait changé.

D'un autre côté, songea-t-il, cet épisode comptait-il vraiment ? Il ne lui restait que peu de souvenirs de cette fameuse après-midi à son cottage. Peut-être était-ce pour cette raison qu'il ne parvenait pas à la chasser de son esprit. Peut-être, au lieu d'essayer de tout oublier, devait-il au contraire s'efforcer de retrouver la mémoire. Peut-être était-ce la seule solution pour triompher de sa faiblesse.

Aidan se redressa sur son siège, porta de nouveau ses jumelles à ses yeux et observa lady Yardley en tentant de se remémorer les détails de cette après-midi torride.

Il se souvenait de sa robe blanche. Dieu sait qu'il ne risquait pas de l'oublier ! L'image de son corps parfait, nu sous la mousseline ruisselante, était imprimée dans son esprit. Il se souvenait des boutons de nacre qui couraient sur le devant. L'étoffe avait beau être trempée, ils étaient sortis de leurs boutonnières sans mal. Nul doute qu'elle avait choisi cette robe pour cette raison. Et c'était pour la même raison qu'elle avait négligé d'enfiler le moindre sous-vêtement. Chaque détail – la robe, l'eau, la nudité – avait été machiavéliquement étudié. Il n'avait eu qu'à tendre la main pour cueillir le fruit défendu.

Lorsqu'il avait fait glisser sa robe sur ses épaules, ils n'étaient pas à la plage, mais dans la cuisine de sa petite maison, même s'il ne se souvenait pas d'avoir parcouru le chemin depuis le rivage, en contrebas.

À travers ses jumelles, il la vit s'adosser à son siège et fermer les yeux pour écouter la musique. Son regard s'attarda sur son décolleté ; il se rappela avoir déposé une pluie de baisers sur sa gorge et ses épaules nues.

Ses mains s'étaient refermées sur ses bras – pour la repousser ? pour l'attirer à lui ? Il n'aurait su dire quelle avait été son intention, mais il se souvenait très bien d'avoir pris ses seins en coupe. S'il avait eu le projet de la repousser, à cet instant, il avait volé en éclats…

Elle lui avait caressé les cheveux avant de l'attirer à elle, et il avait enfoui son visage entre ses seins. Oui, il s'en rappelait, à présent. Sa peau si douce aux délicates fragrances de lilas… Ses fesses rondes et fermes sous ses mains… Le feu qui s'était allumé en lui lorsqu'il l'avait serrée contre lui… Le désir flamba de nouveau, brûlant, impérieux, tandis qu'il l'étudiait de l'autre côté de la vaste salle de concert.

Que s'était-il passé, ensuite ? Il la scruta en s'efforçant de rameuter ses souvenirs. Lui avait-il fait l'amour là, debout, ses longues jambes fuselées enroulées autour de ses hanches ? Ou peut-être avait-il pris le temps de l'emmener dans sa chambre, à l'étage… Il ne savait plus. Bon sang, que s'était-il passé ? s'interrogea-t-il, frustré, et incapable de la quitter des yeux.

Là-bas, sur la scène, la Walkyrie se lança dans une assourdissante stridulation. Lady Yardley rouvrit les yeux et se redressa, puis tourna soudain les yeux vers lui. Aidan abaissa précipitamment ses jumelles et regarda ailleurs.

Il n'avait pas gardé d'autres souvenirs, mais qu'importait ? Dès les premiers instants, il avait abdiqué toute volonté et jeté aux orties son honneur de *gentleman*. Tenter d'imaginer leur étreinte ne ferait que jeter de l'huile sur le brasier de sa passion.

Il songea à leur première rencontre. Il revit cette ravissante inconnue assise, jupes retroussées, sur un petit pont de bois. Tout était-il parti de là ? Était-il possible qu'il ait oublié toute retenue, compromis sa réputation et renié sa bonne éducation pour le simple plaisir d'assouvir un désir d'adolescent ?

Aidan refusait de croire à une explication aussi simpliste. Et puis, il ne pouvait pas être aussi superficiel que cela ! Cette femme était la seule à lui avoir fait oublier raison et dignité.

Pourquoi elle ? se demanda-t-il une fois de plus. Peut-être avait-elle raison en affirmant qu'il nourrissait un désir secret pour ce qui lui était interdit, mais elle n'était pas la seule femme de sa connaissance qui puisse être considérée comme « le fruit défendu » ! En outre, il n'était pas comme son père. Il ne convoitait pas toutes les femmes qui croisaient son chemin.

Qu'avait donc cette femme de si particulier pour être aussi irrésistible ? Aidan coula un regard irrité vers la belle ensorceleuse.

Il était temps d'avoir la réponse à cette question.

Julia ne tenait pas en place. Elle faisait les cent pas dans l'un des élégants salons pourpre et or du Savoy Hotel, tandis que les autres invités du vicomte Marlowe, indifférents à ses tourments, discutaient en petits groupes en attendant que l'on serve le souper dans une salle privée, à quelques pas de là. Un seul d'entre eux n'était pas encore au rendez-vous, et même si Marlowe avait confirmé qu'Aidan Carr serait des leurs, Julia ne pouvait s'empêcher de jeter des regards inquiets en direction de la porte. Trathen n'était *jamais* en retard. Pourquoi diable n'était-il pas là ?

Il fallait absolument qu'elle s'ouvre à lui d'une idée qui lui était venue un peu plus tôt dans la soirée. Elle voulait profiter de ce souper, mais elle savait qu'il n'avait aucune raison de venir à elle. Plus il tarderait, moins elle aurait de chance de pouvoir lui parler discrètement, et plus elle était nerveuse.

Elle continua d'arpenter le salon, pianota du bout des ongles contre le rebord de sa coupe de champagne, tapa du pied, incapable de répondre autrement que par monosyllabes aux tentatives de son ami René pour engager la conversation.

Une dizaine de minutes avant que le dîner soit servi, Trathen apparut enfin. Hélas, Julia, qui voulait discuter avec lui sans être entendue, dut encore patienter le temps qu'il salue ses hôtes et qu'on lui présente René !

Finalement, il s'approcha de la table des rafraîchissements. C'était l'occasion que Julia attendait. Lorsqu'elle le rejoignit, cependant, il se contenta de lui jeter un coup d'œil indifférent, ce qui ne fit qu'accroître sa nervosité. Se composant une expression désinvolte, elle le regarda se verser un verre de vin et lui lança :

— Du porto, Aidan ? Est-ce bien raisonnable ?

— En votre compagnie, peut-être pas, répondit-il avec flegme. Mais il m'arrive de boire, vous vous en doutez. J'ai pour règle de me limiter à un seul verre. Le porto est parfait puisque je le déteste.

Il en avala une petite gorgée et fit la grimace.

— Et Dieu sait que j'en ai besoin après les épreuves de la soirée.

Julia s'esclaffa, mais avant qu'elle ait pu répondre, il leva la main, paume tournée vers elle, en signe de capitulation.

— Vous aviez raison, au sujet de Felicia Vale. Je suppose que c'est pour cette raison que vous m'accostez ? Pour vous vanter de votre perspicacité ?

— En toute franchise, non, mais puisque vous abordez le sujet…

Elle ne put retenir un sourire.

— Je vous l'avais bien dit.

Un imperceptible sourire étira les coins des lèvres d'Aidan.

— J'imagine que vous avez de bonnes jumelles et que vous n'avez rien manqué du spectacle ?

Julia ne tenta même pas de nier.

— Pas une seule seconde. Ce fut un grand moment.

— La malheureuse... Je la ferai valser pour compenser le mal que vous lui avez fait en riant à ses dépens.

— Non, vous n'en ferez rien. Votre dévouement chevaleresque n'ira pas jusque-là.

À sa grande surprise, Aidan étouffa un petit rire.

— Il est à craindre que vous n'ayez raison.

— Si je vous ai accosté, comme vous dites, ce n'est pas pour me moquer de vos mésaventures avec Mlle Vale, mais pour vous parler de quelque chose. Ou, plus exactement, pour vous *demander* quelque chose.

Elle regarda autour d'elle avant d'ajouter à voix basse :

— Seulement, je ne voudrais pas être entendue.

— J'ai peur que ce ne soit pas raisonnable, murmura-t-il. Mes conversations en privé avec vous tournent mal, en général.

Julia n'était pas du même avis, puisque c'était à l'un de ces échanges en tête à tête qu'elle devait sa liberté toute neuve, mais, par prudence, elle s'abstint de le lui faire remarquer. Le froisser alors qu'elle s'apprêtait à lui demander – quelle audace ! – de l'aide aurait été mal venu.

— Je comprends votre réticence, qui est bien légitime, mais c'est très important, Aidan, insista-t-elle, l'air grave. Accepteriez-vous de m'accorder quelques instants ?

Son sérieux dut le surprendre, car il répondit :

— Je vous en prie.

Au même instant, sir George et lady Debenham s'approchèrent de la table des rafraîchissements. Aidan entraîna Julia à l'écart, mais lorsqu'il lui désigna deux fauteuils disposés devant l'âtre, elle secoua la tête. Elle était si nerveuse qu'elle aurait été incapable de rester tranquillement assise.

— Je suis très bien debout, si cela ne vous dérange pas.

— À votre guise.

Il porta son verre à ses lèvres, puis demanda :

— De quoi souhaitiez-vous me parler ?

Elle prit une profonde inspiration et se jeta à l'eau :

— J'ai besoin d'une occupation, et j'ai pensé que vous pourriez m'aider.

— Une occupation ? répéta-t-il en fronçant les sourcils. Que voulez-vous dire ?

— Je... hum... j'ai besoin d'argent.

Il parut encore plus perplexe.

— Paul peut sûrement...

— Non, l'interrompit-elle. Et d'ailleurs, je ne le lui demanderai pas. Il m'octroie généreusement de l'argent de poche, mais cela est loin de suffire. Je...

Elle marqua une pause. Ce qu'elle avait à avouer se révélait bien plus difficile qu'elle ne l'avait cru. Elle détestait parler de sujets pénibles et avait une sainte horreur de se montrer sous un mauvais jour devant quelqu'un qu'elle estimait, mais elle n'avait pas le choix. De toute façon, Aidan avait déjà une déplorable opinion d'elle. Son aveu ne le surprendrait donc guère.

— Je suis endettée. Très endettée.

— Je vois.

Il n'avait dit que cela. Deux mots. Et pourtant, elle ressentit le besoin de se défendre.

— Je n'ai pas joué, si c'est à cela que vous pensez. Et je n'ai pas tout dépensé en vêtements, même si je suis assez prodigue dans ce domaine. La Mercedes y est pour quelque chose, je suppose. C'est une babiole assez coûteuse, j'en suis consciente, mais j'avais des raisons de l'acheter, des raisons que...

— Lady Yardley, l'interrompit-il, je ne vous ai pas demandé de justifier vos dépenses. J'essaie simplement de comprendre ce que vous attendez de moi. Me demandez-vous un emploi ?

Elle croisa son regard noisette, mais n'y discerna rien d'autre que son habituelle franchise. Pas plus qu'elle ne devina, derrière son masque impassible, ce qu'il pouvait bien penser.

— Eh bien... Oui. Je veux dire, éventuellement. Enfin...

Elle se tut de nouveau en se maudissant. Pourquoi bégayait-elle comme une gamine, tout à coup ? Après ce qu'elle avait infligé à cet homme, il lui en coûtait de lui demander de l'aide. Si elle avait été à sa place, elle l'aurait probablement envoyé au diable, et le fait de savoir qu'Aidan était trop bien élevé pour s'adresser rudement à une dame ne l'aidait en rien à se calmer.

Elle prit une nouvelle inspiration en se rappelant que sa marge de manœuvre était étroite, puis fit une nouvelle tentative.

— Vous êtes doté d'un remarquable sens des affaires ; vous possédez de nombreuses sociétés. J'avais pensé... j'avais espéré que vous auriez peut-être un emploi à me... proposer, ou au moins une idée de ce que je pourrais faire pour gagner de quoi régler mes dettes. Enfin, si vous estimez que je possède quelques talents ou qualifications, précisa-t-elle avec un rire forcé.

Il ne répondit pas. Il la parcourut d'un regard aigu qui semblait ne négliger aucun détail et se souvenir d'un certain nombre de choses. Julia ressentit tout à coup une pénible sensation de chaleur. Elle dut lutter contre une folle envie de tourner les talons et de se ruer vers la porte. Lorsqu'il posa de nouveau les yeux sur son visage, elle frissonna. Dans le regard d'Aidan Carr, elle ne distinguait pas la moindre étincelle de désir. Son œil était froid, objectif, détaché. Étrangement, elle se sentait encore plus vulnérable que s'il avait manifesté de l'intérêt, et plus nue qu'elle ne l'avait été cette après-midi du mois d'août, dans les Cornouailles. C'était elle, à présent, qui avait besoin d'une dose d'alcool.

— Si nous étions dans un roman à deux sous, dit-il alors qu'elle portait sa coupe de champagne à ses lèvres d'une main tremblante, je vous prendrais comme maîtresse.

Julia se figea tandis que son cœur se mettait à lui marteler sourdement la poitrine. Prise de panique, elle se raccrocha à son arme la plus efficace – la réplique pleine d'esprit.

— C'est bien payé ? s'enquit-elle en affichant un sourire insouciant, avant d'avaler une gorgée de champagne.

Comme elle s'y était attendue, il éclata de rire. Hélas, cela ne suffit pas à faire retomber la tension ! Il y avait quelque chose de différent dans l'air. Un changement dans sa façon de la regarder, de lui parler… Il semblait encore plus distant, plus froid que d'ordinaire. Julia n'aimait pas cela. Cela sapait son assurance.

Elle s'efforça de se concentrer sur l'affaire qui l'occupait.

— Je suis tout ce qu'il y a de plus sérieuse ; il faut que je trouve un travail. Un travail honorable, précisa-t-elle. Je voudrais…

Elle s'interrompit, cherchant comment formuler ce qu'elle avait à dire sans que cela suscite des questions embarrassantes.

— Je voudrais faire quelque chose d'utile de ma vie.

Il arqua un sourcil perplexe. Il semblait si surpris par sa soudaine envie de bien faire qu'elle ne put réprimer un petit rire.

— Je sais, je sais, j'ai toujours été assez insouciante, mais je veux remédier à cela. Et j'espérais que vous pourriez m'y aider.

Trathen garda le silence quelques instants. Sans doute s'interrogeait-il sur ses véritables motifs.

— J'ai peut-être quelques idées à vous suggérer, déclara-t-il finalement. Passez me voir à mon bureau. Demain matin, 9 heures. Soyez ponctuelle.

— 9 heures ? répéta Julia. Doux Jésus, les oiseaux ne sont même pas réveillés à cette heure-là !

Comme il haussait un sourcil, la mettant au défi de le contredire, elle s'empressa d'ajouter, plus soulagée qu'elle ne voulait le montrer :

— Très bien, j'y serai.

Puis, afin de lever tout malentendu, elle se crut obligée de préciser :

— Je vous préviens, si votre allusion au fait que je devienne votre maîtresse n'était pas une plaisanterie, autant gagner du temps, et vous dire non tout de suite.

— Rassurez-vous, baronne Yardley, il s'agissait bel et bien d'une plaisanterie. Jamais je n'aurais l'audace de vous faire une telle proposition.

Il s'était exprimé d'un ton si détaché qu'elle en fut presque vexée. Julia n'était pas imbue d'elle-même au point de se croire irrésistible, mais Aidan Carr avait toujours été sensible à son charme. Elle l'avait compris dès le premier jour. Et même s'il avait d'excellentes raisons d'éviter d'avoir de nouveau affaire à elle, son manque d'enthousiasme à la perspective d'être son amant était tout de même un peu offensant.

— Parce que vous êtes trop bien élevé pour prendre une maîtresse, j'imagine ? s'entendit-elle répliquer.

— Non, rétorqua-t-il d'un air impassible. Parce que j'en ai déjà une. À présent, si vous voulez bien m'excuser...

Sans attendre sa réponse, il la salua d'un hochement de tête et s'éloigna.

Ce qui était une bonne chose, songea Julia, abasourdie, car elle aurait été bien incapable de trouver une repartie spirituelle à une telle déclaration.

8

Julia n'était jamais très ponctuelle, et pas toujours très fiable. Certes, cela s'expliquait en partie par les années passées à fuir Yardley avec un acharnement féroce – habitude qui s'était soldée par un manque total de constance dans ses engagements et un art consommé de se dissimuler derrière des écrans de fumée –, mais elle devait l'admettre, c'était également dû à sa tendance naturelle à la procrastination, à son amour pour les soirées qui s'achèvent à l'aube et à sa difficulté à se lever tôt, un mode de vie qui était devenu son quotidien depuis six mois.

Depuis qu'elle n'était plus en permanence sur le qui-vive.

Sa famille, qui l'aimait et la comprenait, s'était accoutumée à ses caprices. Ses amis la trouvaient suffisamment amusante pour accepter son tempérament fantasque. Aidan Carr, en revanche, ne l'entendrait pas de cette oreille. Aussi, en rentrant du Savoy, Julia avait-elle donné pour instruction à Gisèle de la réveiller à 6 h 30 précises.

Pourtant, lorsque sa femme de chambre frappa à sa porte pour obéir aux ordres donnés trois heures plus tôt avec insistance, Julia grommela, roula sur le flanc et se rendormit.

Lorsque Gisèle revint une trentaine de minutes plus tard, pour lui apporter une tasse de thé et lui rappeler qu'elle avait un rendez-vous important dans la City deux heures plus tard, Julia, encore dans les brumes du sommeil, décréta qu'elle pourrait toujours se faire pardonner son retard par son charme et plongea de nouveau dans le sommeil.

Une autre demi-heure passa avant le retour de sa femme de chambre. Celle-ci se pencha alors sur Julia pour lui murmurer quelques mots à l'oreille. En entendant « duc de Trathen », celle-ci sursauta comme si elle venait de recevoir un baquet d'eau froide.

— Juste ciel ! s'écria-t-elle en rejetant drap et couvertures.

Elle s'assit en battant des paupières.

— Gisèle, quelle heure est-il ?

— 7 h 30, madame, répondit la bonne en lui présentant un peignoir de soie parme. Vous n'avez plus le temps de vous baigner, mais j'ai préparé de l'eau chaude pour votre toilette.

— Heureusement que je n'ai pas fumé hier soir, marmonna Julia en se levant.

Repoussant le peignoir, elle se rua vers le broc d'eau fumante.

— Trathen déteste l'odeur de la cigarette et je n'ai pas le temps de me laver les cheveux.

Rien que d'y penser, Julia eut soudain envie d'en allumer une. Puis elle se souvint de la réaction d'Aidan lorsqu'elle avait fait mine de fumer dans son bureau, et cela suffit à la calmer. Du moins provisoirement.

Tandis que Gisèle gagnait le dressing, Julia se débarrassa de sa chemise de nuit, repoussa sa longue tresse derrière le dos et versa de l'eau dans la cuvette de faïence.

— Combien de temps faut-il pour rejoindre la City, Gisèle ? demanda-t-elle en commençant à se débarbouiller.

La femme de chambre revint avec un tailleur gris perle, le chemisier le plus sobre de la garde-robe de Julia, et de la lingerie d'un blanc immaculé.

— Environ une heure, madame.

— Une heure ? Le trafic à Londres est à ce point chargé ? Bonté divine, je suis perdue !

— Peut-être un peu moins, concéda Gisèle à contrecœur tout en déposant les vêtements sur le lit. Mais cela ne se fait pas d'être toujours en retard, madame.

— Je sais, je suis incorrigible. Allons, aidez-moi à m'habiller. Je me coifferai pendant que vous descendrez m'appeler un taxi.

Avec l'aide de sa camériste, Julia enfila à la hâte les innombrables vêtements qu'exigeait le statut de dame de la bonne société. Puis Gisèle quitta la chambre, et Julia dénoua sa tresse, roula ses cheveux à l'arrière de son crâne et, tout en grommelant avec impatience, les fixa à l'aide de nombreuses épingles. Elle couronna le tout d'un chapeau de feutre gris à large bord destiné à masquer ses médiocres talents de coiffeuse, enfila ses bottines, attrapa son réticule et une paire de gants blancs sur la commode et se rua vers l'escalier en priant pour que Gisèle ait réussi à héler un taxi. D'expérience, elle savait que c'était lorsque l'on en avait le plus besoin que l'on n'en trouvait pas.

Les cloches de Saint-Dunstan in the West sonnaient neufs coups lorsque Julia descendit de son fiacre, devant les bureaux du duc de Trathen. N'ayant ni le temps si l'envie de compter pièce après pièce, elle jeta une poignée de *shillings* au cocher avant de s'engouffrer dans l'immeuble de trois étages en pierre et granite qui occupait l'angle de Fleet Street et de Chancery Lane.

Elle s'arrêta dans le luxueux hall dallé de marbre le temps de se ressaisir, puis se dirigea vers l'homme assis derrière un guichet en bois de rose élégamment sculpté. L'écho de ses pas se répercuta sous le haut plafond.

Aidan avait dû laisser des instructions, car lorsqu'elle déclina son identité, on la conduisit vers un ascenseur électrique, avant de la confier à un jeune liftier en uniforme.

— Sur votre gauche, madame, indiqua celui-ci en lui ouvrant la porte de fer forgé, un instant plus tard. Dois-je vous accompagner ?

Julia avisa un double battant capitonné et se tourna vers le garçon.

— Ce ne sera pas utile, merci.

— Bien, madame, fit-il en effleurant son képi.

Julia franchit la porte et se retrouva dans un vaste bureau. Ici, l'ambiance était nettement plus masculine qu'au rez-de-chaussée. Elle jeta des regards curieux autour d'elle. La décoration était tellement à l'image d'Aidan Carr qu'elle n'aurait pas été surprise d'apprendre qu'il l'avait réalisée lui-même.

Tout n'était que simplicité, confort et solidité, sans rien d'ostentatoire. Panneaux de chêne massif, papier peint vert sombre agrémenté de tableaux représentant des scènes de chasse à courre ou des paysages de la campagne anglaise accrochés avec une régularité mathématique, éclairage moderne à l'électricité. L'ensemble, d'un goût parfait, était dépourvu de la moindre fioriture.

Un jeune homme blond à lunettes était assis derrière un bureau de bois sombre.

— Lady Yardley ? s'enquit-il en se levant.

Elle répondit d'un hochement de tête.

— Je suis M. Lambert, le secrétaire de lord Trathen. M. le duc vous attend. Si vous voulez bien me suivre.

Il la précéda jusqu'à une porte, frappa, poussa le battant et annonça Julia. Celle-ci entra. Aidan se leva, et rappela son secrétaire, qui avait déjà tourné les talons.

— Monsieur Lambert, veuillez fermer, je vous prie.

Julia et le jeune homme lui adressèrent tous deux un regard surpris. Si ce dernier s'abstint de toute question, Julia, quant à elle, s'approcha du bureau dès que la porte se fut refermée, et demanda d'un air espiègle :

— S'agirait-il d'une entrevue en tête à tête, Aidan ?

— Vous êtes ici pour discuter d'une affaire qui, hier soir, m'a semblé d'ordre privé, et vous avez exprimé le désir qu'elle demeure confidentielle. J'en déduis qu'il en va de même aujourd'hui. Je fais erreur ?

— Non, mais cela n'est pas très convenable, vous ne trouvez pas ?

— Avec vous, lady Yardley, l'étiquette n'est jamais respectée bien longtemps. J'avoue avoir renoncé à vous y contraindre.

Elle eut un petit rire amusé.

— J'ai toujours su que votre cas n'était pas désespéré.

— Ravi de l'entendre.

D'un geste, il désigna un fauteuil de l'autre côté de son bureau.

— Je vous en prie, asseyez-vous.

Il attendit qu'elle ait pris place, l'imita, et demanda :

— Vous m'avez déclaré hier soir que vous étiez endettée et aviez besoin de travailler, c'est bien cela ?

— En effet. J'aimerais effacer cette ardoise afin de recommencer ma vie sur de nouvelles bases. La solution la plus logique semble de trouver un emploi.

— Malheureusement, il n'existe qu'une seule profession féminine qui soit bien rémunérée.

Il marqua une pause et la regarda droit dans les yeux, avant d'ajouter :

— Comme nous l'avons déjà évoqué hier soir.

À cette allusion, Julia s'agita sur son siège avant de se rendre compte, mortifiée, qu'elle avait les joues en feu. Dieu, que lui arrivait-il ? Elle n'avait pas rougi depuis ses seize ans !

De toute évidence, quelque chose avait changé entre Aidan et elle, mais elle ne parvenait pas à identifier en quoi c'était différent, ni pour quelle raison. Maudissant son émotivité, elle répliqua avec une légèreté forcée :

— En effet, mais vous avez déjà... pourvu le poste.

Puis, incapable de s'en empêcher, elle ajouta :

— Quel dommage. Nous nous serions bien amusés, vous et moi.

— Certes, riposta-t-il, imperturbable. Je n'en doute pas un instant.

Elle rougit de plus belle. Qu'est-ce que cela signifiait ? Jamais elle ne s'était sentie aussi vulnérable devant cet homme. Elle détestait cela ! Faisant appel à toute sa volonté, elle s'efforça de recouvrer son sang-froid et son insouciance coutumière.

— Ma foi, je me ferai une raison. De toute façon, enchaîna-t-elle avec un soupir théâtral, j'ai pris la décision de devenir quelqu'un de respectable. Je dois bien cela à ma famille.

Aidan arqua un sourcil.

— Et pas à vous-même ?

Elle haussa les épaules d'un geste fataliste.

— J'ai pris le risque de perdre ma réputation quand je...

Vous ai séduit.

Les paroles qu'elle n'avait pas prononcées flottèrent entre eux avant qu'elle reprenne :

— Quand Yardley a demandé le divorce.

— Je vois.

Il se pencha en avant.

— J'ignore combien vous devez, mais il me semble qu'il existe un moyen très simple et honorable de régler votre dette, du moins en partie. Pourquoi ne vendez-vous pas vos bijoux ?

— Mes bijoux ? Je n'ai pas de...

Elle s'interrompit, comprenant à quoi il faisait allusion. Lors de ses sorties officielles, elle avait pris l'habitude d'arborer une parure composée d'un lourd collier à trois rangs et de boucles d'oreilles.

— Vous parlez de ceux que je portais hier soir ? Je ne peux pas les vendre.

— Pourquoi ? Cela vous permettrait sûrement de vous sortir de ce mauvais pas.

Julia s'agita ; elle ne tenait pas à en révéler plus que nécessaire.

— Enfin voyons, Aidan ! s'écria-t-elle. Une femme ne se sépare pas de ses bijoux. Si je pouvais, je les garderais même pour dormir !

Il ne sourit pas, ne changea pas d'expression. Pourtant, c'est d'un ton de reproche qu'il articula :

— Ne jouez pas ce jeu avec moi, lady Yardley.

Elle ouvrit de grands yeux.

— Quel jeu ?

— Celui qui consiste à feindre de ne pas comprendre quand vous n'avez pas envie de répondre à une question. Si vous acceptez d'être honnête avec moi, il se peut que j'aie des suggestions utiles à vous faire. Est-ce pour des raisons sentimentales que vous refusez de vous séparer de vos diamants ? Je sais que les bijoux sont souvent un héritage familial, mais...

— Non, coupa-t-elle. C'est...

Elle se mordit la lèvre. Pourquoi diable était-il si difficile de se montrer franche et directe ? Peut-être, songea-t-elle, parce que répondre à la question d'Aidan l'obligerait à évoquer l'enfer conjugal qu'elle avait vécu. À présent que le cauchemar était terminé, elle n'avait plus envie d'y penser. Ou peut-être était-ce parce qu'elle avait toujours eu du mal à dire la vérité. Elle avait menti pendant tant de temps, et à tant de gens, que c'était devenu une seconde nature. Elle avait dupé son mari, sa famille, ses amis – le premier par peur, les autres par fierté. Quant à Aidan Carr, c'était peut-être la personne à qui elle avait raconté le plus d'histoires. Pourtant, en cet instant, elle commençait à se demander si le moment n'était pas venu de s'essayer à l'honnêteté.

Après tout, n'était-ce pas sur cette base qu'elle avait décidé de reconstruire sa vie ?

Redressant le menton, elle répondit :

— J'ai tenté de les vendre il y a sept ans, après que Yardley m'eut définitivement privée de ma pension. Il la réduisait un peu chaque année, de sorte qu'à la fin, je n'avais presque plus rien. Il savait que j'avais des dettes. C'était pour lui un moyen de me faire plier et de m'obliger à revenir à Yardley Grange.

Aidan fronça les sourcils. Manifestement, il ne comprenait pas.

— Pourquoi n'y êtes-vous pas retournée ? Il vous aurait sûrement rendu votre pension.

— Il n'en était pas question.

— Tout de même, il était normal qu'il s'attende que vous réintégriez le foyer conjugal, ne serait-ce qu'une partie de l'année. Vous étiez son épouse.

Julia secoua la tête en s'interdisant de s'en sortir une fois de plus par une pirouette.

— Vous ne comprenez pas, murmura-t-elle.

— Je sais que vous étiez malheureuse, mais…

— Non, vous ne savez pas, s'impatienta-t-elle. Vous ne savez rien !

Puis, considérant que le débat était clos, elle déclara :

— Je ne veux plus parler de cela. Je vous en prie, ne me le demandez pas. S'il vous plaît.

— Très bien.

Il s'était exprimé d'une voix douce, mais Julia était encore sur des charbons ardents.

— Quand mon mari m'a coupé les vivres, mes créanciers se sont adressés à lui pour le paiement de leurs factures, reprit-elle. Je n'étais toujours pas revenue à la maison, bien qu'il m'ait privée de la totalité de ma pension trimestrielle. Il s'est arrangé pour que la presse révèle qu'il ne réglerait aucune de mes dettes, passées, présentes ou à venir. Je n'ai eu d'autre choix que de vendre mes bijoux. Mon mari avait déjà repris tous ceux qui venaient de sa propre famille, mais il me restait mes diamants. Je suis allée les chercher dans mon coffre à la banque et je les ai apportés chez un prêteur sur gages. C'est là que j'ai découvert la vérité.

— Quelle vérité ?

— Ce sont des faux. Tous. Yardley les avait récupérés sans me prévenir pour les remplacer par des copies. Il en avait le droit. Selon les termes de notre contrat de mariage, tous mes bijoux devaient devenir propriété de sa famille. À l'époque, j'étais…

Sa voix s'étrangla dans un hoquet de colère et de tristesse.

— … j'étais trop jeune et trop naïve pour comprendre, poursuivit-elle, mais Yardley savait exactement ce qu'il faisait. Par ce contrat, il me privait de tous mes revenus personnels. Pour avoir la mainmise sur moi. Il a toujours adoré contrôler les autres. Je n'ai pas été…

Elle serra les poings d'un geste rageur.

— Je n'ai pas été l'épouse docile qu'il espérait.

— Je vois.

Non, il ne voyait pas. Il ne voyait rien du tout ! Comment l'aurait-il pu ? Aidan Carr était un *gentleman*. Il ne pouvait pas imaginer qu'un époux se comporte comme Yardley l'avait fait. Ou peut-être le pouvait-il, et avait-il pitié d'elle. Ce qui était encore pire, songea Julia en détournant les yeux, mortifiée.

— Quoi qu'il en soit, c'est du passé, décréta-t-elle en s'efforçant de se composer l'expression désinvolte qu'elle avait mis tant d'années à peaufiner, et qui venait de choisir le moment le plus inopportun pour lui faire faux bond.

Décochant à Trathen un regard accusateur, elle ajouta :

— Tout ceci est assez pénible, vous savez ? Revenir sur mes erreurs de jeunesse, mes mauvaises décisions, mon mariage raté… Ne pourrions-nous pas nous en tenir à mes difficultés actuelles ?

Comme il ne répondait pas, elle ajouta avec des accents désespérés :
— Je vous en prie.
— À votre guise, dit-il en haussant les épaules avec indifférence.
Au moins, songea Julia, soulagée, il ne semblait pas disposé à s'apitoyer sur son sort.
— Une autre façon de résoudre votre problème serait de vendre votre voiture, enchaîna-t-il.
Elle secoua vigoureusement la tête.
— Il n'en est pas question. Je tiens à ma Mercedes comme à la prunelle de mes yeux. J'ai dû me battre bec et ongles pour que Yardley ne me la prenne pas. Ne me demandez pas pourquoi elle compte tant pour moi, car je ne saurais vous l'expliquer, mais il me serait insupportable d'en être privée.
— N'avez-vous pas d'autres possessions de valeur ? Des propriétés ? Des fonds d'investissement ? Des participations ?
À chaque question, Julia secoua la tête.
— J'ai mon cottage, mais par disposition testamentaire, je devrai le transmettre à ma fille aînée, au cas où j'aurais des enfants. Sinon, il ira à ma parente la plus proche après ma mort. Au demeurant, c'est une question sans objet car pour rien au monde je ne vendrais Dovecotes. C'est mon seul et unique foyer.
La gorge soudain sèche, elle déglutit péniblement.
— Du moins, rectifia-t-elle, c'est ce qui se rapproche le plus d'un foyer. Avec ma Mercedes, je n'ai rien d'autre. Tous mes biens personnels, y compris mes bijoux et ce que j'ai hérité de mes parents après leur décès, sont allés dans la poche de Yardley. C'était inscrit dans le contrat de mariage.
Aidan émit un grondement – de stupeur ou d'exaspération, elle n'aurait su le dire.
— Pour l'amour du ciel ! tonna-t-il. Quelle sorte d'arrangement votre père a-t-il accepté ? Vos bijoux

sont allés à votre mari. Votre héritage est allé à votre mari. Aucun de vos biens ne vous a donc été garanti de façon inaliénable ? Pas même le versement d'une pension trimestrielle ?

— Je n'étais pas en position de négocier. Et ce qui compte aujourd'hui, s'empressa-t-elle d'ajouter avant qu'il ne pose d'autres questions, c'est que je dois absolument rembourser mes dettes, même si je n'ai que très peu de solutions.

— Pourquoi ? En quoi est-ce si important ? Tout le monde a des dettes. Et que voulez-vous que fassent vos créanciers, puisque vous n'avez aucun bien à faire saisir ? Sauf, bien entendu si vous…

Il lui jeta un regard alarmé.

— Ne me dites pas que de mauvaises fréquentations menacent de s'en prendre à vous au cas où vous ne paieriez pas ?

— Grands dieux, non ! s'écria Julia. Accordez tout de même un peu de crédit à mon intelligence.

Il parut soulagé. Étrangement, elle en fut touchée.

— Ne me dites pas que vous vous inquiétez pour moi ? fit-elle, ne plaisantant qu'à moitié,

Il redressa imperceptiblement le menton.

— Je m'inquiéterais pour n'importe quelle femme confrontée à ce genre de danger.

Décidément, Aidan Carr serait toujours Aidan Carr.

— Eh bien, soyez rassuré, mon chou, je n'ai pas de mauvaises fréquentations.

— Quand vous êtes dans les parages, je ne suis jamais rassuré. Et je ne suis pas votre chou.

— S'il m'était arrivé une telle mésaventure, j'aurais pris un amant fortuné et réglé mes dettes depuis belle lurette, mais ce n'est pas ainsi que je vois les choses. J'ai décidé de commencer une nouvelle vie. Et je ne veux plus être un fardeau ni une source d'inquiétude pour les miens. En outre, comme je vous l'ai dit, je suis résolue à…

Elle se tut un instant, cherchant ses mots.

— ... à me rendre utile, d'une façon ou d'une autre. Même si cela peut vous sembler ridicule.

— Au contraire, je trouve cela tout à fait noble. Pourquoi pensez-vous que je jugerais aussi durement une telle décision ?

— Parce que je suis une femme. Vous autres, hommes, avez l'exaspérante manie de nous donner une petite tape sur la tête en nous disant : « Là, là, contentez-vous d'être jolie, cela suffira bien. Vous n'avez pas besoin d'être utile. »

Son imitation du mâle anglais typique fit sourire Aidan.

— Ce genre de réflexion nous donne envie de vous étrangler, précisa-t-elle. Puisque vous avez l'intention de vous marier, autant que vous le sachiez.

— Je m'en souviendrai.

Il réfléchit quelques instants, puis :

— Vous êtes certaine que Paul ne peut pas honorer votre dette ?

Julia secoua la tête.

— Je ne le lui demanderai pas. Il m'a déjà aidée à deux reprises. En outre, bien qu'il ait été relativement à l'aise ces dernières années, il ne dispose plus des revenus de son épouse, par conséquent…

Elle se tut, gênée d'avoir révélé les soucis de Paul.

— Mais là n'est pas la question, conclut-elle. Je vous l'ai dit, je ne peux pas lui demander son aide une fois de plus.

— Très bien, mais vous auriez au moins pu solliciter ses conseils. Pourquoi vous êtes-vous adressée à moi ?

— N'est-ce pas évident ? Vous êtes riche. Vous pourriez me procurer du travail.

— Et en échange d'un salaire, quelles qualifications avez-vous à me proposer ?

Même s'il ne manifestait rien de plus qu'un intérêt poli, une onde de chaleur traversa Julia. Elle aurait volontiers riposté par une allusion un peu osée, mais son esprit semblait tétanisé.

— Je n'en ai aucune idée, admit-elle en toute franchise. J'imaginais que, connaissant mieux que moi le monde des affaires, vous verriez des solutions auxquelles je n'ai pas pensé.

— Merci pour le compliment, mais même moi, je me demande quel est le meilleur remède à votre situation. Comme vous le dites, travailler semble la meilleure option, mais quel que soit votre emploi, il ne vous permettrait pas de réduire de beaucoup votre dette. Du moins, pas à brève échéance. Cela dépend du montant du capital et des intérêts que vous devez.

Julia hésita.

— Il est élevé, dit-elle sobrement.

— Combien ?

— Trop.

Elle lui décocha son sourire le plus charmeur. En vain. Il continuait de la dévisager d'un air patient. Julia poussa un soupir.

— Vingt mille livres, avoua-t-elle, se préparant à entendre un sermon sur sa coupable insouciance.

Il ne cilla pas. Il ne parut même pas surpris.

— Et les intérêts ? demanda-t-il. À moins que ce ne soient que des factures de fournisseurs ?

Elle secoua la tête.

— Non, j'ai emprunté de l'argent à un prêteur d'argent l'an dernier afin de rembourser tous les commerçants. J'ai contracté de nouvelles dettes depuis, mais l'essentiel de ce que je dois, c'est à ce prêteur.

— Il aurait été plus avisé de laisser ces factures impayées. Un simple commerçant ne demande jamais d'intérêts à une baronne.

— D'un point de vue financier, je n'ai peut-être pas pris la meilleure décision, mais ce qui est fait est fait.

— Quel taux d'intérêt prend ce prêteur ?

— Onze pour cent.

Aidan secoua la tête.

— C'est de l'escroquerie pure et simple, lady Yardley. Puisque vous êtes venue, entre autres, me demander des conseils, en voici un. Ne vous occupez jamais vous-même de gérer vos finances. Vous n'avez aucun talent pour ce genre de questions.

Julia encaissa cette remarque sans broncher. Elle l'avait amplement méritée.

— Je sais, mais maintenant, que dois-je faire ? Comme vous l'avez dit, il faudrait qu'une éventuelle activité professionnelle soit rentable, sinon cela n'en vaut pas la peine. Pour quoi suis-je qualifiée ? Je n'ai aucun savoir-faire. Je suis un oiseau de nuit, sans le moindre talent pour quoi que ce soit, et même si je mets de l'animation dans les soirées, je crains que ce ne soit pas vraiment une profession.

— En effet, acquiesça Aidan.

Il réfléchit quelques instants, avant de suggérer :

— Vous pourriez vous marier, bien entendu.

Elle le regardait, mais ce n'était pas lui qu'elle voyait, soudain. Elle était dans le Dorset, à Yardley Grange, des années auparavant. Assis dans le salon, l'air maussade, son mari jouait avec sa cravate de soie tout en suivant d'un œil torve les bonnes qui apportaient le thé ou s'occupaient du feu – des petites bonnes qu'il choisissait toujours trop jeunes et trop jolies.

Le cœur de Julia se serra.

— Lady Yardley ?

La voix d'Aidan lui arracha un tressaillement. Elle concentra son regard sur l'homme assis en face d'elle. Avec ses traits harmonieux et son regard chaleureux et franc, Aidan Carr était l'antithèse de Yardley. En vérité, il devait ignorer que des hommes tels que son mari existaient.

— Tout va bien ? s'inquiéta-t-il. Vous êtes pâle, tout à coup.

De fait, Julia était au bord de la nausée. S'avisant qu'elle devait avoir une expression effrayante, elle se composa un sourire rassurant.

— Pardonnez-moi, j'étais perdue dans mes pensées. Je n'ai pas eu le temps de prendre mon petit déjeuner et j'ai du mal à me concentrer. Vous disiez ?

— Je disais que vous pourriez vous remarier.

— Me remarier ? répéta-t-elle avec une touche d'ironie soigneusement dosée. Vous n'y songez pas ? Pourquoi ferais-je une chose pareille ?

— Cela vous permettrait de sortir de cette impasse.

— Vous plaisantez ! s'exclama-t-elle, non sans amertume. Ce serait une façon d'y retourner, plutôt. Il n'en est pas question.

Il darda sur elle un regard scrutateur. Que voyait-il ? Julia l'ignorait, mais elle n'avait qu'une envie : fuir ce qu'il semblait discerner en elle.

— De nombreuses femmes se remarient, lady Yardley, objecta-t-il avec douceur.

Elle ne répondit pas. Le silence s'étira entre eux, interminable, avant qu'il reprenne la parole.

— Il se pourrait que j'aie une idée.

— Je vous écoute, fit-elle, soulagée.

— Je vais vous l'expliquer, mais d'abord, j'aimerais vous entretenir d'un autre sujet.

Il fit une pause, comme s'il cherchait ses mots.

— Vous n'êtes pas la seule à avoir du mal à parler de vos erreurs, lady Yardley. L'autre soir, au bal du 1er mai, vous m'avez dit certaines vérités. Cela n'a pas été facile, mais j'ai fini par admettre que vous aviez raison.

Voilà que la conversation prenait un tour inattendu !

— Ah bon ? s'étonna-t-elle.

Elle lui avait dit bien des choses, ce fameux soir. À laquelle de ses provocations faisait-il allusion ?

— Quelle perle de sagesse ai-je bien pu vous offrir ? lança-t-elle d'un ton volontairement léger.

— Par le passé, je n'ai pas fait preuve d'un jugement très sûr dans le choix de ma future épouse. J'aurais du mal à prétendre le contraire, après deux ruptures de fiançailles.

— Vous n'étiez pas seul en cause, Aidan. Beatrix et lady Rosalind ont leur part de responsabilité. Et moi aussi, du reste, du moins dans le second cas.

— En effet.

La réponse avait le mérite d'être sans ambiguïté.

— Ce que je voulais vous dire, c'est que je suis en train de revoir ma stratégie pour trouver une épouse.

Elle ne put retenir un petit rire.

— Vous voulez dire que vous venez de découvrir qu'on ne commande pas une fiancée comme un dîner au Claridge ? Ah, s'il suffisait de demander « Je voudrais une fille de marquis, je vous prie, avec un joli minois, un caractère agréable, une moralité sans défaut et, bien entendu, de grands yeux bruns » !

— Si vous tenez à le formuler ainsi. Mais mis à part les yeux bruns, je continue de penser que des éléments tels que des origines respectables, le respect mutuel et des tempéraments compatibles sont essentiels, lady Yardley. Bien plus importants qu'une quelconque attirance sentimentale, vous en conviendrez.

Julia songea soudain à Stephen. Si le destin ne les avait pas séparés et qu'elle l'avait épousé, auraient-ils été heureux ? C'était probable. Leur bonheur aurait-il duré éternellement ? Ça l'était déjà moins… Impossible de le savoir. Pouvait-on être heureux en mariage toute une vie ? Pour elle, la question n'avait plus grande importance, mais pour Aidan, c'était différent.

— Je suppose que cela compte, reconnut-elle. Mais à vous entendre, l'amour est une affaire si sérieuse qu'elle en devient sinistre !

— Je ne parle pas d'amour, lady Yardley. Je parle de mariage. En ce qui me concerne, c'est – ce *doit être* une alliance. L'union de deux esprits en harmonie, de deux âmes faites l'une pour l'autre. Je dois choisir ma prochaine fiancée avec le plus grand soin, car je crains que ni ma réputation ni ma fierté ne supportent une troisième erreur. Et c'est là que j'ai besoin de vous.

— De moi ? fit Julia en écarquillant les yeux. En quoi cela me concerne-t-il ?

Puis, avec un hoquet de stupeur, elle s'écria, effarée :

— Ô mon Dieu, rassurez-moi ! Dites-moi que vous n'êtes pas en train de me demander ma main ?

— Bonté divine, non !

Il ouvrit des yeux ronds, sans doute aussi abasourdi qu'elle l'était elle-même par cette perspective.

— Qu'un homme comme moi épouse une femme comme vous serait de la plus haute inconvenance.

Julia s'adossa à son fauteuil.

— Seigneur ! L'espace d'un instant, j'ai cru que vous aviez perdu la tête. Si vous commettiez pareille folie, jamais vous ne retrouveriez votre siège à la Chambre des lords. Sans compter qu'ayant été une baronne lamentable, je ferais une duchesse calamiteuse !

Incapable de résister à l'envie de le taquiner, à présent que l'alerte était passée, elle ajouta :

— Cela dit, vous auriez pu protester avec un peu moins de force à la perspective de m'épouser. Je suis peut-être une scandaleuse divorcée, mais j'ai ma fierté.

— Pardonnez-moi de l'avoir heurtée, dit-il d'un ton solennel.

Julia lui adressa un regard magnanime.

— Je vous pardonne. Et puisque vous ne voulez pas m'épouser, où voulez-vous en venir, après ce préambule sur votre futur mariage ?

— Là où vous l'espériez, répondit-il. J'ai un emploi à vous proposer.

9

— Un emploi ? répéta Julia, stupéfaite, avant d'éclater de rire. En tant que briseuse de fiançailles ?

Aidan sourit.

— Voilà une idée intéressante, mais non.

— Alors qu'est-ce donc ?

En guise de réponse, il désigna d'un geste une pile de cartes empilées sur un coin de son bureau.

— Ce sont des invitations auxquelles je n'ai pas répondu. Elles m'ont été envoyées depuis que j'ai assisté au bal du 1er mai. Il en arrive environ trois douzaines chaque matin.

Julia émit un petit rire amusé.

— Je vous l'avais dit.

— Pas de vantardise, je vous prie.

— Veuillez m'excuser.

— En prenant la décision d'assister à ce bal, j'étais pleinement conscient de communiquer un message, non seulement aux personnes de ma sphère sociale, mais aussi aux autres. À savoir, comme vous l'avez si judicieusement observé, que je suis de nouveau en quête d'une fiancée. Quoi qu'il en soit, la plupart de ces cartes proviennent de gens dont je ne sais rien, ou pas grand-chose.

— Bien sûr. C'est pour cela qu'ils vous invitent. Ils veulent faire connaissance avec vous, consolider vos relations.

— Précisément, et je savais qu'il en serait ainsi. Mais à présent, j'avoue avoir du mal à naviguer dans ces eaux-là.

— Auriez-vous peur que d'autres Felicia Vale soient tapies dans l'ombre, prêtes à vous sauter à la gorge, Aidan ?

— Il y a de cela, admit-il. Vous, en revanche, êtes comme un poisson dans l'eau, en société. Même après un divorce et six mois d'exil sur le Continent, vous gardez toute votre influence. Vous avez encore des amis puissants, alors que bien des femmes dans votre situation auraient été mises au ban. Les gens vous aiment. Vous êtes toujours très entourée.

Julia s'abstint de lui faire remarquer que cela s'expliquait en partie par douze années à refuser avec fermeté de vivre sous le toit conjugal.

— Vous êtes au courant de tout ce qui se dit, poursuivit Aidan, et vous possédez un flair infaillible en ce qui concerne la nature humaine.

Vraiment ? Elle en avait souvent douté durant ses années de mariage, car même si elle avait toujours eu l'intuition que Yardley n'était pas un homme bon, jamais elle n'avait soupçonné, avant de l'épouser, à quel point son âme était noire. Cela dit, elle aimait à croire qu'à cette exception près, elle savait d'instinct distinguer le bon grain de l'ivraie.

— Merci pour le compliment, Aidan, mais je ne vois toujours pas où vous voulez en venir. Auriez-vous l'intention de solliciter mes lumières ? Si c'est le cas, il ne s'agit pas d'un travail à proprement parler, et même si c'en était un, mon conseil serait de ne surtout pas vous marier.

— C'est un choix qui m'est interdit. Mon devoir est de fonder une famille et j'ai l'intention de m'y employer. J'apprécierais d'avoir votre avis sur toutes les nouvelles connaissances que je pourrais faire dans cette optique.

Julia aurait cru au contraire que la dernière chose que désirait Aidan Carr était bien son opinion, sur quelque sujet que ce soit !

— Comme vous le savez, je me fais toujours un plaisir de donner mon point de vue ! Et je dois reconnaître, ajouta-t-elle avec un clin d'œil, que j'adore montrer combien je suis intelligente, aussi je serais ravie de vous faire part de mes appréciations personnelles. Mais j'avoue n'avoir toujours pas bien compris de quelle façon vous comptez employer mes talents.

— Je vous propose d'être ma secrétaire particulière.

— N'importe qui pourrait l'être. Dois-je en déduire que ce sont mes capacités à juger les caractères qui me valent l'honneur de cette proposition ?

— Oui.

Il garda le silence un long moment avant d'expliquer :

— La plupart des hommes dans ma position peuvent s'appuyer sur l'opinion de leurs parentes proches lorsqu'il s'agit de choisir une fiancée. Ma seule parente est une vieille tante qui est de très mauvais conseil. Et je me méfie encore plus de mon propre jugement. À raison.

— Certes, mais êtes-vous certain que c'est une bonne idée de m'engager ? Vous ne voudriez pas d'un Iago en jupons dans votre personnel.

Aidan afficha une expression navrée.

— Et je regrette encore ces propos, assura-t-il. C'était impardonnable de ma part. Une fois de plus, je vous présente toutes mes excuses.

Julia se radoucit aussitôt.

— Gardez-les. Comme je vous l'ai expliqué l'autre soir au bal, ne demandez jamais pardon de dire la vérité. En tout cas, pas à moi. J'ai tellement peu d'égards pour la vérité que cela me fait du bien de croiser quelqu'un qui la respecte.

— Je la tiens même en si haute estime que je suis prêt à vous payer pour me la dire sans détour. Je suis conscient que je ne pourrai pas attendre éternellement de rencontrer ma future duchesse. D'un autre côté, je n'ai pas l'intention d'agir dans la précipitation. Il me faudra peut-être patienter plusieurs saisons et assister à de nombreux événements, et M. Lambert est déjà suffisamment occupé. Voilà pourquoi j'ai besoin des services d'une secrétaire particulière. Or, vous me semblez idéalement qualifiée pour le poste. Je vous verserai un salaire de soixante livres par mois, le même que celui de M. Lambert. En contrepartie, vous gérerez mon emploi du temps mondain, vous vous occuperez des invitations que je reçois et veillerez à ce que je n'accepte que celles qui sont compatibles avec mon rang. En outre, comme je suis conscient que vous ne rembourserez pas vos dettes avec soixante livres mensuelles, je me ferai un plaisir de reprendre votre emprunt à ce prêteur et d'affecter votre salaire au remboursement du capital.

— Des vingt mille livres ?

Il acquiesça d'un hochement de tête. Julia éclata d'un rire incrédule. S'il s'était agi de n'importe qui d'autre, elle n'y aurait pas cru un seul instant, mais Aidan Carr ne plaisantait jamais.

— À quel taux d'intérêt ? demanda-t-elle, encore méfiante.

— Aucun. Je ne suis pas un usurier, lady Yardley.

— Vous faites preuve d'une grande générosité.

— Non, de bon sens. Votre talent m'intéresse. Je ne fais que l'utiliser, si cette façon de formuler les choses vous convient mieux.

Julia fronça les sourcils, perplexe. C'était trop beau pour être vrai.

— Qu'est-ce que cela dissimule ?

Son beau visage aux traits réguliers était l'image même de la dignité offensée tandis qu'il répliquait :

— Que voulez-vous dire ? Que pourrais-je avoir à cacher ?

— Je l'ignore, mais j'ai la désagréable impression qu'il s'agit d'un jeu d'échecs et que vous êtes en train de préparer un coup machiavélique.

Il lui décocha un petit sourire satisfait. Julia se redressa sur son siège avant de se pencher vers lui en plissant les yeux.

— Que vois-je ? Un sourire sur votre visage ? Un sourire qui m'est destiné ? Et on prétend que les miracles n'existent pas !

Le sourire d'Aidan s'élargit.

— Il m'est déjà arrivé de sourire, même à vous.

Julia leva le menton sans le quitter du regard.

— Eh bien, vous devriez le faire plus souvent. Vous avez un beau sourire, je trouve dommage que vous le cachiez.

— Merci du conseil. Voilà qui augure bien de notre collaboration ! Cela dit, avant que vous décidiez d'accepter ou non mon offre, je dois vous prévenir que votre embauche définitive sera assortie d'un certain nombre de conditions.

— Je m'en doutais ! Je savais que vous dissimuliez quelque chose.

— À vous entendre, j'ai l'air terriblement retors. Or, vous m'avez dit que le calcul n'était pas un de mes atouts.

Certes, mais Julia n'en était pas plus rassurée pour autant.

— Lady Yardley, je ne veux pas d'autres scandales associés à mon nom. Étant donné nos relations dans le passé, si vous devez être ma secrétaire particulière, je crois nécessaire de poser un certain nombre de règles.

— De règles ? gémit Julia. Voilà qui ne me plaît pas beaucoup. J'ai peur de ne pas être très douée pour les appliquer.

— Pourquoi n'en suis-je pas surpris ? Quoi qu'il en soit, si vous voulez travailler pour moi, il va falloir vous y plier.

Julia laissa échapper un soupir résigné.

— C'est bon, je vous écoute. Quelles sont ces règles ?

— Premièrement, vous ne m'infligerez jamais, sous aucun prétexte, ce que vous avez imposé hier soir au vicomte Marlowe. Il ne se formalise peut-être pas de ce genre de comportement, mais moi si. Vous n'inviterez personne de ma part sans mon accord exprès. Nous travaillerons ensemble du début jusqu'à la fin. Je ne veux pas de surprises.

— D'accord, concéda Julia. Mais vous profiteriez davantage de la vie si vous acceptiez de vous laisser surprendre de temps à autre.

— Deuxièmement, poursuivit-il sans relever, même si votre tâche consiste à me prodiguer avis et conseils, une fois que j'aurai pris une décision, vous l'accepterez sans discuter, comme n'importe lequel de mes employés.

— Mais...

— Vous appliquerez scrupuleusement les instructions que je vous donnerai. Vous répondrez à mes questions de la façon la plus honnête et la plus directe possible, sans céder à votre fâcheuse tendance à contourner l'obstacle pour prendre la tangente. En êtes-vous capable ?

Julia n'en aurait pas juré, mais elle aurait été bien sotte de ne pas accepter une offre aussi avantageuse.

— Je suppose que c'est dans mes cordes. Autre chose ?

— Troisièmement, vous arrêterez de fumer.

Cette fois, elle tressaillit, piquée au vif.

— Vous voulez dire, en votre compagnie ?

— Non. En toutes circonstances.

— Pardon ? C'est de la tyrannie pure et simple ! se révolta-t-elle. En quoi cela vous concerne-t-il que je fume, si je ne suis pas près de vous ?

— Cela me concerne parce que même si vous ne vous adonnez pas à ce déplorable vice en ma présence, je sentirai tout de même l'odeur du tabac sur vos vêtements, et vous savez qu'elle m'est insupportable. Au demeurant, vous devriez me remercier. Vous avez reconnu vous-même vouloir arrêter de fumer. Cette troisième règle vous y aidera grandement.

C'était peut-être vrai, mais c'était tout de même une intolérable ingérence ! songea Julia en croisant les bras d'un geste de défi.

— Les hommes qui travaillent pour vous ne fument pas ?

— Pas ceux avec qui je dois passer du temps. Et j'attends de toutes les personnes que j'emploie qu'elles se conduisent convenablement. Fumer lorsqu'on est une femme n'est pas convenable.

— Peut-être, mais c'est toléré.

— Pas par moi.

Il soutint son regard.

— Cette règle n'est pas négociable, lady Yardley.

— C'est bon, grommela-t-elle en décroisant les bras. J'admets que j'aimerais arrêter. En fait, je n'ai pris cette mauvaise habitude que dans l'espoir insensé que Yardley, en l'apprenant, annulerait le mariage.

— Pardon ? fit Aidan, les yeux comme des soucoupes. Vous n'avez commencé à fumer que pour décourager votre fiancé ?

— Oups ! J'ai vendu la mèche. Enfin, cela n'a servi à rien, de toute façon. Yardley se moquait éperdument que je fume ou non.

— Je sais que ce mariage ne vous enthousiasmait pas, que c'est votre famille qui le souhaitait, mais pourquoi ne pas avoir refusé, vous qui êtes si indépendante ?

— C'est bien la question, n'est-ce pas ? riposta-t-elle en adoptant un ton léger, contrariée par le tour que prenait la discussion.

— De la façon la plus honnête et la plus directe possible, lady Yardley, lui rappela-t-il.

— Oh, pour l'amour du ciel ! s'impatienta-t-elle. Vos maudites règles ne stipulent tout de même pas que je dévoile mes secrets les plus intimes, je suppose ? Ce ne serait pas très chevaleresque de votre part !

— Donc, vous désapprouvez ma bonne éducation, sauf si vous pouvez vous en servir contre moi ?

Derrière ses inflexions chagrinées, Julia avait perçu une note ironique, aussi prit-elle le risque de se rebeller avant qu'il se montre plus curieux de son passé.

— Coupons la poire en deux, proposa-t-elle. Je m'engage à répondre en toute franchise aux questions concernant mon travail. Pour les autres, ce sera à moi d'en décider. Et je vous promets de faire mon possible pour arrêter de fumer. Cela vous satisfait-il ?

À en juger à son expression, ce n'était pas vraiment le cas, mais au grand soulagement de Julia, il finit par acquiescer.

— Entendu.

— Imposez-vous ces fichues règles à toutes les personnes que vous engagez ?

— Seulement à celles qui semblent en avoir besoin.

Julia lutta contre une féroce envie de lui tirer la langue.

— Très bien. J'accepte votre proposition, malgré ses règles absurdes.

Puis, éclatant de rire, elle ajouta :

— Il faudrait être folle pour refuser !

— Parfait.

Il tendit la main vers la pile de cartons d'invitation qui se trouvait sur le bureau et la poussa vers elle.

— Vous pouvez commencer tout de suite.

Julia hocha la tête mais alors qu'elle s'emparait des cartons, un soupçon se forma dans son esprit.

— Vous me promettez que vous ne faites pas cela par gentillesse, n'est-ce pas ?

— Par gentillesse ? répéta-t-il d'un air stupéfait. Croyez-moi, lady Yardley, faire preuve de gentillesse envers vous est bien la dernière idée qui me viendrait à l'esprit.

En vérité, Julia n'aurait su dire si cette déclaration la rassurait ou l'inquiétait.

— Je vous remercie.

— Attendez avant de me remercier, lui conseilla-t-il non sans ironie. Vous pourriez en venir à regretter d'avoir accepté. Je suis un employeur exigeant. En revanche, je suis juste.

Julia n'en attendait pas moins de lui.

— Très bien. À présent, je vais passer ces invitations en revue.

— Parfait. Oh, un dernier détail ! Je crains que nous ne puissions éviter toutes les rumeurs, mais il me semble raisonnable de ne pas les encourager. Il serait préférable qu'on ignore que vous travaillez pour moi.

Elle approuva d'un signe de tête.

— C'est sans doute plus prudent. Personne ne croirait que c'est innocent.

— En effet, répondit-il en s'agitant dans son fauteuil.

Il avait soudain l'air si mal à l'aise que c'en était comique. Julia dut se mordre la lèvre pour réprimer une envie de rire.

— Rassurez-vous, aucun représentant de la bonne société n'aura l'occasion de rencontrer votre secrétaire particulière. Il ne devrait donc pas y avoir de problème. En revanche, je vais devoir écrire des courriers de votre part. Ce ne serait pas une bonne idée que je les signe de mon nom.

— Seriez-vous en train de me suggérer de travailler sous une fausse identité ?

— Exactement.

La perspective était si excitante qu'elle ne put s'empêcher de sourire.

— Vous venez d'engager… Mme Boodle, responsable de vos relations mondaines.

— *Monsieur* Boodle, rectifia Aidan. Sinon, on pourrait s'imaginer que ma secrétaire est ma maîtresse.

— C'est absurde. Vous en avez déjà une. En outre, Mme Boodle est une respectable veuve un peu trop enrobée.

— Vraiment ? fit Aidan en la parcourant d'un regard appuyé. Elle n'a pas l'air si enrobée que cela.

Julia eut tout à coup l'impression qu'elle venait d'avaler une lampée de cognac.

— C'est parce qu'elle porte un corset, expliqua-t-elle.

— En êtes-vous sûre ?

Il pencha la tête de côté et étudia son visage. Il avait beau arborer une expression indéchiffrable, Julia sentit une inavouable chaleur l'envahir.

— Je ne vois pas la différence, murmura-t-il. Enfin, si ma mémoire est bonne…

Lorsque leurs regards se croisèrent de nouveau, Julia s'avisa qu'elle devait être écarlate. Aidan ne parut pas remarquer son trouble, et encore moins le partager. L'étincelle de désir si souvent présente dans ses yeux avait disparu, remplacée par une indifférence toute professionnelle.

— Les invitations continueront d'être envoyées ici, reprit-il, mais j'informerai M. Lambert de vous remettre tous les courriers adressés à Mme Boodle, ainsi que tous les cartons d'invitation. D'autre part, je pense qu'il serait judicieux que nous nous voyions plusieurs fois par semaine pour en discuter et coordonner mes rendez-vous professionnels et mon emploi du temps mondain. Nous nous retrouverons dans mon bureau les lundis, mercredis et vendredis à 9 heures. Cela vous convient-il ?

Sans attendre sa réponse, il s'empara d'un cahier relié de cuir et l'ouvrit.

— Je suis déjà pris lundi prochain à 9 heures, mais je peux vous recevoir à 16.

Saisissant un crayon, il nota leur réunion de travail, avant de feuilleter les pages suivantes.

— Ensuite, je serai libre à 9 heures les jours prévus. Ce sera donc l'heure de nos trois rendez-vous hebdomadaires jusqu'à la fin de la saison.

Tout en l'écoutant exposer ses attentes et donner ses directives, Julia songea que ce poste les amènerait à se voir régulièrement, en tête à tête. Un instant, elle se demanda s'il ne serait pas plus raisonnable de renoncer. Il y avait un certain nombre de détails concernant cette fameuse après-midi d'août qu'il ne devait jamais découvrir, et si elle travaillait avec lui, elle finirait par se trahir.

Aidan referma son agenda et se leva, lui indiquant que l'entretien était terminé. Comme elle ne bougeait pas, il lui adressa un sourire intrigué.

— Y a-t-il autre chose ? s'enquit-il.

Maudissant son moment de faiblesse, Julia bondit sur ses pieds.

— Non, tout va bien.

— Parfait.

Alors qu'elle se détournait pour se diriger vers la porte, il l'arrêta.

— Avant de partir, n'oubliez pas de communiquer à M. Lambert le nom de ce prêteur.

— Dieu du ciel, que va-t-il penser de moi ?

— Peu importe. M. Lambert est la discrétion même.

Elle lui sourit en s'efforçant de recouvrer ses esprits, qui semblaient s'être envolés aux quatre vents.

— À lundi, donc.

— À lundi, répondit-il. Bonne journée.

Après s'être arrêtée au bureau de M. Lambert, Julia quitta l'immeuble, sous le choc et un peu inquiète. Lorsqu'elle était venue demander conseil à Aidan, elle avait le vague espoir qu'il lui proposerait du travail, mais sans vraiment y croire. C'était pourtant ce qu'il avait fait. Plus qu'un emploi, il lui avait offert une chance de se bâtir une nouvelle vie.

Peut-être pourraient-ils aussi reprendre leurs relations sur de nouvelles bases. À la condition expresse qu'elle taise ce qui s'était réellement passé cette après-midi d'été au cottage.

10

Saint-Ives, Cornouailles, 1901

Lorsque Julia fit la connaissance d'Aidan Carr, duc de Trathen, le sort l'avait déjà liée à Yardley. Dix ans plus tard, le jour où leurs chemins se croisèrent de nouveau, elle décida qu'il était temps que le sort se fasse pardonner cette navrante erreur.

Elle assistait ce soir-là au bal de Saint-Ives, un événement caritatif qui se tenait chaque année dans la petite station balnéaire des Cornouailles. Ayant appris que Yardley était parti en France pour la chercher, Julia était rentrée subrepticement en Angleterre. Elle séjournait à Dovecotes, le cottage tant aimé qu'elle avait hérité de sa grand-mère.

Elle était accompagnée de sa cousine Beatrix, qui avait perdu son père au printemps et demeurait inconsolable. Ayant toujours considéré l'oncle James comme un vieux despote, Julia trouvait, quant à elle, que son départ pour l'au-delà était une bonne nouvelle pour sa cousine. Sentant que celle-ci allait se condamner à une existence de regrets éternels dans la solitude de Danbury Downs, elle l'avait emmenée de force à Dovecotes pour quelques jours de vacances. Le bal de Saint-Ives était leur première sortie à toutes deux depuis des mois.

Consciente que Yardley apprendrait vite qu'elle était ici, Julia était bien décidée à savourer chaque instant de cette soirée. Le pied frappant le sol au rythme de la polka endiablée que jouait l'orchestre, elle observait la foule lorsqu'elle repéra un visage familier près de la porte.

— Bonté divine ! murmura-t-elle.

Le duché de Trathen se trouvait dans les Cornouailles, certes, mais jamais elle n'avait vu Aidan Carr au bal de Saint-Ives. En outre la rumeur voulait que le beau duc détestât danser. Malgré tout, et en dépit des dix années qui s'étaient écoulées depuis leur première rencontre sur le petit pont de bois, elle aurait reconnu entre mille sa haute silhouette athlétique et son chaleureux regard noisette.

— Qui regardes-tu ainsi ? s'enquit Beatrix en se hissant sur la pointe des pieds. C'est quelqu'un que nous connaissons ?

— C'est quelqu'un que je connais, rectifia Julia.

Elle n'eut pas le temps d'en dire plus. Les dernières notes de la polka résonnaient déjà et le *gentleman* inscrit sur le carnet de bal de Beatrix s'approcha de celle-ci.

Tandis que tous deux gagnaient la piste de danse, Julia continua d'étudier Trathen. Le beau garçon rencontré dix ans auparavant était devenu un homme incroyablement séduisant. Quel dommage, songea-t-elle avec une pointe de dépit, qu'elle ne l'ait pas connu avant d'avoir accordé sa main à Yardley !

Aidan Carr l'avait désirée. Malgré tous ses efforts, il n'avait pas réussi à le lui cacher, cet après-midi-là. Qui sait ? Peut-être l'aurait-il suffisamment convoitée pour l'épouser si elle avait eu le temps de le charmer ? Hélas, le destin ne l'avait pas voulu ! Après sa fuite en Écosse, son père avait exigé qu'elle se marie au plus vite et ne lui avait pas offert le loisir d'être exigeante quant au choix de son fiancé.

Si seulement les choses avaient été différentes ! songea-t-elle, saisie d'une nostalgie aussi étrange qu'inattendue tandis qu'elle regardait Trathen se diriger d'un pas souple vers la table des rafraîchissements.

Cette pensée la prit au dépourvu. Non seulement elle n'avait jamais été portée sur les regrets, mais nourrir de tendres sentiments envers Aidan Carr était inutile. Elle était désormais incapable d'éprouver le moindre désir pour un homme, aussi séduisant fût-il. La plupart du temps, elle avait l'impression de n'être plus qu'une fleur fanée.

L'objet de sa curiosité ayant disparu de sa vue, Julia rumina ses soucis actuels. Même si elle se sentait aussi peu sensuelle qu'une vieille fille desséchée, la brute responsable de sa froideur ne paraissait guère décidée à faire d'elle la veuve qu'il lui semblait déjà être. Il avait été victime d'une mauvaise fièvre au printemps mais, hélas, il y avait survécu. Pire, ayant frôlé la mort, il s'était souvenu qu'il n'avait pas d'héritier. Il essayait donc avec acharnement de réparer cet oubli avant que Julia ait passé l'âge d'être mère.

Celle-ci était tout aussi résolue à éviter cela, mais sa marge de manœuvre se réduisait de jour en jour. Et l'horloge continuait de tourner.

Yardley était peut-être en train de sillonner la France, mais il n'allait pas tarder à se rendre compte que sa femme ne s'y trouvait pas. Les journaux mondains britanniques avaient déjà signalé les rares apparitions de Julia en public et il en aurait vite vent. Dès qu'il comprendrait qu'elle était à Dovecotes, il viendrait l'y chercher pour la ramener de force dans le Dorset afin de concevoir l'héritier tant attendu.

La main de Julia se serra sur sa coupe. Elle songea aux premières années de son mariage, à l'époque où elle se soumettait encore aux odieux caprices de son époux. Plus jamais elle ne retournerait à Yardley Grange.

Plutôt mourir que de laisser ce monstre la toucher de nouveau !

Il devait exister une solution. Elle finirait par être trop âgée pour porter un enfant, mais elle ne pourrait pas échapper à son mari jusqu'à cette date encore lointaine. D'autant qu'il la menaçait maintenant d'user de moyens légaux pour la contraindre à revenir sous le toit conjugal. Elle avait tenté tout ce qui était en son pouvoir jusqu'à présent – comportements ouvertement scandaleux, entretiens avec des avocats, affrontements directs. Elle s'était même, dans son désespoir, jetée à genoux devant son mari pour le supplier de lui rendre sa liberté. Il avait éclaté de rire, flatté qu'elle tombe à ses pieds, avant d'exprimer le souhait de la voir plus souvent dans cette position. Alors elle s'était enfuie pour ne plus jamais revenir. Malheureusement, plus le temps passait, plus l'étau se resserrait. Il ne lui restait peut-être plus que quelques trop courtes semaines à savourer sa liberté à l'abri les murs de Dovecotes.

Une bouffée de panique la submergea soudain, si violente qu'elle en suffoqua presque. Fermant les paupières, Julia se força à respirer lentement pour retrouver son calme. Il existait nécessairement une solution, se répéta-t-elle. Il suffisait de la trouver.

Ayant surmonté son angoisse, elle rouvrit les yeux et balaya la salle de bal du regard. Trathen avait disparu, mais elle aperçut sa cousine.

Radieuse, celle-ci tournoyait sur la piste avec son cavalier. Cette vision réchauffa le cœur de Julia. Sa mère étant partie alors qu'elle n'était qu'une petite fille, son tyrannique de père l'ayant étouffée, et son amour d'enfance, le duc de Sunderland, l'ayant abandonnée quasiment au pied de l'autel, Beatrix n'avait guère eu d'occasions de se réjouir. C'était bon de la voir enfin vivre.

Julia continua de parcourir la salle du regard. Elle retrouva Trathen. Le malheureux avait été accosté par lady Jolette, dont l'existence se résumait à son élevage canin. Julia sourit en imaginant le calvaire de Trathen, contraint de l'écouter conter par le menu les exploits de ses chers toutous. Pauvre Trathen ! songea-t-elle. Cet homme était trop gentil avec les femmes et finirait par le payer. À sa place, un autre aurait planté là lady Jolette sans le moindre scrupule.

Julia l'observa, soudain attendrie. Elle n'avait jamais oublié leur rencontre. D'emblée, elle avait éprouvé de l'affection pour ce jeune homme grave, engoncé dans sa bonne éducation. Elle avait adoré le taquiner, lui arracher un sourire... et le regarder lutter contre la fascination qu'exerçaient sur lui ses jambes nues.

Ah, voilà qu'il avait réussi à échapper à lady Jolette ! constata Julia. Le moment était venu de renouer avec lui.

Traversant la vaste salle, elle s'approcha discrètement de lui, le regard rivé sur le buffet, feignant de ne pas l'avoir remarqué. Puis, avec une précision machiavélique, elle tendit la main vers le saladier de punch en même temps que lui.

— Oh, pardon ! s'exclama-t-il en reculant.

Se tournant vers elle, il ajouta :

— Honneur aux dames.

— Ça alors ! s'exclama-t-elle d'un air étonné. Mais c'est mon prince charmant !

Il la scruta, mais elle ne vit pas la moindre étincelle de complicité s'allumer dans son beau regard. Un peu vexée par ce coup porté à sa fierté féminine, Julia le regarda froncer les sourcils comme s'il fouillait dans sa mémoire. Et alors qu'elle commençait à se reprocher d'avoir eu la vanité d'espérer qu'il ne l'aurait pas oubliée, son visage s'éclaira.

— Vous êtes la Belle au bois dormant si je ne m'abuse ?

— En personne, répondit-elle, ravie et soulagée qu'il l'ait enfin reconnue. Hélas, j'ai bien peur de m'être trompée de conte de fées. N'est-ce pas plutôt Cendrillon qui doit assister au bal ? Moi, je suis censée jouer les agonisantes dans mon cercueil.

L'ombre d'un sourire flotta sur ses lèvres.

— Quelque chose me dit que vous n'auriez aucun scrupule à réécrire l'histoire.

Comme elle le regardait sans comprendre, il précisa :

— Votre représentation théâtrale. Vous n'aviez pas appris une ligne de votre rôle.

— Exact ! s'écria Julia en lui souriant. J'ai bien peur que la procrastination mène inévitablement à l'improvisation. Cela dit, je me flatte que la plupart des gens n'aient rien remarqué.

— Pas même la mère de votre fiancé ?

Julia fit la grimace.

— Elle, si. Mme Yardley avait un œil d'aigle.

Le sourire de Trathen se figea.

— Ainsi vous êtes la jeune fille que le baron Yardley a épousée ? J'avais entendu parler d'une demoiselle Julia Hammet. Il me semblait que c'était vous, mais je n'en étais pas certain.

— C'était bien moi.

Notant l'expression de Trathen, elle ne put s'empêcher d'ajouter :

— Apparemment, Yardley vous donne autant d'aigreurs d'estomac qu'à moi.

À ces mots, son compagnon se composa de nouveau un visage poli.

— Veuillez m'excuser, baronne. Votre époux et moi-même sommes régulièrement en désaccord sur des questions parlementaires, voilà tout. Je suis surpris que vous ne sembliez pas au courant de nos divergences de vues.

— Je devrais l'être ? Je ne m'intéresse pas à la politique ; je passe le plus clair de mon temps sur le Continent. En outre, mes conversations avec Yardley ne durent jamais plus de cinq minutes. Je garde l'espoir qu'il accepte le divorce, mais, jusqu'à présent, il a toujours fermement refusé de se séparer de moi.

— Comme tout époux conscient de son devoir.

Julia, qui venait de prendre une gorgée de punch, faillit s'étrangler.

— Parce que vous vous imaginez qu'il agit par noblesse d'âme ? Dieu que vous êtes chevaleresque ! Au risque de vous décevoir, sa seule raison de me refuser le divorce est de me punir en me privant de liberté.

Il fronça les sourcils.

— Vous punir ? De quoi, voyons ?

— De ne pas vouloir de lui, bien sûr.

— Si vous ne voulez pas de lui, pourquoi l'avoir épousé ?

— On ne m'a pas laissé le choix, répliqua-t-elle sans réfléchir. Ma famille...

Elle s'interrompit abruptement. Elle en avait trop dit.

— Vos parents vous ont mariée à cet homme contre votre volonté ?

Il semblait soudain furieux. Non pas pour lui-même mais pour elle. Comme s'il n'acceptait pas qu'on lui ait fait du mal. Et Julia en ressentit un étrange pincement au cœur. Elle se sentait vulnérable, tout à coup.

— Ma foi, je ne peux pas vraiment les en blâmer, dit-elle. Je n'ai jamais été un modèle de docilité. Je crois que mon père était pressé de se débarrasser de moi.

Haussant les épaules en un geste qu'elle espérait insouciant, elle enchaîna :

— Je suppose que c'est ma fuite avec un poète qui m'a perdue. Mon père a estimé qu'un baron ferait un meilleur mari qu'un écrivain maudit. Dommage que vous ne soyez pas arrivé plus tôt.

Puis, lui adressant son sourire le plus charmeur, elle conclut :

— J'aurais préféré vous épouser.

— Je ne vous connaissais pas. Sinon, je...

Il n'acheva pas sa phrase. Sur son visage, la colère avait cédé la place à une expression indécise. Julia le vit baisser les yeux, comme s'il était en train d'imaginer ses jambes nues.

C'est à cet instant qu'elle songea que cet homme était peut-être la réponse à ses prières. Elle avait déjà envisagé de prendre un amant, mais jamais elle n'avait trouvé l'audace de passer à l'acte.

Jusqu'à présent.

La musique s'arrêta et les danseurs quittèrent la piste. L'un d'eux la bouscula, si bien qu'elle se rapprocha de Trathen. À sa grande surprise, elle n'éprouva rien de la peur qui, auparavant, avait toujours accompagné cette perspective. Aidan Carr, son amant ?

Une lueur d'espoir venait de s'allumer à l'horizon, encore faible mais bel et bien réelle. Si seulement il se révélait être la clef qui lui ouvrirait les portes de la prison où elle était enfermée depuis si longtemps ! Trathen serait l'amant parfait pour secouer les chaînes que Yardley avait forgées. Non seulement il était duc, mais il était beau, riche, athlétique, influent, puissant... et rival en politique. Yardley serait tellement fou de rage qu'il n'aurait d'autre choix que de demander le divorce. Tout serait parfait si c'était lui qui venait la sauver ! N'était-il pas son prince charmant, après tout ?

Puis le doute la saisit. Et si elle n'en était pas capable ? Malgré le parfum de scandale dont elle s'était délibérément entourée, elle n'avait connu que deux hommes dans sa vie. Le premier, qu'elle avait aimé de tout son cœur, lui avait enseigné la passion. Le second, pour qui elle n'avait que dégoût et mépris, avait empoisonné tout ce que le premier lui avait donné. Désormais, elle n'éprouvait plus le moindre désir. Elle n'en avait même plus le souvenir. À l'intérieur, elle était morte. Lorsqu'elle serait au pied du mur, nue entre les bras d'Aidan, trouverait-elle le courage d'aller jusqu'au bout ?

Yardley était résolu à lui faire un enfant, se rappela-t-elle.

Elle plongea son regard dans celui d'Aidan, si honnête, et l'évidence s'imposa à elle. Oui, avec cet homme, elle pouvait être de nouveau pleinement femme.

Elle se rapprocha imperceptiblement de lui.

— Sinon… ? répéta-t-elle, l'incitant à poursuivre.

Elle attendit, le cœur battant, mais il ne répondit jamais à sa question.

— Julia, te voilà enfin ! s'écria Beatrix derrière elle.

Julia réprima un soupir contrarié. Aidan, avec sa courtoisie habituelle, la gratifia d'un regard à la fois amusé et désolé, puis se tourna vers Beatrix, attendant manifestement que Julia fasse les présentations.

— Beatrix, dit Julia, je te présente Sa Grâce le duc de Trathen. Trathen, voici ma cousine, lady Beatrix Danbury.

Aidan s'inclina.

— Lady Beatrix, la salua-t-il.

Julia regardait celle-ci, et un horrible pressentiment s'empara soudain d'elle. Beatrix souriait à Aidan, ses grands yeux bruns étincelant d'une lumière que seul Sunderland avait su allumer en eux jusqu'à présent.

« Non ! faillit hurler Julia. Tu n'as pas le droit de me le prendre ! Je l'ai vu avant toi ! »

À cet instant, les premières mesures d'une valse retentirent. Aidan parla. Non pas à Julia, mais à Beatrix.

— Lady Beatrix, si vous n'êtes pas déjà engagée, me ferez-vous l'honneur de cette danse ?

La gorge nouée, Julia les regarda s'éloigner, puis commencer à tourner sur la piste de danse. C'en était fait de son bel espoir. Trathen et Beatrix formaient un couple si bien assorti que cela lui était insupportable. Pivotant sur ses talons, elle quitta la salle en essayant de ravaler son dépit et sa frustration, de se convaincre que cela lui était égal. Voilà longtemps qu'elle avait appris à se réfugier dans l'indifférence. C'était tellement plus facile et plus confortable de prétendre qu'elle s'en moquait.

Une fois dehors, elle traversa la vaste terrasse et descendit les quelques marches qui menaient à la promenade le long de la plage. Puis elle se laissa tomber sur un banc en s'efforçant d'oublier ce qu'elle avait vu sur le visage de sa cousine. Ce n'était pas possible !

— Et flûte ! marmonna-t-elle en remontant ses jupes pour prendre la cigarette et l'allumette coincées dans sa jarretière.

Ayant allumé sa cigarette, elle s'adossa au banc en soufflant un nuage de fumée en direction du ciel étoilé.

— Flûte, flûte, flûte !

Elle pouvait se battre, capter de nouveau l'attention de Trathen. Elle était capable de l'emporter. Mais ce serait une victoire bien amère. Beatrix rêvait de fonder une famille. Aidan était duc et il était célibataire. Il pouvait lui offrir ce qu'elle désirait le plus au monde. Tout ce que voulait Julia, c'était un homme dont le contact physique lui serait supportable et qui la délivrerait de son mari. Elle n'était pas comme Beatrix, si douce, si belle, si généreuse. Elle était caustique, dure, bien plus douée pour la haine que pour l'amour, sans autre dot à offrir à un homme que son corps.

Combien de temps demeura-t-elle là, perdue dans ses réflexions moroses, avant que sa cousine la retrouve ? Elle n'aurait su le dire, mais sa cigarette n'était plus que cendres depuis longtemps et l'orchestre avait joué bien des valses.

— Je me doutais que tu serais ici, murmura Beatrix en s'approchant.

Julia redressa le dos.

— Alors ?

Beatrix lui adressa un regard innocent et s'assit près d'elle.

— Alors quoi ?

— Ne fais pas ta rosière. J'ai vu ton expression quand Trathen t'a fait danser.

Il n'en fallut pas plus.

— Oh, Julia ! gémit Beatrix, extatique.

— Te voilà amoureuse, commenta Julia sans émotion apparente.

Visiblement troublée par sa rencontre avec le séduisant duc de Trathen, sa cousine ne parut pas percevoir son amertume.

— Amoureuse ? Quelle femme ne le serait pas ? C'est un rêve !

— Et Sunderland ? ne put s'empêcher de demander Julia.

— Will ?

Beatrix se mordit la lèvre, l'air perplexe. Son indécision ne dura qu'une seconde.

— Il ne rentrera jamais d'Égypte, n'est-ce pas ?

Julia aurait pu tenter de la convaincre du contraire. Elle aurait pu l'inciter à attendre l'homme qui l'avait abandonnée, ravivant ses espoirs dans le seul but de la détourner d'Aidan.

Un seul regard à sa cousine l'en découragea.

— Non, Beatrix. Je crois qu'il ne rentrera pas.

Beatrix hocha la tête comme si c'était exactement la réponse qu'elle attendait.

— Et… Trathen ? Comment est-il ?

Julia détourna le visage et ferma les paupières. Qu'il aurait été facile de critiquer Aidan, d'en brosser un portrait épouvantable afin de dissuader sa cousine de s'intéresser à lui !

— C'est un homme bien. Du moins, je le pense. Un peu vieux jeu, mais il est vraiment au-dessus du lot. C'est un excellent choix.

— Il me plaît, avoua Beatrix. Et je crois… Oh, Julia ! Je crois que je lui plais aussi !

Bien sûr qu'elle lui plaisait ! À quel homme n'aurait-elle pas plu ? Elle était belle, chaleureuse, aussi lumineuse que le soleil ! Fille de comte, elle ferait une duchesse idéale, ayant été préparée toute sa vie à un tel destin. Quant à Aidan, il était certainement à la recherche d'une épouse. Ils étaient faits l'un pour l'autre. Aussi beaux, aussi parfaits l'un que l'autre.

Et peut-être seraient-ils unis par un amour profond. Beatrix méritait l'amour d'un homme et tout ce qui va avec – cour assidue et romantique, mariage en grande pompe, famille nombreuse, vie heureuse... De quel droit Julia, qui s'était échinée à gâcher sa propre existence, qui n'était même plus capable de tomber amoureuse et qui ne voulait utiliser cet homme que pour se débarrasser d'un autre, de quel droit se serait-elle dressée entre sa cousine et son bonheur ?

Elle ne le pouvait tout simplement pas. Même pour se soustraire aux sordides ardeurs de Yardley. Même si Aidan était l'homme de la situation.

Se composant une expression désinvolte, fruit de longues années de pratique, elle répondit :

— Eh bien, tu as le champ libre, ma chérie. À ma connaissance, il n'y a pas de femme dans sa vie.

Avec un rire léger, elle désigna la salle de bal d'un geste de la main.

— Allons, ne perds pas ton temps avec moi. Va donc danser avec ton prince !

Visiblement ravie, Beatrix se leva d'un bond. Julia la regarda s'éloigner, et emporter avec elle son unique chance de recouvrer enfin sa liberté.

11

Il ne fallut pas longtemps à Julia pour admettre qu'en lui assignant ce travail, idéalement adapté à ses capacités et à son tempérament, Trathen avait fait preuve de finesse et d'une grande perspicacité. Après avoir rencontré M. Lambert le samedi matin pour reprendre à sa charge les rendez-vous privés de leur employeur, passé le week-end à étudier la pile de cartons d'invitation qu'il lui avait confiés, et effectué une première sélection, elle put mesurer combien cette activité de secrétaire particulière lui convenait.

Même s'il s'en était défendu, Julia soupçonnait Aidan d'avoir, du moins en partie, obéi à des motifs chevaleresques en lui offrant cet emploi. Mais puisqu'il avait racheté le montant de sa dette sans intérêt et qu'il la payait soixante livres par mois, elle n'avait pas l'intention de discuter. Elle ne songea même pas à ironiser sur le sujet.

Le lundi après-midi, lorsqu'elle le retrouva à son bureau, elle s'abstint de toute allusion à sa manie de sauver les dames en détresse. Elle s'efforça au contraire de s'en tenir strictement au travail, supposant qu'il attendait de ses employés une attitude toute professionnelle.

Une heure plus tard, alors qu'ils avaient passé en revue la plupart des invitations et qu'il ne leur restait que quelques points à trancher, on frappa à la porte. M. Lambert entra, un plateau en équilibre sur l'avant-bras tandis qu'il poussait le battant de l'autre.

— Le thé, monsieur ? proposa-t-il en s'arrêtant sur le seuil pour reprendre le plateau à deux mains.

— Est-ce déjà l'heure ? s'étonna Trathen.

— Il est 17 heures, monsieur, mais si vous préférez attendre un peu...

Trathen regarda Julia.

— Prendrez-vous une tasse de thé ?

Comme elle hésitait, il s'adressa à son secrétaire.

— Y en a-t-il pour deux, monsieur Lambert ?

— Bien sûr, monsieur. J'ai supposé que madame apprécierait également une collation.

— Parfait.

D'un geste, le duc fit signe à son secrétaire d'approcher et écarta des papiers de sa table de travail pour qu'il puisse poser le plateau. Julia nota qu'il n'y avait que deux tasses.

— Vous ne buvez pas de thé, monsieur Lambert ? s'enquit-elle.

Ils étaient l'un comme l'autre les secrétaires du duc de Trathen. Ne risquait-elle pas de s'attirer les foudres de son collègue si elle était la seule à prendre le thé avec leur employeur ?

Le jeune homme rougit imperceptiblement.

— J'en bois, madame, mais je le prends toujours à mon bureau.

Puis, se tournant vers Trathen, il demanda :

— Y aura-t-il autre chose pour votre service, monsieur ?

— Non, merci, monsieur Lambert. Vous pouvez nous laisser.

Une fois que son employé eut refermé la porte derrière lui, Aidan se pencha en avant avec des airs de conspirateur.

— Lambert prend toujours son thé en lisant, murmura-t-il. Des romans sentimentaux.

Julia s'esclaffa. Pouvait-on imaginer amateur de littérature à l'eau de rose plus improbable que M. Lambert ?

— Vous me faites marcher ! s'exclama-t-elle.

Il secoua la tête tout en prenant la théière.

— Pas du tout, se défendit-il en les servant. Il adore les histoires d'amour, et plus elles sont romantiques, plus elles lui plaisent. Vous prenez votre thé avec du lait, n'est-ce pas ?

Sans attendre sa réponse, il posa la théière et saisit le pot de lait.

— Et du sucre.

— En effet. Comment diable le savez-vous ?

— Je vous ai vue prendre le thé tous les jours, lors de notre séjour chez le vicomte Marlowe.

— C'était il y a deux ans ! s'écria Julia, plus flattée qu'elle ne voulait l'admettre qu'il se soit souvenu d'un tel détail. Vous avez une excellente mémoire.

Il haussa les épaules d'un geste évasif, versa du sucre en poudre dans le thé de Julia et lui tendit soucoupe et tasse.

— Que voulez-vous manger ?

Julia examina l'assortiment que M. Lambert avait apporté.

— Un scone, je vous prie. Avec de la crème et de la confiture. Oh, et l'un de ces petits sandwichs au concombre ! Je les adore.

— Ah oui ? fit-il en la servant.

— Vous avez l'air surpris ? remarqua Julia, perplexe, avant de poser sa tasse pour s'emparer de l'assiette qu'il lui tendait. Y a-t-il une raison pour laquelle je ne devrais pas aimer les sandwichs au concombre ?

— Au contraire. Vous en aviez apporté, à ce pique-nique...

Il garda le silence quelques instants, puis :

— Par la suite, il m'a semblé que vous n'aviez choisi que des mets que j'apprécie afin de...

Il se tut de nouveau et son regard croisa celui de Julia.

— Afin de me tenter.

— Ma foi, c'était l'une des raisons, reconnut-elle.

Elle se tortilla nerveusement sur son siège au souvenir de ses motifs si mercenaires, cette fameuse après-midi.

— J'avoue avoir sélectionné vos plats préférés, mais j'ai exclu ceux que je n'aime pas. Par exemple, je sais que vous adorez le foie gras, mais il n'était pas question qu'il figure au menu. Je suis désolé de vous le dire, Aidan, mais même pour vous, je ne pourrais pas avaler du foie d'oie.

Il lâcha un petit rire.

— Comment peut-on ne pas apprécier un mets aussi raffiné ?

Pour toute réponse, Julia frémit de dégoût. Puis elle prit un petit couteau, et entreprit d'étaler de la crème et de la confiture de fraises sur son scone. L'ayant porté à ses lèvres pour y mordre avec délicatesse, elle leva les yeux vers Aidan, et découvrit qu'il la contemplait d'un air amusé.

— Qu'y a-t-il de si drôle ? demanda-t-elle, vaguement alarmée.

— Vous avez de la crème sur le visage.

Se penchant vers elle, il lui effleura le coin des lèvres du pouce.

— Là.

À son contact, Julia fut prise d'un léger vertige. Que se passait-il ? Si on lui avait dit, une minute plus tôt, qu'Aidan lui caresserait la joue, elle aurait répondu qu'une telle chose était aussi plausible que de voir des licornes caracoler dans Trafalgar Square.

Il porta à ses lèvres le doigt où s'était déposée une goutte de crème – qu'il lécha ! Puis, d'un air absent, il prit le carton d'invitation suivant sur la pile. S'il semblait parfaitement nonchalant, Julia, elle, était dans un état de tension indescriptible.

Les joues en feu, elle détourna les yeux tandis que des souvenirs de leur après-midi au cottage affluaient à sa mémoire. Elle les revoyait dans la cuisine… lorsqu'il avait déboutonné sa robe pour caresser sa peau nue… Ces instants étaient encore si vivaces dans son esprit qu'ils semblaient dater de la veille. Ses doigts souples écartaient une mèche échappée de son chignon à demi défait, lui effleuraient les pommettes, glissaient derrière sa tête pour l'attirer à lui… Ses mains encadraient son visage, se refermaient sur ses épaules, sur ses seins… Comme elle se risquait à lui jeter un coup d'œil, Julia se rappela soudain ses lèvres se posant sur les siennes.

Et une bouffée de désir l'envahit, brûlante, inattendue, si sensuelle que c'en était presque effrayant. Jamais elle n'aurait cru éprouver de nouveau cette sensation merveilleuse.

Avait-elle ressenti cela à Dovecotes ? En toute honnêteté, elle n'en aurait pas juré. Ce jour-là, elle était en proie à une véritable peur panique à l'idée que son plan échoue. Maintenant qu'elle était délivrée du désespoir et de l'angoisse, plus rien ne venait éteindre le feu du désir – un désir qui se propageait rapidement en elle, courant dans ses veines tel un voluptueux incendie. Imperceptiblement, elle se pencha en avant, comme pour chercher la chaleur et la lumière qui émanaient d'Aidan.

Il leva les yeux. Aussitôt, Julia recula dans son siège et fit mine d'étudier les papiers posés sur ses genoux. Dieu du ciel, que lui arrivait-il ? se demanda-t-elle, mortifiée.

— Pour le dîner du 14 chez les Horbury, fit Aidan d'une voix posée, comme s'il n'avait rien remarqué du trouble qui l'agitait. S'agit-il des Horbury du Hertfordshire ou des Horbury du Derbyshire ?

Julia était bien incapable de répondre à cette question. En vérité, elle était incapable d'aligner deux pensées cohérentes.

— Hum… Eh bien… Ce sont…

Elle s'interrompit, le regard obstinément rivé sur ses genoux, luttant pour se ressaisir. Elle ne l'aurait admis pour rien au monde, mais elle était perdue. Nom de nom, quels Horbury avaient envoyé cette maudite invitation ? Après avoir pris une profonde inspiration, elle lança au hasard :

— Ceux du Hertfordshire.

Elle leva timidement les yeux. Aidan ne la regardait pas. Il était en train de relire le carton qu'il avait pris sur la pile. Elle laissa échapper un discret soupir de soulagement. Aidan était à la recherche d'une épouse, pas d'une maîtresse. Quant à elle, c'était d'un travail honorable qu'elle avait besoin. Pas d'un amant. Cela ne rimait à rien d'entretenir l'espoir qu'il la désire encore et qu'ils pourraient reprendre leur relation là où elle en était restée. En outre, elle ne tenait pas à réveiller en elle certaines envies qu'elle ne saurait maîtriser.

De toute façon, elle doutait que Trathen caresse encore l'idée d'avoir une liaison avec elle, désormais. Ce n'était pas parce qu'il l'avait désirée autrefois que c'était toujours le cas. De plus, si ces considérations ne suffisaient pas à décourager cette soudaine attirance physique qu'elle éprouvait à son endroit, elle ne devait pas oublier que si leurs rapports prenaient un tour plus intime, elle risquait fort de laisser échapper son secret. Ce qui lui vaudrait de perdre non seulement son travail, mais aussi tout espoir de remonter dans l'estime d'Aidan.

S'il découvrait ce qui s'était réellement passé ce jour-là à Dovecotes, il n'aurait plus pour elle que haine et mépris.

Julia n'aurait su dire pour quelle raison il était si important pour elle de ne pas perdre le peu de respect qu'Aidan Carr éprouvait à son égard. Elle n'avait jamais accordé une grande importance à l'opinion de quiconque, et cependant, elle était sensible à ce qu'Aidan pensait d'elle. Elle refusait de prendre le risque d'être privée de la complicité qui était en train de naître entre eux, de saboter cette future amitié qu'elle lui avait prédite, un lointain jour de juillet dans le Dorset. Et si ces raisons ne suffisaient pas, elle n'avait certainement pas besoin d'une liaison amoureuse en ce moment. La passion ne lui avait jamais porté chance jusqu'à présent.

S'obligeant à revenir au présent, elle attrapa son crayon d'un geste décidé.

— Non, rectifia-t-elle, ce sont les Horbury du Derbyshire. Lady Susan est une charmante jeune fille, observa-t-elle tout en s'efforçant d'oublier les inavouables sensations qui s'attardaient en elle. Souhaiteriez-vous faire sa connaissance ?

Aidan en avait été conscient dès le premier instant, offrir à Julia Yardley un poste dans son entourage immédiat était aussi imprudent que d'approcher une allumette enflammée d'un baril de poudre. Passer du temps en sa compagnie, l'avoir près de lui serait une torture – une torture merveilleuse, délicieuse, mais une torture tout de même. Et s'il ne parvenait pas à conserver son empire sur lui-même et à maîtriser le désir qui le consumait, ce serait un indescriptible chaos.

Certes, mais c'était justement là tout l'enjeu, songea-t-il en s'adossant à son fauteuil. Pensif, il considéra le siège que venait de quitter sa toute nouvelle employée. N'était-ce pas précisément ainsi qu'il pourrait surmonter sa faiblesse ? En domptant son désir par la seule force de sa volonté ? Ce n'était qu'en mettant à l'épreuve cette discipline du corps et de l'esprit dont il avait toujours été si fier qu'il triompherait des coupables désirs que Julia Yardley lui inspirait depuis toujours. C'était sa seule façon de surmonter son échec de l'été dernier.

Il avait toujours su quel risque elle représentait. Il en était parfaitement conscient lorsqu'il s'était rendu à son cottage. La dernière fois qu'il avait affronté son désir, il avait été mis en échec. Aujourd'hui, il était bien résolu à avoir le dernier mot.

S'il n'avait eu d'autre envie que d'assouvir ses appétits, il lui aurait proposé d'être sa maîtresse. Il avait d'ailleurs failli le faire. Lorsqu'elle était venue lui parler ce soir-là au Savoy, il n'avait pu s'empêcher d'imaginer ce que ce serait de l'avoir de nouveau sous lui, de pouvoir la posséder chaque fois qu'il le souhaiterait, jusqu'à ce que cette passion insensée s'éteigne d'elle-même, le délivrant enfin du charme vénéneux qu'elle exerçait sur lui.

Et le jour où elle était venue le trouver dans son bureau, il avait de nouveau dû se faire violence pour ne pas lui suggérer de payer sa dette en lui offrant son corps.

Aurait-elle accepté une proposition aussi indécente ? Aidan l'ignorait. Toutefois, si tel avait été le cas, elle ne se serait pas donnée à lui par choix mais par obligation. Et il avait beau la désirer follement, jamais sa conscience n'aurait pu s'accommoder d'un tel marché. Qu'une femme choisisse la profession de courtisane était une chose. Qu'elle y soit contrainte par la nécessité – et encouragée par de vils appétits masculins – en était une tout autre.

Quelle que soit la passion qu'il éprouvait pour elle, il y avait certaines limites qu'il ne franchirait pas. En outre, en tombant aussi bas, il ne ferait que démontrer que, en dépit de tous ses principes, il n'était qu'un butor.

Voilà pourquoi, au lieu d'en faire sa maîtresse, il lui avait proposé du travail. S'il avait été plus hypocrite, il aurait pu se convaincre qu'il n'avait agi que par cette noblesse d'âme qu'elle s'obstinait à voir en lui. Il se serait flatté d'avoir, par pure magnanimité, offert un emploi respectable à une femme dans le besoin. Hélas ! Il n'était pas assez imbu de lui-même pour avaler une telle fable, quand bien même Julia Yardley y croyait.

En vérité, il n'était qu'un monstre d'égoïsme. Contrairement aux apparences, il n'agissait pas comme il l'avait fait pour aider Julia Yardley à reconstruire sa vie, mais pour s'aider lui-même à combattre la passion torride qu'elle lui inspirait. Lorsqu'il lui avait demandé le montant de sa dette afin de déterminer jusqu'où elle était enferrée et quelle était sa propre marge de manœuvre, lorsqu'il lui avait offert de reprendre son emprunt, lorsqu'il avait affiché un visage dénué de toute émotion, il n'avait fait qu'obéir à ses propres intérêts.

Y compris lorsqu'il avait exigé qu'elle arrête de fumer. En effet, une fois débarrassée de cette affreuse odeur de tabac, elle n'en serait que plus désirable, ce qui accroîtrait la difficulté, et rendrait son succès d'autant plus glorieux. Ce n'était qu'au prix de tels efforts qu'il pourrait triompher de ses démons.

Il le savait, il jouait avec le feu. Il mettait en péril son honneur, sa réputation et son estime de soi. Mais après son dernier échec, et le désastre qui s'était ensuivi, il devait à tout prix réussir.

Quelle que soit l'issue de cette épreuve, une chose était claire. La présence de Julia Yardley dans son entourage immédiat ne pourrait que le rendre plus fort ou le briser définitivement. Seul l'avenir dirait de quel côté pencherait la balance.

Une fois surmontée l'appréhension des débuts, Julia s'aperçut que si cet emploi de secrétaire particulière de Trathen lui convenait à merveille, ce n'était pas non plus une sinécure.

C'était un véritable défi que de gérer l'emploi du temps d'un duc. Il fallait en permanence faire preuve de subtilité. Chaque décision concernant chaque rendez-vous de la journée pouvait être interprétée comme une marque de faveur ou de défaveur. Sans parler des graves répercussions que pouvait avoir un terme mal choisi dans une lettre écrite de la part de son illustre employeur.

Au cours des quinze premiers jours, Julia fut si souvent exaspérée par ces complexités qu'elle fut à plusieurs reprises tentée de renoncer. D'autant qu'elle n'avait même plus la possibilité d'allumer une cigarette pour apaiser ses nerfs à fleur de peau. Jamais elle n'avait mesuré combien elle était devenue dépendante du tabac. C'était la première fois qu'elle fournissait un réel effort pour arrêter de fumer. Les premiers temps, la sensation de manque était presque insupportable. Pourtant, malgré la douleur, elle persévéra.

Comme convenu, elle retrouvait son employeur trois fois par semaine pour organiser son programme de mondanités, passer en revue sa correspondance, et discuter avec lui des relations qui méritaient ou non qu'il leur consacre du temps. Il l'écoutait toujours avec attention et acceptait en général ses conclusions. Il se montrait courtois et respectueux, mais semblait ne plus voir désormais en elle qu'une employée comme une autre.

Julia, qui n'avait aucune envie de réveiller en elle des désirs inopportuns, parvint à surmonter les absurdes élans qui l'avaient poussée vers lui lors de son premier jour de travail. Quand il sollicitait son avis sur telle ou telle jeune fille de la bonne société, elle le lui donnait en toute honnêteté et sans la moindre hésitation. Même si, en son for intérieur, elle estimait qu'aucune de ces demoiselles ne méritait un tel homme, elle gardait cette opinion par-devers elle.

Durant ces quinze premiers jours de leur collaboration, Aidan rencontra de nombreuses jeunes filles. Et même si Julia avait fini par se convaincre que tout cela lui était indifférent, elle ne put s'empêcher d'être soulagée en constatant qu'aucune, jusqu'à présent, n'avait retenu son attention.

Dans les colonnes de la presse mondaine, on commença à mentionner une certaine Mme Boodle, secrétaire particulière du duc de Trathen. Ce fut au tour d'Aidan d'ironiser sur la perspicacité des journalistes qui avaient présenté celle-ci comme une robuste matrone, et, par conséquent, se désintéressèrent aussitôt d'elle.

Julia, qui avait semé discrètement quelques allusions sur Mme Boodle à destination de la presse avec le concours involontaire de la marquise de Kayne, lui adressa un sourire innocent et reporta son attention sur l'invitation suivante, reçue la veille au courrier.

— Souhaitez-vous accepter l'invitation à séjourner chez lady Rathbone après la Pentecôte ?

— Qu'en pense Mme Boodles ? répliqua Aidan en s'adossant à son fauteuil.

Julia haussa les épaules.

— Lady Rathbone est très bien. Elle ne peut pas s'empêcher d'être parfaitement stupide.

Il émit un petit rire amusé.

— Vos opinions sont assez tranchées, mais je ne saurais dire combien je les apprécie, Julia. Elles me font gagner un temps précieux.

Arborant une expression vertueuse, Julia répondit d'un ton grave :

— Je considère comme de ma responsabilité de vous protéger des Felicia Vale et autres mères de filles à marier.

— Lady Rathbone est-elle une mère de fille à marier ? s'enquit Aidan.

Julia, qui s'apprêtait à poser le carton sur la pile des invitations à décliner, suspendit son geste. Elle venait de se souvenir que Flora Rathbone était une jeune femme intelligente et d'une grande beauté. Si elle était encore célibataire, cela ne s'expliquait que par le discernement dont elle avait fait preuve devant tous les prétendants qu'on lui avait présentés jusqu'alors. Selon toutes probabilités, Aidan correspondait aux critères exigeants de la demoiselle, songea-t-elle. Et réciproquement. À cette idée, une bouffée de jalousie la submergea, aussi soudaine qu'inexplicable.

— Eh bien ? insista-t-il, comme elle gardait le silence. Lord et lady Rathbone ont-ils une fille à marier ?

— Je l'ignore, mentit Julia.

À peine avait-elle prononcé ces paroles qu'elle les regretta. Après tout, que lui importait qu'Aidan décide de faire la cour à Flora Rathbone ?

— En fait, s'empressa-t-elle d'ajouter, je crois que c'est le cas, mais je ne sais pas grand-chose d'elle. Voulez-vous... voulez-vous vous rendre chez les Rathbone ? Vous aurez ainsi l'occasion de faire sa connaissance.

Julia tourna ostensiblement l'agenda pour aller à la bonne page et leva vers Aidan un regard interrogateur, son crayon à la main.

— Ce séjour est prévu durant la semaine de la Pentecôte ? voulut-il savoir.

Elle hocha la tête. Il fronça les sourcils.

— Il me semble me souvenir que j'ai déjà accepté une invitation à cette période.

— Vraiment ? fit Julia d'un ton qu'elle espérait indifférent, alors même qu'elle réprimait un soupir de soulagement.

Elle feuilleta l'agenda, puis :

— M. Lambert n'a rien noté, et de mon côté, je suis certaine de n'avoir confirmé aucun engagement de votre part pour la Pentecôte.

— J'y suis ! s'écria Aidan en claquant des doigts. Je suis censé passer quelques jours chez votre tante, lady Eugenia.

Julia le fixa d'un regard stupéfait. Elle ne doutait pas un seul instant que tante Eugenia aurait adoré recevoir Trathen chez elle – qui ne rêvait de recevoir un duc ? –, mais comme Julia elle-même se trouverait à Danbury House à ce moment-là, sa seule présence interdisait purement et simplement un tel manquement aux convenances.

— Ma tante vous a invité à notre réunion familiale de Danbury House ? articula-t-elle, incrédule.

— Pas elle, rectifia Aidan. Votre cousin Paul, lors de notre dernière partie de tennis.

La stupéfaction de Julia allait croissant.

— Parce que vous jouez au tennis avec Paul ?

Aidan lui adressa un petit sourire complice.

— Il m'a proposé une partie il y a quelques jours. Je crois que c'était sa façon de hisser le drapeau blanc.

— Vous n'avez tout de même pas accepté ? Je parle du séjour à Danbury House.

— Pas encore, mais je suis tenté. Je sais que cela fera grincer quelques dents. Vous y serez, je présume ?

Julia hocha la tête.

— Il y aura des rumeurs, bien sûr, enchaîna-t-il, mais je suis prêt à les affronter. Paul et moi avons toujours été proches. Son amitié me manque.

Un silence tomba entre eux. Julia se sentait affreusement coupable. Outre tout ce qu'Aidan avait déjà perdu après l'épisode du mois d'août à Dovecotes, il y avait aussi son amitié avec Paul.

— J'imagine que vous avez envie d'aller à Danbury Downs ? risqua-t-elle.

— Cela dépendra de vous. Je ne voudrais pas que ma présence vous mette mal à l'aise. Préféreriez-vous que je décline l'invitation ?

— Ce n'est pas à moi d'en décider, répondit-elle avec un sourire forcé. Que voulez-vous que cela me fasse ?

Elle aurait voulu s'en tenir là, mais ne put résister à la tentation d'ajouter avec une pointe de malice :

— Cela dit, je crains que ce genre de séjour ne corresponde pas à vos goûts. Nous organisons toujours des divertissements idiots, or j'ai cru comprendre que vous n'aviez pas une passion folle pour les charades ou colin-maillard.

— Eh bien, je pourrai toujours disputer une partie d'échecs avec Paul ou trouver des partenaires de bridge.

— En outre, on dansera, l'avertit Julia. Et comme vous n'êtes pas fiancé, tante Eugenia ne vous laissera pas tranquille tant que vous n'aurez pas invité les jeunes filles qui font tapisserie, parce qu'elle sait très bien que vous êtes trop gentil pour refuser.

— Vous avez raison, je n'aime pas danser, mais un homme en quête d'une épouse doit en passer par là. Et les jeunes femmes discrètes ne me dérangent pas. En général, elles sont surtout timides, et je suis moi-même quelqu'un de réservé. En revanche, je vous confie la mission de tenir à distance les Felicia Vale et leurs mères.

— Ainsi que ma tante Cora, ajouta Julia, la mine grave.

Comme il la regardait sans comprendre, elle précisa :

— Lady Cora Esterhazy est un personnage assez extravagant. Comme vous serez l'hôte de ma tante Eugenia, c'est elle que vous devrez escorter à table, mais vous serez assis entre elles deux.

— Et alors ? Elle est ennuyeuse ?

— Au contraire ! s'exclama Julia. Elle a quatre-vingt-deux printemps, et c'est la femme la plus audacieuse que je connaisse. Elle serait bien capable de vous faire du pied sous la table.

Aidan éclata de rire.

— Je devrais être capable de résister aux assauts de la tante Cora, assura-t-il.

— Alors vous avez vraiment envie d'y aller ?

— Oui. À condition que vous vous absteniez de massacrer cet épouvantable *ragtime* que vous ne semblez adorer que pour me provoquer.

Il faisait allusion à leur séjour estival à Pixie Cove, chez le vicomte Marlowe, deux ans plus tôt. De fait, elle devait reconnaître qu'elle avait pris un malin plaisir à l'agacer en jouant de la musique de bastringue au piano. Elle lui décocha un sourire faussement navré.

— Je suis désolée.

— Vous ne l'êtes absolument pas, rétorqua-t-il d'un ton accusateur, aussitôt démenti par un large sourire. Vous avez adoré me faire souffrir.

— J'avoue tout ! reconnut-elle en riant.

Se rappelant les événements de cet été-là à Pixie Cove, elle retrouva son sérieux.

— Je suis heureuse que vous puissiez parler de cette époque en souriant, Aidan. Je sais que toute cette histoire n'a pas été facile pour vous. L'arrivée de Sunderland, la rupture avec Beatrix… et moi qui ne cessais de jouer avec vos nerfs.

Elle sourit et continua :

— Le fait est, c'est que je ne résistais pas à la tentation de vous provoquer. Vous étiez toujours tellement poli avec moi. Oh, votre désapprobation ne m'a pas échappé !

Il la contempla d'un air pensif.

— Ma désapprobation ? répéta-t-il, vaguement dubitatif.

— Absolument ! Vous aviez l'air positivement furieux.

— Pas du tout, se défendit-il.

— Si ! Et rien n'aurait pu m'inciter davantage à vous faire enrager, j'en ai peur.

— Donc, si vous m'avez infligé vos exaspérantes ritournelles au piano, c'était ma faute ?

— En effet, confirma-t-elle, toute innocence.

— Dieu merci, cette fois, j'aurai un argument pour vous calmer.

— Lequel ?

Un sourire carnassier retroussa les lèvres d'Aidan.

— Recommencez ce petit jeu la semaine prochaine, Julia, et je vous congédie.

Elle ne put réprimer un éclat de rire.

— C'est inique ! protesta-t-elle. Et ce n'est certainement pas digne d'un *gentleman*.

— Aux grands maux les grands remèdes, répliqua-t-il, fataliste.

— D'accord, d'accord. Je vous donne ma parole de ne pas jouer de *ragtime*. En revanche, je ne vous promets pas de ne pas trouver un autre moyen de vous exaspérer. Vous êtes toujours décidé à venir ?

— Plus que jamais. Et qui sait, j'y rencontrerai peut-être la jeune femme idéale dont je tomberai éperdument amoureux, comme vous me l'avez conseillé ?

Une fois de plus, Julia éprouva un douloureux pincement au cœur.

— L'ennui, c'est que je crains de ne pas avoir la même définition que vous de la « jeune femme idéale » ! rétorqua-t-elle d'un ton volontairement léger.

— Pas d'actrices, Julia, lui rappela-t-il sur le ton de l'avertissement. Pas de chanteuses de music-hall. Pas de danseuses de french cancan.

Elle poussa un soupir.

— Franchement, Aidan, quand apprendrez-vous enfin à vous amuser ?

Une semaine plus tard, par une agréable après-midi de mai, Aidan arriva en vue de Danbury Downs. Alors que son attelage de location s'engageait dans l'allée arborée qui menait au manoir, il songea à toutes les visites qu'il avait rendues à Beatrix, à l'époque où il la courtisait. En vérité, il ne ressentait plus la moindre souffrance. Ses sentiments pour Beatrix, fondés sur une affection sincère, n'avaient jamais été passionnés, ce qui était selon lui le plus sûr garant du bonheur conjugal.

En revanche, ce qu'il éprouvait pour sa cousine Julia était d'une tout autre nature. Rien que des émotions volcaniques, presque sauvages, qui ne pouvaient que semer le désordre et la confusion dans sa vie. Or, après le chaos de l'année écoulée, il était fermement décidé à retrouver son empire sur lui-même.

C'était l'heure du thé, et une douzaine de personnes étaient rassemblées autour d'une grande table de fer forgé dressée sous l'un des immenses ormes qui ombrageaient la pelouse. D'autres invités se promenaient ou jouaient au croquet. Aidan en aperçut aussi près du court de tennis.

La bonne éducation exigeait qu'il passe par la porte d'entrée, mais en reconnaissant Paul et Julia parmi les convives, il décida de faire une entorse à ses principes. Se levant à demi, il tapa sur l'épaule du cocher.

— Arrêtez-vous ici, monsieur Robinson.

Le vieil homme tout rabougri, qui l'avait déjà conduit ici d'innombrables fois, tira sur les rênes de l'attelage. Aidan sauta à bas de la voiture, puis le cocher poursuivit son chemin, avec Dawes et les bagages. Au même instant, une série d'aboiements sonores s'élevèrent du voisinage de la table où l'on servait le thé.

Spike ! Aidan réprima un geste agacé en découvrant que le bouledogue agressif et mal élevé de Julia était de la fête. Et en effet, lorsqu'il rejoignit le groupe attablé sous l'orme, le chien, qui se tenait près de sa maîtresse assise sur la pelouse, s'élança vers lui en aboyant furieusement, l'obligeant à s'arrêter.

— Spike ! appela Julia.

Le chien se calma, mais il darda un œil féroce sur Aidan tandis que celui-ci contournait soigneusement Julia pour aller saluer Paul, lady Eugenia et leurs invités. Aidan remarqua que le fauve se déplaçait de manière à se trouver toujours entre Julia et lui.

Paul se dirigea vers lui, la main tendue.

— Heureux de vous voir, Trathen. Je suppose que vous connaissez tout le monde ?

— Je n'en suis pas sûre, intervint Julia. Vraiment, Paul, tu n'es pas doué pour les présentations. Veuillez nous excuser, lord Trathen.

D'un regard, elle désigna une jeune femme aux cheveux blond vénitien assise à côté de la place que Paul venait de quitter.

— Je suis navrée, Eileen, ajouta-t-elle à l'intention de cette dernière. Paul n'a aucun talent pour les mondanités. Eileen, puis-je vous présenter Sa Grâce le duc de

Trathen ? Aidan, permettez-moi de vous présenter Mlle Eileen DeWitt McGill.

Indifférent à son joli minois parsemé de taches de son et à ses grands yeux verts, Aidan s'inclina courtoisement, puis se tourna vers Julia, qui était assise sur une couverture. Celle-ci renversa la tête en arrière pour le regarder de sous le bord de son chapeau de paille. Une lueur de défi et d'amusement pétillait dans ses prunelles bleu lavande.

— Vous vous souvenez de Spike, bien sûr ?

— Bien sûr, confirma Aidan.

Sa dernière rencontre avec le fauve avait été brève. Cette fameuse après-midi d'août, le chien était attaché, mais Aidan n'avait pas oublié qu'il avait montré les crocs.

— J'ignorais qu'il était invité, lui aussi.

— Paul aurait-il oublié de le mentionner ? s'étonna Julia, tout sourire. Sans doute a-t-il supposé que vous le devineriez. Spike me suit partout. Je ne pouvais pas laisser ce pauvre chéri enfermé à Londres alors que j'allais à la campagne, n'est-ce pas ?

— J'imagine que cela aurait été trop demander au ciel, répondit Aidan en jetant un regard contrarié à l'animal.

— Vous n'aimez pas les chiens, monsieur ? s'enquit Mlle McGill.

— En l'occurrence, c'est plutôt lui qui ne m'aime pas.

— C'est faux, protesta Julia. Il vous adore, croyez-moi.

Spike choisit cet instant pour faire entendre un long grognement menaçant, déclenchant un éclat de rire général.

— Ne le prenez pas personnellement, mon vieux ! intervint Paul. Spike me déteste, ainsi que Geoffrey, et tous les hommes qui approchent à moins de dix pas de Julia.

« Tiens donc ? » se dit Aidan en regardant le chien d'un œil nouveau. Un garde du corps. De qui Julia Yardley avait-elle besoin de se protéger ?

— Cette bête est impossible, mon cher Aidan, déclara lady Eugenia en s'emparant de la théière. Un peu de thé ?

Il acquiesça d'un hochement de tête, puis, n'ayant nulle envie de se faire mordre, il contourna le fauve et sa maîtresse pour prendre place sur la chaise vide près de Mlle McGill.

— Non seulement il grogne après tous les *gentlemen*, poursuivit son hôtesse tout en ajoutant du sucre et du citron dans sa tasse, mais il effraie les poulets du fermier voisin et ne manque jamais une occasion de pourchasser mon pauvre chat.

— Peut-être aurait-il besoin d'être dressé ? hasarda Aidan avec un regard appuyé en direction de Julia.

— Excellente idée, approuva Paul en levant sa tasse de thé comme s'il portait un toast.

— Maman se trompe, déclara Geoffrey en riant, Spike ne peut plus courir après le chat. Il est trop gros. Voilà peut-être la solution, Trathen. Gavons-le discrètement de scones et de crumpets jusqu'à ce qu'il soit trop gras pour courir.

— Que vous êtes cruels envers cette pauvre bête innocente, gémit Julia. Il est parfaitement dressé, du moins en ce qui me concerne. C'est mon chien de garde.

Elle adressa un sourire à l'animal, qui s'assit aussitôt devant elle en la couvant d'un regard d'adoration. Puis il posa avec délicatesse sa patte avant sur sa jambe et agita joyeusement la queue. Julia le gratta doucement entre les oreilles.

— Il me protège. N'est-ce pas, mon toutou adoré ?

— Et de quoi vous protège-t-il ? ne put s'empêcher de demander Aidan.

Un silence un peu tendu tomba sur le petit groupe. Aidan vit la main de Julia se figer sur la tête du chien, puis ses doigts se crisper dans sa fourrure. Il perçut très nettement sa soudaine nervosité, même s'il n'en devinait pas la cause.

— Seriez-vous en danger, lady Yardley ?

— En danger ? répéta-t-elle en riant. Vous voilà bien dramatique, Trathen. Nous ne sommes pas dans un roman gothique !

Son ton était on ne peut plus désinvolte, mais son sourire semblait si artificiel et son rire si forcé qu'Aidan ne se joignit pas à l'hilarité générale. Il continua de scruter la jeune femme jusqu'à ce qu'elle détourne le regard, après avoir imperceptiblement rougi.

— Ne prenez pas au pied de la lettre tout ce que je dis, mon cher Aidan, ajouta-t-elle. Pourquoi voudriez-vous que je sois en danger ? C'est ridicule ! Spike est un brave chien, qui considère de son devoir de me protéger, voilà tout.

Elle caressa de nouveau la tête de l'animal.

— N'est-ce pas, mon trésor ?

Ce nom semblait particulièrement mal choisi pour cette brute aux crocs menaçants, mais Aidan garda son opinion pour lui.

Les conversations reprirent autour de lui, mais il était trop intrigué pour y participer. Pourquoi diable une femme ressentirait-elle le besoin de posséder un chien si mal disposé envers la gent masculine ?

Le rire forcé de Julia lui revint en mémoire.

À la réflexion, il n'était pas certain de vouloir connaître la réponse à cette question.

12

Ce genre de réunion à la campagne est en général assez informel, en particulier les premiers jours. Les gens arrivent dans le désordre, par les moyens de transport les plus divers, contraignant leurs hôtes à courir en tous sens afin de s'assurer que tout le monde est confortablement installé.

Peu après l'arrivée d'Aidan, Julia s'éloigna avec sa tante pour accueillir de nouveaux invités. Aidan, de son côté, fut conduit à sa chambre par Groves, le majordome. Ce n'est que peu avant le dîner qu'il revit Julia.

Lorsque sonna le premier coup de gong dans le grand hall d'entrée, pour annoncer que le repas serait servi dans un quart d'heure, Aidan était déjà descendu. Comme il avait oublié le rituel du gong à Danbury House, qu'il se trouvait dans la bibliothèque, soit à moins de vingt pas de l'immense instrument chinois, et que Groves mettait toujours du cœur à l'ouvrage, Aidan, surpris, lâcha le recueil de poésies de Henley qu'il venait de prendre sur les rayonnages et se boucha les oreilles en grimaçant.

Quand Groves revint dix minutes plus tard pour le deuxième coup de gong, Aidan s'était préparé. Son livre à la main, il se tenait non loin de la colonne de marbre près de laquelle était installé le grand cadre laqué de noir du gong. Dès que le majordome eut frappé sur celui-ci, Aidan tendit le bras et referma les doigts sur le disque de fonte afin d'en absorber la vibration. Levant les yeux de son livre, il soutint le regard éberlué du maître d'hôtel. Sans un mot, Groves raccrocha le marteau sur son support à tête de dragon et tourna les talons.

Aidan lâcha l'instrument, et se promit de parler à Paul avant son départ de cette invention moderne qu'était la sonnerie électrique. Puis il regagna la bibliothèque tandis qu'à l'étage au-dessus, des pas retentissaient dans le couloir et que des voix résonnaient dans la cage d'escalier.

— S'agissait-il du second coup de gong, ou l'ai-je imaginé ?

— Il ne peut pas déjà être 20 heures !

— Je crois bien que c'était le deuxième.

— Le son était curieux. Très différent du premier…

Réprimant un sourire, Aidan poussa la porte de la bibliothèque. Déjà, des invités arrivaient dans le hall, en provenance des différentes ailes du manoir. Indifférent au trouble qu'il avait semé parmi eux, il s'approcha du rayonnage où il avait pris le recueil de poésie.

Il s'apprêtait à le remettre en place quand la porte-fenêtre la plus proche de lui s'ouvrit à la volée. Il se figea. Vêtue d'une robe du soir de soie bleu glacier et de longs gants blancs, Julia s'immobilisa sur le seuil. Elle ne le vit pas car elle regardait par-dessus son épaule.

— Spike ! appela-t-elle avant d'émettre un petit sifflement tout en tapant sur sa hanche. Allons, viens !

Elle se tourna, et sursauta en apercevant Aidan à quelques pas d'elle. Le bouledogue arriva en trottinant et s'arrêta près de sa maîtresse. Puis, remarquant Aidan, il émit un grondement menaçant avant de s'asseoir, apparemment satisfait d'avoir tenu l'ennemi à distance.

— Julia, salua Aidan, ignorant l'animal.

— Le second coup de gong a-t-il sonné ? s'enquit-elle en pénétrant dans la pièce.

— Oui.

Il regarda derrière elle et fronça les sourcils en feignant la surprise.

— Cela dit, j'ai peur que le majordome ne soit pas à l'heure.

— Groves ? Impossible. C'est moi qui suis toujours en retard.

— Sauf ce soir.

Il sortit de la poche de son gilet sa montre à gousset.

— Il reste précisément trois minutes avant le dîner, annonça-t-il. Et cependant, vous êtes déjà là. Et vous êtes même habillée.

Elle réprima un sourire.

— J'espère bien ! Je me moque d'arriver la dernière à table, mais mon goût du scandale ne va pas jusqu'à venir dîner *dévêtue*.

— Pourtant, le repas n'en serait que plus intéressant, répliqua Aidan en laissant son regard dériver vers son décolleté, qui révélait la naissance de ses seins. Et plus savoureux.

Satisfait, il regarda la légère rougeur qui était apparue sur sa gorge envahir peu à peu son cou et son visage. Elle parut sur le point de répliquer, mais aucun mot ne franchit ses lèvres. Elle le fixait, les yeux légèrement écarquillés. Dans la pénombre de cette fin de journée, leur nuance bleu lavande apparaissait plus intense qu'en plein jour. Puis, à sa grande surprise, Aidan y discerna une étincelle qu'il n'y avait – hélas ! – jamais vue.

Une étincelle de désir.

Son corps réagit aussitôt. Ses muscles se tendirent, son pouls s'accéléra.

Elle lui adressa alors un clin d'œil ironique, et il se demanda s'il ne s'était pas trompé.

— Tiens donc, dit-elle avec des inflexions sensuelles volontairement provocantes. Pour un peu, je penserais que vous flirtez avec moi.

— Faux, rétorqua-t-il avec gravité. Je ne flirte jamais, Julia. Vous le savez, je ne dis que ce que je pense sincèrement.

Elle se redressa, porta une main gantée à son cou et rougit de plus belle. Elle n'eut pas le loisir de répondre, car Phoebe Marlowe venait d'apparaître derrière elle sur le seuil, Geoffrey Danbury sur ses talons.

— Sommes-nous en retard ? s'inquiéta Phoebe, hors d'haleine.

Telle une marionnette dont on aurait tiré les fils, Julia afficha ce même sourire artificiel qu'Aidan lui avait vu cet après-midi-là.

— Pas encore, répondit-elle, mais c'est ce qui va nous arriver si vous lambinez, tous les deux.

— De la part de la personne la moins ponctuelle que je connaisse, c'est un peu fort, se moqua Phoebe.

C'est alors qu'elle avisa Aidan, qui se tenait toujours devant les rayonnages.

— Oh ! je ne vous avais pas vu, lord Trathen, s'écria-t-elle en faisant une brève révérence. Pardonnez-moi.

Aidan s'inclina.

— Mademoiselle Phoebe.

— Aidan, intervint Julia en poussant Spike pour que son amie puisse entrer, puis-je vous demander d'escorter Phoebe dans le hall ?

— Bien sûr, répondit-il, un peu à contrecœur.

Conscient qu'il était préférable, pour leur réputation à tous les deux, qu'il fasse son entrée en compagnie d'une autre femme, Aidan se tourna vers Phoebe et lui offrit son bras.

— Puis-je me permettre ?

Geoffrey, qui venait de franchir le seuil à son tour, fut accueilli par un jappement menaçant du garde du corps de Julia.

— Et Geoffrey m'escortera, décréta cette dernière en lui prenant le bras d'autorité.

— C'est grotesque ! protesta le jeune homme avec ce mépris des convenances si typique de son âge. Nous ne sommes qu'à trois pas de la salle à manger. Vous n'avez pas besoin que l'on vous escorte ni l'une ni l'autre. Et d'ailleurs, nous ne serons même pas placés ensemble à table.

— Peu importe, mon jeune ami, répliqua Aidan par-dessus son épaule, tout en entraînant Phoebe vers la porte. Le fait qu'une dame vous l'ait demandé est une raison suffisante en soi.

Ils retrouvèrent la vingtaine d'invités qui attendaient dans le hall. Là, Aidan se sépara de Phoebe pour aller retrouver lady Eugenia. Étant le *gentleman* de plus haut rang dans cette assemblée, il avait le devoir d'escorter son hôtesse dans la salle à manger.

Tandis qu'il attendait qu'elle s'assoie avant de prendre place à son tour, il observa les convives qui pénétraient dans la vaste pièce. Julia fit son entrée au bras de sir George Debenham. Elle était placée de l'autre côté de la table, presque en face de lui. Lorsqu'elle tourna le visage vers lui, il n'y avait plus dans son regard la moindre trace de ce désir qu'il avait cru y déceler quelques instants plus tôt, dans la bibliothèque. Il avait dû se tromper, se dit-il, fataliste.

Et au fond, c'était peut-être préférable. Il était ici pour se débarrasser une fois pour toutes de la folle passion qu'elle lui inspirait. Si elle commençait à montrer une attirance à son endroit, il n'était pas certain d'avoir la force de dompter son désir.

Comme Julia l'avait prédit, lady Esterhazy, qui était assise près de lui, se montra bel et bien hardie. Pourtant, après qu'elle lui eut frôlé le pied par mégarde à plusieurs reprises, elle se montra une voisine des plus agréables. Son défunt époux avait été attaché diplomatique à Ceylan et la conversation roula sur la vie qu'ils y avaient menée. Aidan accueillit cette distraction avec gratitude. S'il avait été placé à côté d'une personne ennuyeuse, il aurait eu un mal fou à ne pas regarder sans cesse la femme aux yeux lavande assise de l'autre côté de la table.

Après le dîner, toutefois, lorsque tout le monde se retrouva dans le salon de musique pour se divertir, il lui devint de plus en plus difficile d'ignorer Julia.

Lorsqu'il entra, elle se trouvait près d'une porte-fenêtre ouverte sur la terrasse, en train de discuter avec sa tante Eugenia et les sœurs de Marlowe, Phoebe et Vivian. Puis elle croisa son regard, et murmura quelques mots à l'oreille de lady Eugenia. Aussitôt, celle-ci le rejoignit, lui promit de rendre son séjour à Danbury House aussi agréable que possible et l'entraîna vers un sofa où était déjà assise une Mlle MacGill rougissante.

— Là, mes chers, déclara-t-elle en le poussant vers la jeune fille avec autorité. Et soyez sages, tous les deux !

Sur cet avertissement, elle s'éloigna dans un tourbillon de soie et de dentelle.

Ils se regardèrent, aussi embarrassés l'un que l'autre, avant d'éclater de rire.

— Voilà qui est assez déconcertant, vous ne trouvez pas, mademoiselle McGill ? murmura Aidan.

— En effet. Je crains que lady Danbury ne soit pas l'hôtesse la plus subtile.

Ils se regardèrent de nouveau tandis qu'un silence un peu gêné tombait entre eux.

— Votre famille vit-elle dans la région, mademoiselle McGill ? s'enquit Aidan poliment, faisant contre mauvaise fortune bon cœur.

— Oui, à South Brent. Mon père y possède un domaine.

— Il est propriétaire terrien ?

— Il est châtelain, oui.

Soulagé, Aidan l'écouta lui parler des siens. Mais son soulagement se transforma en consternation lorsque, une demi-heure plus tard, le monologue de Mlle McGill s'était transformé en une dissertation qui aurait pu s'intituler *La famille McGill fait les quatre cents coups.*

Tous les membres du clan, apprit Aidan, possédaient un don inné pour les farces, y compris Mlle McGill elle-même. Sa timidité à présent oubliée, la jeune femme lui narra par le menu quel malin plaisir elle prenait à retourner des tiroirs pleins de vêtements, glisser des orvets entre les draps des lits ou saler les pots de confiture. Malgré toute sa bonne volonté, Aidan perdit vite le fil de son récit, et ne put s'empêcher de chercher Julia du regard. Il la repéra près de la cheminée, en compagnie de Paul.

Il eut beau lutter contre la tentation et se répéter qu'elle n'avait jamais éprouvé le moindre désir pour lui, pas même en cette après-midi d'août, il ne put s'empêcher de lui jeter de discrets coups d'œil. Encore et encore, il la revoyait, entrant dans la bibliothèque, lèvres entrouvertes, joues rosies, souffle court. Il avait tellement envie de croire qu'elle le désirait autant qu'il la désirait ! songea-t-il, s'en voulant de sa propre faiblesse.

— Votre famille a l'air particulièrement facétieuse, commenta-t-il en s'efforçant de se concentrer sur sa voisine.

— Oh, oui, nous sommes tout simplement infernaux, Votre Grâce ! Et la pire de nous tous, c'est ma nièce.

— Vous avez une nièce, fit Aidan, au désespoir. Quel âge a-t-elle ?

— Dix ans. Et je vous garantis qu'en matière de tours pendables, cette enfant nous ridiculise tous.

Aidan se garda de souligner quel exploit cela représentait. Hélas ! Sa neutralité fut récompensée par un nouvel épisode des aventures de la famille Quatre Cents Coups.

— Il faut absolument que je vous raconte ce qu'elle a fait pas plus tard que la semaine dernière, poursuivit Mlle McGill.

Elle se lança alors dans le compte rendu détaillé du dernier tour de la jeune Sally, une histoire interminable où il était question du vicaire, d'un coucou suisse et d'une grenouille verte.

Malgré toute sa bonne volonté, Aidan fut incapable de lui accorder toute son attention. Son regard avait suivi Julia, qui venait de s'installer au piano, là où il la voyait parfaitement, juste derrière l'épaule de Mlle McGill. Spike, qui la suivait comme son ombre, s'assit à ses pieds tandis que Phoebe prenait place près d'elle pour tourner les pages des partitions.

— Elle a donné sa parole, continuait de babiller Mlle McGill, et de la façon la plus convaincante, qu'elle avait remis la grenouille dans la mare, mais il ne faut jamais croire un mot qui sort de la bouche de cette enfant. Elle l'avait cachée, la petite coquine !

Depuis la table de jeu où il disputait une partie de bridge avec trois amis, Geoffrey se tourna vers Julia.

— Joue-nous *Maple Leaf Rag* ! lança-t-il.

Julia secoua la tête. Près d'elle, Phoebe lui désigna une page de la partition, mais elle refusa également. Phoebe se leva et s'éloigna. Julia, qui n'avait apparemment pas besoin qu'elle lui tourne les pages, approcha les mains du clavier. Elle suspendit son geste tandis que son regard croisait celui d'Aidan, de l'autre côté de la surface polie du quart-de-queue. Elle observa Mlle McGill, puis posa de nouveau les yeux sur lui, un petit sourire aux lèvres. Manifestement, elle s'amusait à ses dépens.

S'avisant que le bavardage de sa voisine s'était interrompu, Aidan se tourna vers elle dans un sursaut en essayant désespérément de se souvenir où ils en étaient des tribulations de Sally et de sa grenouille.

— Où l'avait-elle mise ? demanda-t-il.

Puis, comme il sentait toujours le regard de Julia peser sur lui, il adressa son sourire le plus charmant à sa compagne.

— Ne me faites pas attendre ainsi, mademoiselle McGill.

— Eh bien, c'est justement là qu'intervient le vicaire, Votre Grâce. Voyez-vous, il devait venir prendre le thé à la maison…

Les premières notes de la *Sonate au clair de lune* de Beethoven s'élevèrent, pures et cristallines. Aidan réussit l'exploit de s'intéresser à Mlle McGill une quinzaine de secondes avant de lever de nouveau les yeux vers Julia… et de perdre définitivement tout espoir de savoir ce que la jeune Sally avait fait de la grenouille.

Julia avait incliné la tête de côté. Aidan la contempla, fasciné. Elle avait le regard rêveur et semblait à mille lieues. Lisait-elle les notes ou jouait-elle de mémoire ? Il eut la réponse lorsqu'elle ferma les paupières sans cesser de jouer.

Elle rejeta la tête en arrière, lèvres entrouvertes, révélant sa gorge lisse en un geste si érotique que le brasier qu'Aidan tentait de contenir depuis le début de la soirée se ralluma aussi soudainement qu'une allumette que l'on vient de frotter.

La résistance d'un homme a ses limites. Aidan déclara forfait. Quelques semaines plus tôt, à Covent Garden, il avait vainement tenté de se remémorer en détail ce qui s'était passé à Dovecotes. Renonçant à se souvenir, il imagina la scène, la recréa dans son esprit en l'espace d'un battement de cœur. Aussitôt, des images torrides s'imposèrent à lui, propageant l'incendie dans son corps entier.

Il devait impérativement le maîtriser, faute de quoi il ne serait que trop aisément perceptible par la jeune femme assise près de lui, qui ne méritait nullement qu'il se montre aussi distrait. Il se redressa, avala une solide gorgée de porto et s'obligea à reporter son attention sur Mlle McGill.

— Et que croyez-vous qu'il s'est passé, ensuite ? demanda celle-ci.

— Je n'en ai pas la moindre idée, avoua Aidan en toute sincérité.

— L'horloge a sonné 17 heures !

Aidan la regarda, perdu.

— C'est là qu'elle avait caché la grenouille ! s'écria Mlle McGill. Elle est sortie de l'horloge en même temps que le coucou, et s'est retrouvée sur la tête du vicaire !

À ce souvenir, elle fut prise d'un fou rire tellement irrépressible qu'elle laissa échapper de petits reniflements. Aidan sourit poliment, mais c'était bien tout ce dont il était capable.

— Charmant, conclut-il avant de prendre une gorgée de porto. Tout à fait charmant.

Les oreilles résonnant des éclats de rire enfantins de Mlle McGill, le corps brûlant de passion pour Julia, Aidan commençait à comprendre que ce séjour à Danbury s'annonçait interminable. S'il parvenait à l'achever sans avoir rompu la promesse qu'il s'était faite à lui-même, il ne serait pas seulement guéri des charmes vénéneux de Julia Yardley.

Il serait bon pour la canonisation.

Lors d'une partie de campagne, le petit déjeuner consiste bien souvent en un assortiment de plats laissés au chaud sur une console, de 8 heures à 11 heures. À Danbury Downs, on se pliait à cette coutume. Julia n'était pas dans la salle à manger lorsque Aidan y entra, vers 9 heures, mais comme il avait passé une bonne partie de la nuit à faire des rêves torrides dont elle était l'héroïne, il en fut plutôt soulagé.

Lorsque Mlle McGill fit son apparition, un instant plus tard, et lui adressa son sourire le plus engageant, Aidan se dépêcha d'engloutir ses œufs au bacon, avala son thé d'un trait et battit prestement en retraite. Une bonne marche au grand air lui ferait le plus grand bien, décida-t-il.

Il longea la vaste pelouse au sud du manoir, où quelques invités matinaux disputaient déjà une partie de croquet, passa devant le court de tennis où un domestique était occupé à repasser les lignes à la craie, puis déambula à travers la roseraie. Arrivé à la retenue d'eau du moulin, située en bordure de forêt, il s'apprêtait à rebrousser chemin lorsqu'il aperçut Julia. Il s'arrêta, indécis.

Elle faisait le tour du réservoir avec Spike, mais quand elle vit Aidan, elle s'immobilisa à son tour.

Il fit un pas vers elle. Aussitôt, elle se détourna, comme si elle ne l'avait pas vu, et s'éloigna de la rive. Quelques instants plus tard, elle s'enfonçait dans un bosquet de rhododendrons.

Elle l'évitait, comprit Aidan, surpris. Pourquoi ?

Peut-être avait-elle eu, elle aussi, une nuit agitée. Peut-être avait-elle fait des rêves aussi brûlants que les siens. Peut-être s'était-elle tournée et retournée sans trouver le repos, en proie aux mêmes tourments que lui. C'était peu probable, il le savait. Julia Yardley était toujours glaciale et distante, prompte à la repartie, parfaitement maîtresse d'elle-même. Il ne l'imaginait pas en proie à une passion incontrôlable.

Avec le recul, il s'aperçut qu'il en avait toujours été ainsi. Inaccessible dès leur rencontre, elle avait toujours été le fruit défendu mais tant convoité. Il avait eu beau le nier, il l'avait désirée au premier regard. Elle le savait. Elle l'avait toujours su. Et maintenant, même après qu'elle avait usé de ce pouvoir qu'elle avait sur lui pour assouvir une vengeance personnelle, il brûlait toujours de passion pour elle, tandis qu'elle demeurait imperturbable, distante, indifférente. Même à présent qu'elle était divorcée, elle lui semblait inexplicablement intouchable. Comme si elle se trouvait derrière un mur de verre. Qu'y avait-il sous la surface brillante ?

Aidan songea à cette fameuse après-midi dans les Cornouailles, de l'audace avec laquelle elle l'avait séduit. Qu'avait-elle ressenti, alors ? Avait-elle eu envie de lui ? Quand, à son réveil, il avait vu Yardley sur le seuil de la chambre, quand il avait compris qu'il avait été manipulé, il en avait déduit que cette femme était dépourvue de cœur. Pourtant, celle qu'il avait vue la veille au soir dans la bibliothèque ne ressemblait en rien à la froide calculatrice de cette après-midi maudite. Elle était tendre, vulnérable, émouvante. Puis elle l'avait pratiquement poussé dans les bras de Phoebe Marlowe, et ensuite de Mlle McGill. Et maintenant, voilà qu'elle l'évitait !

Il observa le passage par lequel elle s'était échappée, fut tenté de la suivre.

Puis il se dit qu'il devait la laisser aller, rentrer à la maison, rejoindre les autres sur la pelouse, défier Paul aux échecs… faire n'importe quoi plutôt que de se lancer à sa poursuite. Pourtant, l'idée qu'elle ait peut-être partagé sa fièvre nocturne, et que derrière la façade glaciale elle soit consumée par le même désir que lui, représentait une irrésistible tentation.

Il revint sur ses pas et contourna le bosquet afin de croiser le chemin qu'elle avait dû emprunter. C'était peut-être sa seule chance d'entrevoir la vérité, de retrouver la femme si fragile et touchante qu'il avait vue la veille dans la bibliothèque. Pas question de la laisser passer !

Spike, toutefois, semblait avoir un tout autre point de vue que lui. Dès qu'Aidan s'approcha de la petite fontaine où sa maîtresse et lui avaient fait halte, l'animal, sans doute alerté par le bruit de ses pas sur le gravier, se retourna et montra les crocs.

Julia pivota sur ses talons. À peine l'eut-elle aperçu qu'elle jeta autour d'elle des regards affolés, comme si elle cherchait par où s'enfuir. En désespoir de cause, elle finit par le regarder en affichant un sourire si forcé qu'Aidan ne fut pas dupe. Elle n'était pas contente de le voir ? Tant pis. Il en fallait plus pour le décourager.

Spike gronda ; la main gantée de sa maîtresse se crispa sur sa laisse.

— Spike !

Aussitôt, le chien se calma.

— Bonjour, dit Aidan en la rejoignant, sans quitter le fauve des yeux. Vous devriez vraiment faire dresser cet animal.

Il s'arrêta à quelques pas d'elle et ajouta :

— Il pourrait être dangereux.

— Vous ne dites cela que parce que vous ne l'aimez pas, répliqua-t-elle.

Elle gratifia son chien d'une brève caresse, puis se détourna pour reprendre sa promenade.

— Ce n'est pas moi qui montre les crocs chaque fois que nous nous croisons, Julia, observa Aidan en lui emboîtant le pas. Cela dit, un de ces jours, je vais être contraint de montrer à votre cher toutou non seulement que je suis plus grand que lui, mais aussi que je peux être bien plus méchant.

— Ah oui ? fit-elle en lui glissant un regard oblique. Vous cachez bien votre férocité.

— N'ayez crainte, vous la verrez si ce fauve me montre une fois de plus les crocs.

Ce jour-là, Spike se révéla de bonne composition. Il autorisa l'intrus à cheminer aux côtés de sa protégée, non sans s'être placé entre eux.

— Cela fait longtemps que vous vous promenez ? s'enquit Julia comme ils pénétraient sous la voûte d'une hêtraie touffue.

— Une vingtaine de minutes seulement.

— Je ne vous savais pas aussi indolent, Aidan. Vous vous êtes levé bien tard.

Il s'abstint de lui répliquer que son « indolence » n'était que le résultat d'une nuit d'insomnie.

— Moi, ajouta-t-elle, je suis levée depuis plus d'une heure.

— Vraiment ?

Il lui lança un regard incrédule qui la fit rire.

— Vous, debout à 8 heures ?

— J'en suis parfaitement capable, se défendit-elle.

— Vous ne pouvez quand même pas me reprocher d'être dubitatif. Je crois me souvenir qu'à Pixie Cove, vous étiez toujours la dernière sur la plage.

— M'accuseriez-vous d'être paresseuse ? riposta-t-elle d'un air outré que démentaient ses inflexions amusées. À Pixie Cove, c'est différent. Là-bas, je suis en vacances. Ici, je suis débordée, je n'ai pas de temps pour le farniente. Et j'ai travaillé dur pour vous, sachez-le.

— Pour moi ?

— Parfaitement. J'ai étudié ce matin toutes les nouvelles invitations que votre secrétaire m'a transmises. Ces derniers jours, j'ai passé mon temps à aider tante Eugenia à tout préparer pour recevoir nos invités. Je n'ai pas pu m'occuper de votre cas avant ce matin. À ce propos, il y a des invitations intéressantes. Voulez-vous que nous en discutions après le dîner ?

Cette perspective n'enthousiasmait guère Aidan, mais il acquiesça néanmoins.

— D'autre part, il y a quelques jeunes femmes dans les environs qu'il faudrait vous présenter. Je pourrais demander l'aide de tante Eugenia. Elle connaît la *gentry* locale bien mieux que moi.

— Lady Eugenia ? répéta Aidan, méfiant. Non, merci. Je me passerai volontiers de ses talents de marieuse. Elle m'a pratiquement jeté dans les bras de Mlle McGill hier soir. À croire que c'était sa propre fille qu'elle voulait marier !

Julia émit un petit bruit étranglé, mais c'est d'une voix neutre qu'elle répondit :

— J'ai vu cela, en effet.

— Ce n'était pas drôle, Julia.

— Pour vous, peut-être...

Elle désigna un autre sentier où ils s'engagèrent.

— Quant à tante Eugenia, vous ne pouvez lui en vouloir. Elle se sent responsable de votre célibat prolongé. Elle était le chaperon de Beatrix, à Pixie Cove. De son point de vue, si elle avait joué convenablement son rôle, jamais vous n'auriez trouvé ma cousine dans les bras de Sunderland. Que vous soyez de nouveau en quête d'une fiancée la rassure. Cela lui permet de se dire que sa négligence n'a pas causé de dommages irrémédiables.

— Je comprends, mais ne la laissez pas s'imaginer que je ressens la moindre inclination romantique pour Mlle McGill.

— Comment, vous n'aimez pas Eileen ? s'étonna Julia.

Ils firent halte car Spike s'était enfoncé dans les broussailles pour suivre une piste invisible. Aidan en profita pour jeter un coup d'œil à sa compagne. L'ombre d'un sourire flottait sur ses lèvres.

— Je ne comprends pas, poursuivit-elle, toute innocence. Elle est tout à fait charmante.

— Aussi charmante qu'inintéressante, mais je suppose que vous vous en doutiez.

Le sourire de Julia s'évanouit tandis qu'elle feignait de s'absorber dans la contemplation d'une fleur au bord du chemin.

— Je ne vois pas ce qui vous fait croire cela, répliqua-t-elle en se penchant pour arracher quelques pétales fanés.

— Ah non ? Hum... C'est curieux qu'une personne ayant deviné avec une telle perspicacité ce que je penserais d'une Felicia Vale puisse se montrer aussi obtuse lorsqu'il s'agit d'une Mlle McGill.

Elle continua d'éviter son regard.

— Le cœur a ses raisons que la raison ignore. Eileen est remarquablement jolie. Comment pouvais-je deviner que vous ne lui trouveriez pas de charme ?

— Je l'ignore. Le fait qu'elle ne sache pas rire sans émettre des reniflements aurait peut-être pu vous mettre sur la voie.

— Vraiment, Aidan, n'est-ce pas un peu superficiel de votre part de juger une femme à son rire ? Pour ce que j'en savais, vous auriez pu la trouver assez séduisante pour oublier ce détail, ou même le considérer comme charmant. Vous auriez pu décider sur-le-champ qu'elle était la femme idéale.

Aidan songea à une vie de tiroirs retournés et de grenouilles sortant des horloges tels des diables de leur boîte. Un frisson d'effroi le parcourut.

— Je ne doute pas un instant que Mlle McGill puisse faire le bonheur d'un homme, mais je ne suis pas cet homme-là.

Julia haussa les épaules.

— Très bien. Vous ne voulez pas d'Eileen. Maintenant, je le sais.

— Mon petit doigt me dit que vous l'avez su dès le premier instant.

Ils se remirent en route. Aidan se rapprocha imperceptiblement d'elle, malgré Spike qui se tenait résolument entre eux, et observa son profil à la dérobée. Il éprouva un plaisir purement masculin en découvrant la rougeur qui lui colorait la joue, en contemplant le délicat modelé de son menton et de son oreille, en imaginant la douceur veloutée de sa peau sous ses lèvres et la caresse soyeuse de ses cheveux d'ébène entre ses doigts.

— Vous connaissiez les penchants de Mlle McGill pour les plaisanteries de mauvais goût, et vous saviez très bien ce que je penserais d'elle. Vous m'avez joué un tour.

Elle émit un petit son étouffé, comme si elle réprimait un rire.

— Pourquoi diable ferais-je une chose pareille ?

— Pour me tourmenter, peut-être ? Vous semblez y prendre un malin plaisir.

Tandis qu'il la regardait, il songea de nouveau à la femme qu'il avait entrevue dans la bibliothèque. Et une autre possibilité se fit jour dans son esprit, plus troublante encore que ne l'avait fait le désir qu'il croyait avoir lu dans son regard.

— Mais ce n'est pas pour cette raison que vous m'avez poussé dans les bras de Mlle McGill. N'est-ce pas ?

L'expression moqueuse de la jeune femme disparut.

— Je ne vois pas à quoi vous faites allusion.

— Vraiment ? Alors je vais vous le dire.

Il se rapprocha d'elle.

— Vous avez utilisé Mlle McGill pour me bloquer le chemin.

Imperceptiblement, il réduisit encore l'écart qui les séparait.

— Le chemin vers vous, ajouta-t-il.

— Ne m'avez-vous pas engagée pour vous présenter à de possibles fiancées ?

— Pas exactement, rectifia-t-il. Je vous ai engagée pour m'aider à élargir mon cercle de connaissances.

— Dans une optique matrimoniale, précisa-t-elle d'une voix tendue. En outre, je ne vous ai pas poussé dans les bras d'Eileen.

Tirant sur la laisse de Spike, elle allongea le pas.

— En effet, admit Aidan en accélérant l'allure pour rester à sa hauteur. Vous nous avez présentés. C'est votre tante qui s'est chargée de me pousser dans ses bras. Mais oublions Mlle McGill et parlons plutôt de Phoebe Marlowe. Avouez-le, vous avez essayé de me l'imposer, hier soir, dans la bibliothèque.

— Pardon ? s'écria-t-elle en s'immobilisant, l'obligeant à l'imiter. Je n'ai pas...

— Encore une femme dont vous savez qu'elle ne m'attire aucunement, coupa Aidan. Et que je n'intéresse pas davantage. Vous pouviez donc en toute sécurité vous servir d'elle pour me tenir à distance.

— Je ne vois pas où vous voulez en venir. Vous êtes un *gentleman*. Vous auriez dû proposer à Phoebe de l'escorter dans le hall et vous n'en avez rien fait.

Après un silence éloquent, elle lâcha d'un ton hautain :

— Je n'ai fait que rattraper votre manquement aux convenances les plus élémentaires.

— Mon manquement… commença Aidan, avant d'éclater de rire. C'est bien l'excuse la plus lamentable que j'aie jamais entendue. Vraiment, Julia, vous êtes capable de faire mieux que cela !

— Non seulement je ne vois pas ce qu'il y a de drôle, mais j'ignore d'où vous vient cette obsession que j'obéirais à des motifs cachés. Je suis votre secrétaire particulière, n'est-ce pas ? Vous avez décidé de vous marier, non ? Et vous souhaitez élargir le cercle de vos relations, j'ai bien compris ? Eh bien, je vous y aide. Voilà la vérité toute simple.

— La vérité ? répéta Aidan.

Il sourit, davantage convaincu de la justesse de son intuition à chaque protestation indignée de Julia.

— Vous avez raison, Julia, la vérité est fort simple. Du moins, à mes yeux. En revanche, je crains qu'elle ne le soit pas autant aux vôtres.

— J'apprécierais que vous cessiez de jouer aux devinettes, déclara-t-elle. Si vous avez quelque chose à dire, allez-y.

— Très bien. Je pense que vous poussez ces femmes dans mes bras parce que vous avez peur.

— Peur ? Et de quoi, au juste ?

Il se pencha vers elle et répondit :

— De votre attirance pour moi.

— Vous plaisantez ? s'écria-t-elle, outrée. Voilà bien l'affirmation la plus arrogante, la plus prétentieuse, la plus suffisante que j'aie jamais…

Elle se tut, soudain à court de mots. De la part de cette femme à la langue d'ordinaire si bien pendue, c'était un signe qui ne trompait pas.

— Comme c'est étrange, articula Aidan. Vous, qui êtes si douée pour lire dans l'âme des autres, êtes incapable de reconnaître vos propres sentiments. Pas étonnant que je n'aie pas compris plus tôt. Vous excellez dans l'art de cacher ce que vous ressentez vraiment, y compris à vous-même.

— Ce que je ressens ? Pour vous, rien du tout !

Il s'inclina davantage vers elle. Il était à présent si proche qu'il sentait le parfum de lilas qui émanait de sa peau et que ses lèvres lui effleuraient presque l'oreille. Lorsque son souffle fit danser une boucle sombre sur sa joue, elle sursauta et s'écarta en croisant les bras, comme pour se protéger.

— Je n'éprouve absolument rien pour vous, déclara-t-elle d'un ton cassant. Vous l'avez dit vous-même au bal du 1er mai, j'ai profité de vous et je vous ai séduit, mais je me moquais éperdument de vous. Du reste, c'est du passé. Vous ne m'avez jamais attirée.

Il le savait, mais depuis la veille, dans la bibliothèque, il devinait que ce n'était peut-être plus tout à fait exact.

— Je suis terriblement tenté de croquer le fruit défendu, murmura-t-il. Que puis-je dire de plus ?

Elle émit un soupir exaspéré.

— Pour l'amour du ciel, si j'avais des vues sur vous, pourquoi aurais-je accepté de vous présenter à d'autres femmes ? Hein ? ajouta-t-elle, du ton de celle qui vient de marquer un point.

— Un enfant le comprendrait. Vous vous servez d'elles pour me tenir à distance. Parce que vous avez peur que je me rapproche de vous. Moi, ou n'importe quel autre homme, d'ailleurs.

Son menton se mit à trembler. Contrairement à ses affirmations bravaches, c'était lui qui venait de marquer un point. Il poursuivit :

— C'est pour cela que vous avez Spike. C'est pour cela que vous vous êtes empressée de mettre d'autres femmes entre nous. En même temps, vous ne supportez pas de me présenter des jeunes filles qui pourraient me plaire vraiment. D'où votre manège avec Mlle McGill et

Phoebe Marlowe. Je connais cette dernière depuis des années. Si elle m'avait attiré, voilà bien longtemps que je serais allé vers elle. Vous le savez très bien. Voilà pourquoi vous ne preniez pas le moindre risque en la mettant sur mon chemin. Avouez-le, Julia.

Il lui sourit, conscient qu'il devait sembler épouvantablement arrogant.

— Vous me désirez.

— C'est absurde. Parfaitement absurde. Et... et... et je peux le prouver !

— Tiens donc. Et comment ?

— En menant à bien la mission que vous m'avez confiée. Durant les deux prochaines semaines, je vais vous présenter à des jeunes femmes si belles que vous en aurez le vertige, si séduisantes que vous serez sous leur charme, si désirables que vous en deviendrez fou ! Avant la fin de votre séjour à Danbury Downs, vous serez follement, éperdument, désespérément amoureux de l'une d'elles.

Sur ce, elle pivota sur ses talons, tira d'un coup sec sur la laisse de Spike, et s'éloigna d'un pas rapide.

— Trop tard, Julia, murmura Aidan. Voilà déjà treize ans que je l'ai rencontrée.

13

Julia, qui connaissait l'art de la fuite, de l'esquive, de l'évasion sur le bout des doigts, en fit un usage intensif au cours des jours qui suivirent sa discussion avec Aidan dans les bois. Pourtant, même si elle parvint à éviter ce dernier, elle eut plus de mal à chasser ses paroles de son esprit.

Avouez-le, Julia. Vous me désirez.

— Comment peut-on être aussi arrogant ? marmonna-t-elle en levant les yeux au plafond, ulcérée.

— Qu'y a-t-il, madame ? s'enquit Gisèle.

La femme de chambre, qui s'apprêtait à piquer des fleurs de lilas dans sa chevelure, s'interrompit.

— Rien, Gisèle, répondit Julia avec un geste las de la main. Continuez, je vous en prie.

Tandis que sa camériste poursuivait sa tâche, Julia retourna à ses ruminations. Les affirmations d'Aidan étaient absurdes. Certes, c'était un homme extrêmement séduisant, et n'importe quelle femme normalement constituée aurait été attirée par lui. Cela, elle ne pouvait le contester. Le hic, c'était qu'elle-même n'appartenait pas à cette catégorie. Cela faisait bien longtemps qu'elle n'avait plus ressenti le moindre désir.

Et en admettant qu'Aidan ait raison, et qu'elle lui avoue le trouver attirant, qu'est-ce que cela changeait ?

Il voulait se marier, alors que c'était bien la dernière chose qu'elle désirait !

Mieux valait, pour elle comme pour lui, qu'elle distraie son attention en lui présentant au plus vite une femme digne d'intérêt, qui aurait une chance de le rendre heureux.

Elle connaissait bien son genre de femme. Ces derniers jours, elle avait établi une liste de quelques jeunes femmes qui avaient tout pour lui plaire – jusqu'aux grands yeux bruns, au caractère aimable et au lignage irréprochable. Ce soir, elle allait les mettre sur son chemin. Dès que l'une d'entre elles aurait attiré son regard, il oublierait les idées stupides qu'il pouvait avoir à son sujet.

Deux heures plus tard, Julia commença à déchanter. De toute évidence, ses prévisions optimistes avaient peut-être été quelque peu prématurées.

Après le dîner, alors que tout le monde se prélassait dans le salon et dans la salle de musique attenante, elle repéra les deux premières cibles de sa liste et s'approcha discrètement d'Aidan, qui se tenait devant un buffet où étaient disposés des fruits, des fromages fins et des alcools.

— Prêt à faire votre cour ? murmura-t-elle en mordant dans un grain de raisin, tandis qu'il se versait un verre de porto.

— À faire ma cour ? répéta-t-il sans comprendre.

Julia lui adressa un regard faussement ingénu en même temps qu'un sourire espiègle.

— Vous pensiez que j'avais oublié ma menace de l'autre jour ?

Il parut si déconcerté qu'elle en fut secrètement ravie. Il retrouva toutefois rapidement son expression imperturbable.

— Je suppose que je suis aussi prêt que je l'ai toujours été. Puisque vous ne voulez pas de moi, je n'ai pas le choix.

Son ton était si dénué d'émotion que c'en était suspect, mais Julia feignit de ne rien remarquer.

— Vous voyez cette jeune femme en rose, près de sir George et de lady Debenham ? Cheveux bruns, collier de perles. C'est lady Frances Mowbray. Elle est...

— Non, l'interrompit-il en secouant la tête. Je l'ai déjà rencontrée. Elle ne me convient pas.

— Elle ne vous plaît pas ? fit Julia, désarçonnée par un refus aussi péremptoire.

— Je la trouvais charmante. Jusqu'à ce que je rencontre son père.

— Que lui reprochez-vous donc ? Mowbray est vicomte, il possède de nombreuses terres...

— Et c'est un rustre. Si la rumeur dit vrai, c'est un amateur de danseuses de music-hall, il boit beaucoup et joue des sommes invraisemblables. Sa vie est si dissolue qu'il est à deux doigts de la banqueroute.

— Lady Frances n'y est pour rien, objecta Julia. Vous ne pouvez pas lui reprocher le comportement de son père.

— Certes, mais je n'ai aucune envie de rembourser les dettes de jeu de mon beau-père. Ce serait un puits sans fond. Sans parler du scandale si je m'alliais à la fille d'un coureur de jupons ruiné et aviné.

— Très bien, concéda Julia en se tournant dans une autre direction. Vous voyez cette jeune femme blonde près du piano, en compagnie de Vivian Marlowe ? Robe de dentelle blanche, chignon piqué de roses. Elle s'appelle Jane Heyer.

Aidan observa Mlle Heyer.

— Très jolie, admit-il.

— C'est la fille de sir Alfred Heyer, le célèbre botaniste, et la petite-fille du comte de Cavanaugh. Comme vous pouvez le constater, c'est une véritable beauté. Elle a même les yeux bruns, votre couleur préférée.

— J'ignore pourquoi vous tenez à affirmer que je préfère les femmes aux yeux bruns, répliqua-t-il. Cela n'a pas de sens.

— Si vous le dites. La mère de Jane, lady Margaret, était la fille d'Henry Albemarle, second baronet d'Oxmoor, mais elle est morte après la naissance de la sœur de Jane. Mlle Heyer a été l'assistante de son père lors de ses voyages d'étude en Afrique. Elle est rentrée en Angleterre voici quatre ans afin de poursuivre ses études à l'université. Elle a fréquenté Girton College et brillamment obtenu son diplôme.

— Non, décréta Aidan. Je ne peux pas envisager de l'épouser.

Julia réprima un mouvement d'impatience.

— Mais enfin, vous ne l'avez même pas rencontrée !

— Inutile. Elle est allée à Girton College, cela me suffit.

— En quoi est-ce un problème ?

Julia étrécit les yeux.

— Ah, je vois ! reprit-elle. Vous voulez une épouse intelligente, mais vous ne toléreriez pas qu'elle fasse bon usage de son brillant esprit en se dotant d'une éducation supérieure. C'est cela ?

— Pas du tout. Je n'ai rien contre le fait que mon épouse soit une femme instruite. Au contraire, je trouve cela tout à fait louable.

Il but une gorgée de porto et ajouta :

— Vous ne comprenez pas.

— Qu'est-ce que je ne comprends pas ?

— Elle sort de *Girton*.

Julia ouvrit des yeux ronds.

— Girton fait partie de l'université de Cambridge.

Julia laissa échapper un hoquet de stupeur.

— Vous refusez d'envisager d'épouser une femme pour la seule raison qu'elle a étudié à Cambridge ?

— Oxford, dit-il en posant le doigt sur son torse.

Puis, désignant la jeune femme du menton, il lâcha :

— Cambridge. Cela ne marchera jamais. Candidate suivante ?

Julia s'apprêta à argumenter, puis y renonça. Elle connaissait suffisamment Aidan Carr pour savoir que si sa décision était prise, rien ne le ferait changer d'avis. Surtout lorsque sa loyauté d'ancien étudiant était en jeu. Autant essayer de le convaincre des mérites du divorce et des bohémiens ! Exit, donc, Jane Heyer.

Un peu inquiète, elle parcourut la salle d'un regard circulaire, à la recherche de la troisième jeune personne sur sa liste. Ayant enfin localisé Peggy Bourne-West, elle murmura :

— La jeune femme près de Paul, devant la cheminée. Cheveux châtains, robe de soie bleue.

— Charmante, commenta Aidan sans enthousiasme.

Julia ne se laissa pas décourager.

— Mlle Margaret Bourne-West, commença-t-elle. Sa famille…

Elle s'interrompit tout en le couvant d'un œil méfiant.

— Tout compte fait, je crois que je ne vais pas vous donner plus d'informations sur sa famille. Vous seriez capable d'y trouver des raisons de la rejeter.

— Trop tard, dit-il en souriant. Je connais sa mère, c'est une véritable harpie. Mme Bourne-West m'est insupportable. Plutôt mourir que de l'avoir pour belle-mère. Candidate suivante, je vous prie ?

Les trois dernières malheureuses jeunes filles de la liste furent éliminées aussi impitoyablement que les premières. Julia poussa un soupir exaspéré. Et en même temps, elle ne pouvait s'empêcher d'en concevoir un inexplicable soulagement. Ce qui était ridicule, songea-t-elle, irritée contre elle-même.

— Vous venez de rejeter une demi-douzaine de fiancées potentielles des plus estimables, résuma-t-elle. Vous ne trouvez pas que vous êtes un peu trop exigeant ?

Aidan haussa les épaules.
— Je suis duc. J'ai le droit, et même le devoir d'être exigeant.
— Pour autant que vous sachiez, l'une de ces jeunes femmes pourrait être la duchesse que vous recherchez. Vous ne voulez pas au moins faire leur connaissance avant de les écarter ?
— Pas particulièrement.
— Vous pourriez le regretter, l'avertit-elle. D'autres hommes vont les remarquer, et quand vous les reverrez dans quelques années, vous vous reprocherez de ne pas avoir saisi votre chance quand elle était à votre portée.
Aidan lui adressa un regard impassible.
— Possible, acquiesça-t-il. Je prends le risque.
Julia réprima un mouvement d'humeur.
— Vous les présenter ne prendrait que quelques minutes, insista-t-elle en détournant le regard.
Il ne pouvait pas être sincère. Il ne pouvait pas regretter de ne pas avoir tenté de la séduire, cette après-midi de juillet. De l'eau avait coulé sous le petit pont de bois, depuis. Julia se racla la gorge, s'efforçant de se ressaisir.
— Quelques minutes, ce n'est pas cher payer pour se donner la chance de tomber amoureux, insista-t-elle.
— C'est possible, mais comme je vous l'ai dit, l'amour ne m'intéresse pas.
Puis, la regardant droit dans les yeux, il ajouta :
— *Faire* l'amour, en revanche…
— Oh, mais pour cela, vous avez votre maîtresse ! répliqua-t-elle d'un ton moins blasé qu'elle n'aurait voulu.
Il émit un petit rire.
— Ah oui, ma maîtresse ! murmura-t-il. Suis-je distrait !
— Comment pouvez-vous l'oublier ? ricana Julia en tentant de retrouver son aplomb. La pauvre ! Elle ne doit pas être très douée pour sortir aussi facilement de vos pensées.

La curiosité étant trop forte, elle ajouta :

— Qui est-ce ? Je la connais ?

— J'en doute. De plus, ajouta-t-il en dardant sur elle un regard sévère, ce n'est pas un sujet convenable alors que nous sommes en train d'évoquer ma future épouse.

— Rassurez-vous, rétorqua Julia, désabusée, vous avez éliminé toutes les candidates sérieuses présentes dans cette pièce.

Il la gratifia d'un sourire faussement navré.

— Comme c'est dommage.

— Il y en aura d'autres au bal de vendredi prochain. Voulez-vous que je vous parle d'elles dès maintenant ? proposa-t-elle avec flegme. Vous aurez ainsi cinq jours pour peaufiner vos arguments en leur défaveur.

Le sourire d'Aidan s'élargit.

— Je préfère que vous me fassiez la surprise, répondit-il.

Exaspéré, Julia se détourna pour observer les ex-épouses potentielles. En vérité, elle commençait à se demander si elle ne perdait pas son temps, et si elle ne ferait pas mieux de donner sa démission.

— Je sais que l'amour ne vous intéresse pas plus que cela, mais si j'en juge à vos refus systématiques, je me demande pourquoi vous m'avez engagée. J'ai comme l'impression que même si je vous présentais un millier de candidates, vous leur trouveriez à toutes un défaut rédhibitoire. Pourquoi ?

— Vous le savez fort bien.

Il jeta un regard alentour, puis se pencha vers elle.

— En ce moment, je suis trop attiré par l'une d'elles pour m'intéresser aux autres.

Julia eut beau chercher, elle ne trouva rien à répondre à cela.

— Je… commença-t-elle pourtant.

Elle toussota, gênée. Il lui fallut cinq bonnes secondes avant de pouvoir reprendre la parole.

— Vraiment ? Et de qui s'agit-il, dites-moi ?

Il se mit à rire. Julia comprit qu'il n'était pas dupe un seul instant de ses airs naïfs.

— Je crois que vous le savez, souffla-t-il en contemplant ses lèvres. Je crois que vous l'avez toujours su.

— Oh, non ! s'écria-t-elle en secouant la tête.

Elle éclata d'un rire incrédule malgré l'inexplicable sensation de panique qui la submergeait. Soudain, son cœur battait la chamade, le souffle lui manquait.

— Vous ne voulez pas dire qu'il s'agit de moi ?

Il la fixa d'un regard brûlant, intense, d'une absolue sincérité.

— Si, Julia. C'est exactement ce que je veux dire. Pourquoi croyez-vous que je vous ai engagée ?

— Je… je l'ignore, bégaya-t-elle d'une voix si basse qu'elle l'entendit à peine elle-même.

— Pour être avec vous, déclara-t-il sans détour. Est-ce donc si surprenant…

Il la dévisagea un instant avant d'ajouter :

— … après ce qui s'est passé l'été dernier ?

Julia se mordilla la lèvre en jetant autour d'elle des regards inquiets.

— C'était différent ! murmura-t-elle avec véhémence. C'était…

Elle s'interrompit, cherchant ses mots.

— C'était une exception. Une aventure sans lendemain.

— Je n'en sais rien, je n'en ai pratiquement aucun souvenir.

Son regard s'attarda de nouveau sur sa bouche.

— À mon grand regret, précisa-t-il.

— Allons, Aidan ! s'exclama-t-elle en se composant un sourire blasé. Ne me dites pas que vous vous êtes amouraché de moi ? Vous me flattez, certes, mais vous ne trouvez pas qu'il est un peu tard pour… reprendre là où nous en étions restés ? Tout est terminé entre nous, mon chou, ajouta-t-elle avec un rire espiègle qui ne trompa probablement pas Aidan un seul instant.

— Pas pour moi.

— Regardez-moi cet arrogant personnage ! En ce qui me concerne, la page est tournée.

— Je ne vous crois pas. Et l'arrogant personnage que je suis vous met au défi de lui démontrer le contraire.

— C'est précisément ce que j'essaie de faire, mais vous êtes l'homme le plus contrariant que j'aie jamais rencontré.

Il lui décocha un sourire triomphant.

— En quoi le fait de me présenter d'autres femmes, aussi jolies soient-elles, prouve-t-il quoi que ce soit... sinon que vous êtes une fieffée hypocrite ?

Julia laissa échapper un petit cri outré qu'il ignora superbement.

— Cela dit, vous avez un moyen de me prouver que vous ne voulez pas de moi.

Elle se tourna vers le buffet, s'empara d'une coupe de cristal et d'une bouteille de champagne dans son seau à glace. Elle avait besoin d'alcool.

— Je vous écoute ?

— Retrouvez-moi dans le labyrinthe de verdure, à minuit.

— Qu'espérez-vous donc ? s'indigna-t-elle.

Elle avala une gorgée de champagne, mais cela n'apaisa en rien le feu qui courait dans ses veines.

— Vous vous imaginez que je vais vous laisser me séduire au clair de lune, vaincue par votre charme irrésistible ?

— Quelque chose comme cela.

Aidan souriait toujours, mais une lueur de défi venait de s'allumer au fond de son regard noisette.

— En admettant que vous soyez capable de résister, ajouta-t-il.

— Et si j'accomplis ce tour de force surhumain, que gagnerai-je ?

— Le droit de ricaner ? suggéra-t-il.

Elle lui adressa un sourire suave.

— Cela ne me suffit pas. Vous danserez au moins une valse avec chacune des superbes duchesses potentielles que je vous ai trouvées. Toutes les six, y compris lady Frances et Mlle Heyer. Et vous me donnerez votre parole d'honneur de poser sur elles un regard ouvert et bienveillant.

Aidan n'hésita pas une seconde.

— Accordé.

Il vida son verre de porto et le posa sur le buffet.

— Minuit, lui rappela-t-il. Soyez à l'heure.

Aidan attendait Julia au centre du labyrinthe de verdure en s'interdisant d'aller et venir entre les hautes pièces du jeu d'échecs en plein air de Danbury Downs. C'était une nuit superbe, presque chaude pour un mois de mai. Des notes de piano et des éclats de rire lui parvenaient depuis le manoir, portés par la brise nocturne. Dans l'éclat argenté de la pleine lune, les sculptures de granit projetaient l'ombre de chevaux ou de tours sur l'échiquier de pelouse et de dalles. Aidan observa les pièces du jeu d'un air songeur. Quel coup allait-il jouer dans la partie qui l'opposait à Julia Yardley ?

Il avait trente ans et n'avait jamais eu à se donner le mal de séduire une femme. Il n'avait pas la moindre idée de la façon dont il allait s'y prendre. Il avait donné ce rendez-vous à Julia sur une impulsion, ce qui était tout à fait contraire à ses habitudes. Et, comme si cela ne suffisait pas à le déstabiliser, la seule perspective de revivre les instants magiques qu'il avait connus l'été précédent ne faisait que jeter de l'huile sur le brasier qui couvait déjà en lui. Serait-il capable de contenir la passion qui le consumait ?

Elle viendrait. De cela, il ne doutait pas – non parce qu'il était aussi arrogant qu'elle l'en avait accusé, mais parce que jamais Julia Yardley ne reculerait devant un tel défi. Sans doute rirait-elle de lui, ou se montrerait-elle d'une froideur de marbre, mais elle viendrait. Il en aurait mis sa main au feu.

Ce qu'il n'avait pas prévu, en revanche, et qu'il aurait dû avoir l'intelligence d'envisager, c'est qu'elle amènerait du renfort.

— Spike ? fit Aidan en regardant, incrédule, le bouledogue trottiner à ses côtés lorsqu'elle le rejoignit, quelques minutes après minuit. Vous avez emmené Spike ?

Elle éclata de rire.

— Vous ne m'avez pas demandé de venir seule.

— En effet, concéda Aidan, un peu vexé. J'aurais dû le faire, mais j'ai peur d'avoir manqué de présence d'esprit. Un point pour vous.

Ce qu'il ne lui dit pas, en revanche, c'est qu'il n'avait pas l'intention de se laisser arrêter par un détail aussi insignifiant qu'un bouledogue grassouillet imbu de sa personne.

Toutefois, lorsqu'il fit un pas dans la direction de Julia, le chien gronda sourdement.

— Vous trichez, protesta Aidan avant de reprendre sa progression d'un pas plus prudent, tandis que le fauve grognait de plus belle.

— Si *vous* n'étiez pas un tricheur, l'accusa Julia avec un sourire suave, vous ne seriez pas en train de tenter de séduire votre secrétaire particulière. Vous la laisseriez accomplir la mission pour laquelle vous l'avez engagée, au lieu de lui proposer un rendez-vous clandestin.

— Encore un point pour vous, Julia. Mais ne vous réjouissez pas trop vite, vous n'avez pas encore gagné. D'ailleurs, avec Spike, qu'espérez-vous prouver ? Il faut l'attacher.

— Pas question.

Cependant, elle baissa les yeux sur son chien, puis opta pour un compromis.

— Assis, ordonna-t-elle.

Son garde du corps à quatre pattes s'exécuta, mais continua de darder sur l'ennemi un œil hostile.

— Satisfait ? lança-t-elle à Aidan.

— Pas tout à fait.

Il continua d'avancer lentement sans quitter Spike des yeux, conscient qu'un animal aussi jaloux n'était pas une menace à prendre à la légère. Toutefois, en s'approchant, il remarqua qu'il ne montrait pas les crocs. Il le regarda dans les yeux. Le chien tourna la tête. C'était là le signe qu'il était au bord de renoncer, comprit Aidan.

Il s'immobilisa devant Julia, se pencha… avant d'être une fois de plus interrompu par un grondement d'avertissement.

— Comptez-vous faire taire cette bête ? murmura Aidan.

Elle sourit d'un air triomphant.

— Que suggérez-vous ?

— Un coup de fusil n'est pas une option, je suppose ?

Il baissa brièvement les yeux pour surveiller le bouledogue, tout en continuant de s'incliner sur Julia. Le chien émit un nouveau grognement. Le moment était venu de passer à l'action.

Plus vif que l'éclair, Aidan fondit sur Spike, arrachant un cri de stupeur à sa maîtresse. En un tournemain, il le prit par le museau et par l'arrière-train, et le fit rouler sur le flanc. Puis, s'appuyant sur lui de tout son poids, il le maintint fermement au sol.

— Non, dit-il d'un ton autoritaire. Du calme, Spike.

Le chien émit un grondement de protestation et tenta de se libérer, mais Aidan ne céda pas. Après quelques minutes d'un vain combat, Spike se débattit avec moins d'énergie, tandis que ses gémissements s'affaiblissaient. Finalement, il renonça et cessa de lutter. Aidan attendit encore quelques instants, histoire de s'assurer qu'il avait clairement établi sa supériorité, puis il le relâcha.

— C'est bon, déclara-t-il en se relevant.

Il tenait la laisse d'une main ferme et surveillait le moindre signe d'agressivité.

Le chien n'en manifesta aucun. À présent calme et silencieux, il regarda Aidan, puis détourna les yeux. Lorsque ce dernier se mit en marche, Spike le suivit sans broncher.

Aidan balaya du regard les pièces du jeu d'échecs, puis attacha la laisse à l'un des créneaux d'une tour.

— À nous deux, maintenant, murmura-t-il en retournant vers Julia. Où en étions-nous ?

14

Jusque-là, Julia n'avait pas douté que ce rendez-vous nocturne resterait sous son contrôle. En l'espace de trois secondes – le temps, pour Aidan, de se ruer sur le pauvre Spike et de le plaquer au sol – sa belle certitude s'effondra comme un château de cartes.

Quelques minutes plus tard, le fauve qu'elle avait acheté parce qu'il détestait les hommes en général, et son méprisable ex-mari en particulier, était aussi docile qu'un agneau, et solidement attaché. Julia commença à se demander si elle n'avait pas commis une terrible erreur en relevant le défi lancé par Aidan. Et lorsque celui-ci revint vers elle, elle dut lutter contre une folle envie de s'enfuir en courant.

Elle savait qu'il essaierait de l'embrasser. La seule façon de lui faire comprendre qu'elle n'éprouvait aucun désir pour lui étant de rester de marbre sous ses baisers, elle s'était même préparée à une telle éventualité.

Au dernier moment, elle avait décidé d'emmener Spike, façon de jouer un bon tour à Aidan. L'expression à la fois déçue mais stoïque que celui-ci avait affichée en les voyant arriver avait été délicieusement amusante. Jamais Aidan n'était plus drôle que lorsqu'il la faisait rire malgré lui.

Toutefois, maintenant qu'il avait neutralisé Spike et qu'il s'approchait d'elle, l'air plus résolu que jamais, Julia n'avait plus la moindre envie de rire. Et à mesure que l'espace qui les séparait s'amenuisait, sa belle confiance en elle se dissolvait.

Elle tenta de se rassurer. Elle était en terrain connu. Elle l'avait déjà embrassé, cette fameuse après-midi d'août, et même à plusieurs reprises. Il n'y aurait là rien de nouveau.

Sinon que, depuis quelque temps, Aidan Carr suscitait en elle une inexplicable nervosité. Il s'arrêta devant elle. Comme il fronçait imperceptiblement les sourcils, elle devina qu'il songeait lui aussi à l'épisode de Dovecotes, et qu'il était envahi par des images d'une sensualité torride. Elle tressaillit, plus effrayée que jamais.

— Où avez-vous appris cela ? demanda-t-elle d'une voix mal assurée, en désignant Spike du menton. Je n'ai jamais vu personne faire une chose pareille.

— Mon père élevait des mastiffs et des bergers allemands, expliqua Aidan. J'ai appris très jeune à remettre à sa place un chien agressif. En général, mieux vaut se tenir à l'écart pour éviter d'être mordu, mais ce soir, j'ai estimé que le plus sage était de lui faire comprendre qui, de nous deux, était le maître.

Il fit un pas vers elle. D'instinct, Julia recula… avant de heurter la haie de buis derrière elle. Impossible de s'échapper. À cette pensée, une peur panique s'empara d'elle. Elle avait beau savoir que rien ne justifiait son affolement, elle ne parvint pas à recouvrer son calme.

— C'est donc là votre philosophie : établir votre domination ? articula-t-elle en le défiant du regard. Comptez-vous en faire autant avec moi ?

— Avec vous ? répéta-t-il, avant de rire. Autant essayer de dompter l'eau vive !

À ces mots, Julia sentit sa peur refluer, et elle laissa échapper un soupir de soulagement. Aidan inclina la tête de côté, intrigué.

— Je n'ai calmé Spike que pour éviter de me faire mordre au moment le plus inopportun.

Il se pencha, comme pour lui prendre la main, mais dans un incontrôlable réflexe, Julia sursauta. Il se redressa et la dévisagea avec étonnement.

— Seriez-vous nerveuse ?

— Moi ? fit-elle d'une voix étranglée.

Seigneur, elle venait d'émettre un glapissement digne de Felicia Vale ! nota Julia, furieuse contre elle-même. Serrant les poings, elle s'efforça de poursuivre, d'un ton aussi naturel que possible :

— Absolument pas. Pourquoi cette question ?

Aidan tendit le bras. Cette fois, elle le laissa refermer les doigts autour de son poignet.

— Parce que, expliqua-t-il en lui levant la main, vous serrez les poings, ce qui est en général un signe de colère ou de nervosité. J'espère qu'il s'agit de la seconde, car la première augurerait mal de notre soirée.

— Je ne suis pas en colère, riposta Julia en s'obligeant à desserrer les poings. Et je ne suis pas nerveuse non plus. Pourquoi le serais-je, du reste ?

Il croisa son regard.

— En effet, rien ne le justifie, reconnut Aidan en glissant ses doigts entre les siens. Sauf si vous ne savez pas danser la valse.

Elle le regarda sans comprendre.

— Pardon ?

— La valse, répéta-t-il.

D'un signe de tête, il désigna le manoir.

— N'entendez-vous pas ? C'est *Le Beau Danube bleu*, de Strauss. M'accorderez-vous cette danse ?

Julia tendit l'oreille et perçut les notes de piano.

— Sans les violons, on a du mal à reconnaître la mélodie.

— Elle a moins de charme, admit Aidan, mais elle demeure agréable.

Sur ce, posant la main droite sur la taille de Julia, il commença à valser.

— Vous devez savoir que c'est là une situation des plus inhabituelles pour moi, reprit-il. En temps normal, je n'aime pas danser. Je préférerais être lardé de clous et lancé du haut d'une colline.

Il avait dit cela d'un ton si flegmatique que Julia faillit éclater de rire. Elle ne put toutefois s'empêcher de remarquer qu'il ne faisait pas le moindre faux pas.

— Vous dansez merveilleusement bien ! s'écria-t-elle, stupéfaite. Pourquoi n'aimez-vous pas cela ?

— Trop de leçons quand j'étais jeune. Avec ma mère. Chaque pas, chaque geste, chaque figure devait être réalisé à la perfection. Elle m'obligeait à recommencer, encore et encore… Si ma mère n'avait pas été duchesse, elle aurait fait un excellent instructeur militaire.

— C'est elle qui vous a appris à danser ?

— Mon précepteur n'était pas très qualifié pour cette tâche, observa Aidan avec un sérieux imperturbable. Herr Brunner n'était plus de la première jeunesse, et à peu près aussi souple qu'un verre de lampe. Il me marchait toujours sur les pieds.

— Ne pouviez-vous pas prendre de leçons avec les autres enfants des environs ?

— Doux Jésus, non ! Mes parents auraient fait une crise d'apoplexie à cette seule pensée. Un futur duc ne fraie pas avec le commun des mortels, à moins d'y être absolument obligé. Jusqu'à ce qu'on m'envoie en pension, l'année de mes douze ans, j'ai été instruit à la maison, comme l'exigeait mon statut.

Il y avait dans son ton une ironie teintée d'amertume qui n'échappa pas à Julia.

— Vous devez avoir eu une enfance bien solitaire.

— Le mot est faible, murmura-t-il en détournant les yeux.

Julia observa son profil dans la brillante clarté lunaire tandis qu'il la faisait virevolter avec aisance autour de la fontaine, leurs pieds foulant la pelouse avec légèreté. Elle tenta d'imaginer ce qu'avait été sa vie de petit garçon privé d'amis et de jeux, pour qui même la danse était un exercice et une discipline.

— Votre départ pour l'école a dû être une bénédiction, risqua-t-elle.

Il émit un petit rire sans joie.

— Pas au début. Non seulement j'étais affreusement mal à l'aise, mais j'étais d'une timidité maladive. La première année, j'ai été ridiculisé, harcelé et même battu. Étant enfant unique, je n'avais jamais appris à me défendre. Cette époque a été épouvantable. Quand je suis rentré chez moi, pour les vacances d'été, j'ai compris qu'il fallait que je fasse quelque chose, ou cela recommencerait dès la rentrée scolaire. Et il m'était impossible de ne pas y retourner.

Julia se souvint de leur rencontre sur ce pont de bois. À présent, elle comprenait pourquoi il s'était montré si rigide lorsqu'elle l'avait taquiné.

— Qu'avez-vous fait ? Vous êtes allé parler à votre père ?

— Juste ciel, non ! Il m'aurait donné une petite tape sur la tête en me disant d'être un homme et de cesser de l'importuner avec ces gamineries.

— Quelle cruauté ! s'indigna Julia.

Aidan haussa les épaules, comme si cela n'avait plus aucune importance.

— J'ai engagé le forgeron du village, un excellent pugiliste, pour qu'il m'enseigne son art. Le lendemain de la rentrée des classes, l'un des garçons les plus âgés de l'école a voulu s'en prendre à moi. Je lui ai donné la raclée de sa vie. Ensuite, je me suis tenu au-dessus de lui, le visage en sang, le poing levé, et j'ai défié quiconque voulait se battre contre moi de le faire sur-le-champ.

Julia sourit. Elle imaginait très bien la scène.

— *Meurtri par les tribulations, debout bien que blessé*, récita-t-elle.

Aidan s'immobilisa, les yeux rivés sur son visage.

— *Invictus*, murmura-t-il. C'est l'un de mes poèmes préférés.

— Ah oui ? Moi aussi.

Puis, étourdiment, elle ajouta :

— C'est en ces termes que je pense toujours à vous. Je veux dire, quelquefois. Enfin…

Elle s'interrompit, mortifiée.

— Et moi, savez-vous comment je pense toujours à vous ? murmura Aidan. Assise sur ce petit pont de bois, jambes pendantes, vos jolis pieds nus dans l'eau…

Une chaleur inattendue envahit la jeune femme, aussi réconfortante qu'un rayon de soleil déchirant les nuages pour chasser la grisaille et la froidure.

— Vous voyez ? reprit-il. Vous me tourmentez depuis nos dix-sept ans.

— Je m'en doutais un peu, admit Julia. Mais le soir où vous avez fait la connaissance de Beatrix, à Saint-Ives, j'ai cru que je m'étais trompée. Je…

Elle s'interrompit, trop fière pour avouer combien elle avait été déçue.

— C'est à elle que vous avez réservé toute votre attention.

— Vous étiez mariée. Je ne flirte pas avec les épouses des autres.

Il esquissa une moue éloquente.

— Du moins, j'ai toujours considéré que c'était immoral.

« Je suis désolée, Aidan, eut-elle envie de lui dire. Tellement désolée ! »

— Mais à présent, vous n'êtes plus mariée, enchaîna-t-il d'un ton plus léger. J'ai toujours des vues sur vous. Et je n'ai pas l'intention d'en rester là, cette fois-ci. Pas s'il y a la moindre chance que vous ayez autant envie de moi que moi de vous.

Julia voulut lui rétorquer qu'il pouvait renoncer sur-le-champ, mais ce fut une tout autre phrase qui jaillit de ses lèvres.

— Je croyais que j'étais ici pour vous prouver que vous ne m'intéressiez pas.

Il la regarda droit dans les yeux, sans ciller.

— J'espère que vous allez échouer.

Je ne ressens rien. Comment pourrais-je échouer ?

— Et si je vous le démontre sans le moindre doute, que se passera-t-il ? hasarda-t-elle.

— Ma foi, je suppose que je devrai faire danser vendredi une demi-douzaine de jeunes femmes répondant à votre idée d'une duchesse accomplie. Ce qui sera sans doute un grand moment de bonheur pour vous, maintenant que vous connaissez ma passion pour la valse.

Il fit une pause et, très lentement, l'attira contre lui.

— Cela dit, vous pouvez encore m'épargner ce cruel destin, Julia. Quand je vous embrasserai, tout ce que vous aurez à faire, c'est de répondre à mon baiser.

Elle l'avait utilisé sans scrupules. Il n'en avait sans doute qu'un souvenir confus, mais il savait qu'elle l'avait manipulé telle une pièce sur un échiquier, pour faire mat son infâme mari. Jamais elle n'aurait cru qu'il puisse encore vouloir d'elle. Et pourtant, c'était le cas. Elle le lisait dans son regard. Elle l'entendait dans sa voix. Il n'était pas comme elle, c'était évident. Lui pouvait encore désirer une femme, la séduire sans ressentir la moindre peur.

« Sauve-toi ! » lui ordonna une petite voix. Hélas, son corps refusait d'obéir à son esprit ! Incapable de bouger, elle commença à se demander si Aidan n'allait pas, avec ce rendez-vous, lui démontrer de façon magistrale qu'il en savait plus qu'elle-même sur ce qu'elle éprouvait…

Il ne la quittait pas des yeux, et dans leurs profondeurs obscures, elle ne devina pas seulement du désir, mais aussi la réponse à la question à laquelle ils étaient censés répondre. Il pressa la main contre ses reins pour la plaquer davantage contre lui. Le cœur de Julia, qui battait déjà la chamade, se mit à lui marteler sourdement la poitrine.

La paume d'Aidan remonta le long de son dos en une caresse légère, et ce fut comme s'il venait de souffler sur des braises. Une onde de chaleur la traversa de part en part.

— Que faites-vous ? articula-t-elle lorsque, d'un doigt glissé sous le menton, il l'obligea à lever le visage vers lui.

— N'est-ce pas évident ? J'intervertis les rôles. Cette fois, c'est moi qui vous séduis.

— Pourquoi ? s'écria-t-elle, désespérée. Auriez-vous oublié que je suis un Iago en jupons ? Comment pouvez-vous éprouver du désir pour moi ?

— Comment ne le pourrais-je pas ? rétorqua-t-il. C'est vous qui avez commencé, vous le savez très bien. C'était il y a presque un an. Et je n'ai aucun souvenir de la façon dont cela s'est terminé.

Julia s'humecta les lèvres.

— Oh, mais si ! Cela s'est terminé l'automne dernier, devant le tribunal, par un jugement de divorce.

Il secoua la tête.

— Non. Quand je repense à cette après-midi dans les Cornouailles, il y a de nombreux blancs que je n'arrive pas à remplir. Des choses dont je ne me rappelle rien en dépit de tous mes efforts. Certains échos me reviennent parfois, et plus je vous vois, plus je sais comment j'aimerais remplir ces espaces vides dans ma mémoire.

Il la gratifia d'un petit sourire faussement navré.

— Je crains que plus mon imagination ne s'emballe, plus les détails ne prennent un tour érotique.

Julia le fixa sans mot dire, au bord de la panique. Il ignorait pourquoi et comment elle avait fait cela. Lorsqu'il découvrirait la vérité, lorsqu'il comprendrait qu'elle était aussi sèche que la cendre et aussi sensuelle qu'un piquet de bois, il ne voudrait plus d'elle.

Mieux valait en finir et lui laisser croire ce qu'il voulait ou imaginer ce qui lui plaisait, l'essentiel étant qu'il n'apprenne pas la vérité. Pourtant, lorsqu'il s'inclina sur elle, elle ne trouva pas le courage de détourner le visage. Si elle était aussi froide, aussi morte qu'elle le croyait, pourquoi avait-elle si chaud, tout à coup ?

Il s'immobilisa, sa bouche presque contre la sienne.

— Allons, Julia, chuchota-t-il en lui caressant les lèvres des siennes, aidez-moi à retrouver la mémoire.

Et il l'embrassa.

Il sembla à Julia qu'un rayon de soleil l'enveloppait soudain de chaleur et de lumière, que toutes les fibres de son être vibraient d'un éclat nouveau, que son cœur se réchauffait. Et c'était en même temps comme une pluie bienfaisante sur son âme assoiffée, comme du pain pour son corps affamé...

Incapable de la moindre pensée rationnelle, elle ne pouvait que s'abandonner aux sensations intenses, presque sauvages, qui déferlaient en elle. Elle se hissa sur la pointe des pieds avec impatience, et lorsque Aidan força le barrage de ses lèvres, sa faim se transforma en un besoin irrépressible, son plaisir en désir.

Mû par un même élan, il l'enlaça pour la serrer contre lui. Loin de lui résister, elle se pressa contre lui. Et tandis qu'il explorait sa bouche, elle lui répondit avec une fièvre qu'elle croyait ne plus jamais ressentir.

Il lui sembla que quelque chose se déployait en elle. Elle était le bourgeon qui s'épanouit au printemps, le bouton de rose qui déploie sa corolle, la graine enfouie dans le sol qui cherche son chemin vers la lumière... C'était si bon que c'en était presque douloureux ; mais cette douleur-là lui était inconnue, elle provenait du plus profond de son être, se répandait dans son corps, brûlante, vibrante et infiniment suave à la fois. C'était de la joie pure – le merveilleux aiguillon de la joie.

Et tout à coup, cela devint insoutenable. Elle s'arracha aux lèvres d'Aidan et le regarda, pantelante, sous le choc. Car elle n'avait pas été la proie d'émotions aussi intenses lorsqu'elle l'avait embrassé, à Dovecotes. Sans doute était-elle trop concentrée sur son plan, trop détachée. À présent, elle tremblait de plaisir, de bonheur, d'émerveillement… et de peur. Une peur panique.

Elle secoua la tête, comme pour nier ce qui venait de se passer. Elle tenta de réfléchir, mais son esprit confus était bien incapable de formuler la moindre pensée cohérente. Elle eut envie de se cacher, mais elle n'avait aucun refuge.

Et soudain, les bras d'Aidan autour d'elle lui pesèrent autant que des chaînes. Toutes ses terreurs enfouies remontèrent brutalement à la surface.

— Non ! cria-t-elle en posant les mains à plat sur le torse d'Aidan pour le repousser. Je ne veux pas, bon sang !

Se libérant de son étreinte, elle fit la seule chose possible. Elle s'enfuit.

Après avoir fait volte-face, elle empoigna ses jupes, et s'élança à travers le labyrinthe, guidée par de vagues souvenirs du chemin qu'elle avait pris à l'aller, son affolement allant croissant chaque fois qu'elle se trompait de direction. Enfin, le cœur battant à tout rompre, le souffle court, elle trouva la sortie. Une fois libre, elle traversa la pelouse à toutes jambes pour aller se réfugier dans les bois, ignorant les appels d'Aidan.

Aidan n'essaya pas de la rattraper. Il ne possédait peut-être pas la perspicacité de Julia en matière de psychologie, mais en l'occurrence, cela lui était inutile. Son visage, son corps lui avait déjà dit tout ce qu'il avait besoin de savoir.

Fermant les paupières, il la revit telle qu'elle s'était montrée à lui, une fraction de seconde avant de prendre la fuite. Ses yeux, d'un bleu argenté à la lueur de la lune, écarquillés. Ses lèvres gonflées par leur baiser. Ses seins qui se soulevaient au rythme saccadé de sa respiration. Ses mains agitées de tremblements lorsqu'elle avait saisi ses jupes.

Elle avait été surprise par ce baiser. Déconcertée. Et indéniablement excitée. Il sourit. Il avait la confirmation qu'il était venu chercher. Elle le désirait autant qu'il la désirait.

Et en même temps, aussi inexplicable que cela paraisse, elle avait été effrayée. Ce baiser l'avait littéralement terrifiée.

Aidan rouvrit les yeux, perplexe. De quoi avait-elle donc peur ? De lui ? Certainement pas, ou elle ne serait pas venue à ce rendez-vous. D'un simple baiser ? Assurément non. Elle l'avait embrassé de nombreuses fois, cette après-midi dans les Cornouailles, sans manifester la moindre crainte.

Il décida pourtant de ne pas la poursuivre pour l'interroger ou exiger des explications. Cela ne ferait qu'accroître son agitation et, de toute façon, il doutait qu'elle accepte de lui parler.

Il avait la réponse à sa question, à présent, mais aussi gratifiante soit-elle, elle ne faisait qu'ajouter au mystère qui entourait Julia. Il songea à son expression affolée, et se demanda quel secret elle cachait aussi farouchement.

Un gémissement l'arracha à ses réflexions. Se retournant, il découvrit Spike, toujours attaché à la pièce de granit, qui l'observait, la tête penchée de côté, comme s'il tentait de comprendre ce qui se passait.

— Je sais, mon vieux Spike, je sais, murmura Aidan dans un soupir. Moi non plus, je n'y comprends rien. Cela dit, avec Julia, le contraire serait étonnant, non ?

15

Gwithian, Cornouailles, 1903

Dovecotes, le cottage que Julia avait hérité de sa grand-mère, était une ancienne ferme en pierre située au nord de Saint-Ives. À demi cachée sur un promontoire surplombant les plages de Gwithian, elle possédait sa propre petite plage, deux ou trois grottes, quelques acres de pâturages à l'abandon, un jardin d'herbes et de roses mal entretenu et un pigeonnier. C'était l'endroit préféré de Julia, celui où elle venait se réfugier dès qu'elle le pouvait.

En cet été 1903, cependant, Yardley ne lui accordait pas un instant de répit et Julia commençait à se lasser de cette course sans fin. Elle s'était cachée à Pixie Cove, la villa du vicomte Marlowe, presque tout le mois d'août, mais lorsqu'elle avait reçu par courrier l'ultimatum de Yardley l'informant qu'il se trouvait à Torquay – la ville la plus proche – et passerait la chercher le lendemain après-midi pour la ramener à Yardley Grange, elle avait compris que la fuite n'était plus une solution. D'autant que son mari avait affirmé être en possession d'un document permettant aux autorités de la ramener au foyer conjugal, de gré ou de force.

Julia, qui se moquait éperdument de la paperasse, aussi légale soit-elle, s'était empressée de faire le plein d'essence et avait aussitôt pris la route. Si les forces de l'ordre devaient la ramener à Yardley Grange, cela n'aurait pas lieu sous les yeux de ses proches, qui ne pourraient qu'assister, impuissants, à la scène.

Elle n'avait emporté qu'une petite valise, et laissé à Gisèle et à Pierre, son mari, le soin de faire ses bagages et de la rejoindre par le train.

Effectuer le trajet seule ne la dérangeait pas. Elle avait l'habitude de conduire. Le voyage le long de la côte des Cornouailles, avec Spike pour seule compagnie, lui donnerait tout le loisir de réfléchir.

Hélas ! Après six longues heures de route, alors qu'elle approchait enfin de Dovecotes, elle dut se rendre à l'évidence. Elle n'avait toujours pas trouvé comment résoudre son problème.

Qu'allait-elle faire ? Depuis deux ans, Yardley menaçait de la ramener de gré ou de force sous le toit conjugal pour qu'elle accomplisse son devoir et lui donne un héritier. Deux ans que Julia cherchait frénétiquement comment se libérer de la prison qu'était ce mariage sans avoir encore trouvé de porte de sortie.

D'après les avocats qu'elle avait consultés, elle n'avait aucun motif pour demander le divorce. L'adultère, lorsqu'il était commis par l'époux, n'était pas considéré comme valable. Rompre les liens du mariage en cas d'infidélité de l'épouse était un privilège exclusivement masculin. Une femme, elle, devait prouver que son mari l'avait abandonnée ou qu'il était stérile. De fait, les lettres répétées de Yardley exigeant qu'elle réintègre le domicile conjugal, ainsi que ses trois ou quatre enfants illégitimes rendaient caduques ces ultimes recours.

Elle avait tourné et retourné le problème dans sa tête d'innombrables fois, et ne voyait que deux solutions pour se libérer du joug de son mari.

La première était le meurtre, mais même à la fin de cet été 1903, alors qu'elle était suffisamment désespérée pour envisager cette solution, elle ne pouvait s'y résoudre. Pour des raisons de conscience, mais aussi parce que la prison à vie n'était pas exactement le genre de liberté à laquelle elle aspirait.

La seconde était de contraindre Yardley à demander le divorce. Malheureusement, ce dernier ne se montrait guère coopératif en la matière. Elle avait feint à plusieurs reprises d'avoir pris un amant, mais jamais elle n'avait trouvé le courage de passer à l'acte. Elle y avait sérieusement songé, deux ans plus tôt, le soir où elle avait retrouvé Trathen au bal de Saint-Ives, mais à cette exception près, la seule pensée de laisser un homme la toucher intimement lui avait toujours été insupportable. Et aucune de ses prétendues liaisons n'avait été suffisamment convaincante pour pousser Yardley à se séparer d'elle.

Tout en roulant en direction de Saint-Ives, Julia songea à la joie qu'elle avait ressentie lorsqu'elle avait cru entrevoir la solution à ses problèmes en la personne de Trathen. Quelques instants plus tard, Aidan Carr avait croisé les grands yeux bruns de Beatrix et son beau rêve avait volé en éclats.

Laissant le champ libre à sa cousine, Julia était partie pour Biarritz. C'est là qu'elle avait reçu une lettre de cette dernière lui annonçant ses fiançailles avec le duc de Trathen. Aujourd'hui, Beatrix était mariée... avec Will, le duc de Sunderland, son amour de jeunesse.

Julia s'était sacrifiée en vain.

Elle n'en voulait pas à Beatrix. Elle avait toujours été éperdument éprise de Sunderland, et devait connaître un bonheur sans nom à creuser avec lui dans le désert égyptien, à la recherche de reliques. Son univers s'ouvrait à tout un tas de nouvelles expériences et aventures. Celui de Julia, au contraire, se refermait peu à peu à mesure que ses choix se réduisaient.

La jeune femme s'efforça de voir le bon côté des choses. Au moins, elle rentrait chez elle. Elle traversait à vive allure cette campagne des Cornouailles qu'elle aimait tant, avec ses verts pâturages quadrillés de haies, et ce léger parfum iodé qui flottait dans l'air. Elle sourit et inspira à fond. Quelles que soient ses souffrances, l'odeur de la mer les apaisait toujours.

Spike aussi était heureux, songea-t-elle en lui jetant un coup d'œil. Il adorait la voiture. Assis sur le siège du passager, sa tête massive offerte au vent qui faisait claquer ses bajoues, il affichait un bonheur canin communicatif.

Julia reporta son attention sur la route et son sourire s'évanouit. Elle était presque arrivée, et ignorait toujours ce qu'elle allait faire. Elle ralentit et s'engagea dans l'allée caillouteuse qui menait à Dovecotes. Quelques instants plus tard, elle se garait devant le petit bâtiment du XVIIe siècle.

Elle descendit de voiture, récupéra sa valise dans la malle ouverte puis, ayant sifflé Spike, se dirigea vers la maison. Tandis qu'elle déverrouillait la porte, le bouledogue sauta de son siège et la rejoignit.

La lumière qui régnait au-dehors était si vive qu'il lui fallut un moment pour s'accoutumer à la pénombre. Elle posa sa valise au pied de l'escalier, songeant que cela faisait déjà deux ans qu'elle était venue ici en compagnie de Beatrix. Dieu qu'elles s'étaient amusées, cet été-là !

Elle demeura immobile, envahie par une sourde nostalgie, et regarda autour d'elle. Dans le petit salon, protégé par un drap, se trouvait le piano hérité de sa grand-mère en même temps que la maison. Elle se remémora les soirées qu'elles avaient passées, Beatrix et elle, à jouer des airs comiques en buvant du champagne, les fenêtres ouvertes pour laisser entrer la brise nocturne. Retrouvant spontanément leurs habitudes d'enfance, elles avaient fait griller du pain et du fromage dans la cheminée, marché pieds nus sur la petite plage en contrebas et pris des bains de minuit dans les poches d'eau laissées par la mer à marée basse. Jamais, depuis qu'elle était enfant, elle n'avait passé un été aussi merveilleux.

Elle déglutit pour chasser la boule qui s'était formée dans sa gorge. À quoi bon ranimer les braises d'un bonheur éteint ? Elle était là pour faire le point, réfléchir à un plan, prendre une décision.

Mais une chose après l'autre ! Spike sur ses talons, elle traversa le salon et la salle à manger attenante pour se rendre dans la petite cuisine, à l'arrière de la maison, afin de dresser la liste des courses à faire. Il lui fallait du thé, du lait, du sucre, du pain, du beurre, peut-être quelques œufs et de quoi garnir des sandwichs. Inutile de faire trop de réserves, elle ne resterait sans doute pas longtemps.

Yardley était censé arriver chez Marlowe le lendemain, et quand bien même personne, à Pixie Cove, ne lui dirait où elle était allée, il lui suffirait de se rendre à Torquay et de poser quelques questions pour le découvrir. Il apprendrait ainsi qu'elle avait rempli le réservoir de la Mercedes – les automobiles n'étaient pas courantes dans cette région rurale –, et que Pierre et Gisèle avaient pris le premier train pour Staint-Ives. Il comprendrait donc qu'ils la rejoignaient à Dovecotes. Il monterait dans le convoi suivant, celui de l'après-midi, et débarquerait ici le lendemain vers 17 heures. Julia sortit de sa poche sa petite montre. Il lui restait une trentaine d'heures. Si elle n'imaginait pas un plan avant, elle pourrait encore filer à Saint-Ives ou à Plymouth, et monter à bord du premier navire en partance pour le Continent, mais à quoi bon ?

Elle était lasse de fuir. Tout ce qu'elle voulait, c'était être chez elle. Une fois que Yardley l'aurait emprisonnée à Yardley Grange, il était peu probable qu'elle revienne ici de sitôt. Du reste, n'était-ce pas pour cette raison qu'elle était venue à Dovecotes ? Et qu'elle ne s'était même pas donné la peine de se cacher ? Elle savait que tout était terminé et voulait voir son cher foyer une dernière fois avant la fin.

Elle ignorait en quoi consisterait cette fin, précisément, mais elle en pressentait la venue. C'était comme un changement dans l'air juste avant la tempête. D'un côté, elle n'était pas certaine de supporter ce que Yardley lui réservait. De l'autre, elle était lasse de tenter indéfiniment d'empêcher l'inévitable. Si lasse.

Elle s'approcha de la fenêtre et contempla les falaises abruptes qui plongeaient dans la mer. Cela pourrait être une solution. Un frisson la parcourut, et elle se détourna de la vitre. « Demain, peut-être », se dit-elle, remettant une fois de plus au lendemain ce qu'elle pouvait faire le jour même.

Laissant Spike garder la maison, elle remonta en voiture et se rendit à l'épicerie de Saint-Ives. Elle y effectua quelques emplettes, et tandis qu'elle les rangeait dans la malle, elle décida de s'arrêter à la laiterie de Gwithian pour y acheter des œufs, du beurre et du lait. Elle venait de contourner la voiture et de mettre le moteur en route quand une silhouette masculine accrocha son regard. Grand, athlétique, l'homme sortait de la librairie Grammercy de l'autre côté de la rue.

Aidan Carr !

Une main sur le volant, un pied sur le marchepied, elle se figea. Était-ce bien lui ? Il l'aperçut à cet instant et s'immobilisa, l'air aussi surpris qu'elle.

La dernière fois qu'ils s'étaient vus, c'était un an plus tôt, à Pixie Cove, le jour où ils avaient surpris Sunderland en train de donner à Beatrix un magnifique baiser. En tant que fiancé de Beatrix, Trathen n'aurait probablement pas qualifié ce baiser de *magnifique*, mais Julia s'était demandé s'il avait été si surpris que cela. Vingt-quatre heures après son arrivée chez le vicomte Marlowe, elle-même avait compris que Beatrix était toujours éprise de Sunderland.

Aidan Carr ne semblait pas ravi de la voir, nota Julia, mais elle ne pouvait l'en blâmer. Elle s'était montrée odieuse avec lui, chez Marlowe, jouant du *ragtime* alors qu'elle savait qu'il détestait cela, le provoquant ouvertement, histoire de découvrir combien de temps il résisterait avant de l'envoyer au diable. Et elle n'avait aucune excuse, en dehors du fait qu'elle était furieuse de s'être sacrifiée en vain le soir du bal de Saint-Ives. Et qu'elle prenait toujours un malin plaisir à le faire enrager.

Pourtant, malgré ses piques répétées, il s'était toujours montré d'une politesse sans faille avec elle. Peut-être le moment était-il venu de lui présenter des excuses. Étrange, songea-t-elle. Ce n'était qu'à l'approche du Jugement dernier que l'on éprouvait le besoin de se faire pardonner ses péchés.

Cela dit, il ne suffisait pas d'une bonne résolution pour changer soudain sa nature profonde. En le voyant détourner les yeux, visiblement mal à l'aise, elle ne résista pas au plaisir de le taquiner. Elle attendit qu'il la regarde de nouveau pour lui adresser son plus beau sourire assorti d'un signe de la main.

— Oh, mais on dirait que mon chevalier est de retour ! s'exclama-t-elle. Bonjour à vous, mon doux prince.

Il se mordit les lèvres pour réprimer un sourire. Comme il tournait la tête, Julia crut qu'il cherchait un moyen de s'échapper, avant de comprendre qu'il s'assurait juste que la route était dégagée avant de traverser pour la rejoindre.

— Baronne, la salua-t-il, tandis qu'elle redescendait du marchepied de la Mercedes. Êtes-vous à Saint-Ives pour l'été ?

— Non, pour l'hiver, répliqua-t-elle.

Il faillit rire, elle l'aurait juré.

— Alors vous arrivez en avance, rétorqua-t-il.

Cette fois, ce fut elle qui ne put s'empêcher de rire.

— En effet. Vous séjournez à Trathen Leagh ?

Trathen Leagh était sa propriété des Cornouailles, à une douzaine de kilomètres au sud, le long de la côte. Il acquiesça d'un hochement de tête, puis l'étudia un instant avant de lâcher :

— Vous semblez fatiguée, baronne Yardley. Tout va bien ?

— Tout va très bien, assura Julia.

— Pourquoi n'êtes-vous pas à Torquay ? s'étonna-t-il. Je pensais que vous y passiez le mois d'août.

— Vous pensez donc à moi ? J'en suis touchée, Aidan.

Il se dandina d'un pied sur l'autre, l'air embarrassé, et Julia s'en voulut de l'avoir une fois de plus provoqué.

— J'étais effectivement à Torquay, reconnut-elle. Mais j'ai décidé de passer quelques jours chez moi.

— Chez vous ? fit-il. J'ignorais que Yardley possédait une propriété dans la région.

— Je parlais de ma maison. Je possède une maison, au-dessus de Gwithian.

— Je ne le savais pas. Près du phare ?

Julia secoua la tête.

— De l'autre côté. Elle s'appelle Dovecotes.

Il fronça les sourcils.

— Je ne me souviens d'aucun domaine portant ce nom-là, avoua-t-il.

Julia s'esclaffa.

— Oh, Dovecotes n'est pas un domaine ! Ce n'est qu'un cottage isolé. Il est très modeste, mais je l'adore. Il se trouve tout au bout de Churchdown Road, mais on ne le voit pas de la route. Il faut s'engager dans l'allée qui mène à la mer pour le trouver. Il est sur le promontoire.

— Alors vous avez la vue sur la mer ?

— L'une des plus belles de la région, déclara Julia avec fierté. Et juste en dessous, il y a une crique avec une toute petite plage et quelques grottes. Mais je suppose qu'une personne de votre rang ne lui trouverait aucun intérêt. Vous êtes habitué à des demeures bien plus luxueuses.

— Pas du tout, cela a l'air charmant. Je crois voir de quelle crique vous parlez. Je suis souvent passé devant ce promontoire, en bateau. On aperçoit une petite ferme en pierre, tout en haut. Est-ce votre cottage ?

Comme elle approuvait d'un hochement de tête, il reprit :

— La plage a l'air très agréable. Vous vous baignez là ?

Son regard glissa sur son corps, et Julia comprit qu'elle lui plaisait toujours. Une bouffée d'espoir monta en elle.

— Bien sûr, s'empressa-t-elle de répondre, tandis qu'un plan se formait dans son esprit. Presque tous les jours. En fait, j'y serai demain après-midi. Avec… un pique-nique ! Enfin, pas n'importe quel pique-nique, improvisa-t-elle. Un lunch élégant, avec nappe en lin et plats en argent. Demain, j'emporterai du caviar…

Elle tenta frénétiquement de se rappeler ce qu'il avait apprécié durant leur séjour à Pixie Cove.

— Ainsi que des sandwichs au concombre, du poulet froid, un assortiment de fromages et… des myrtilles !

Aimait-il les myrtilles ? se demanda-t-elle, un peu affolée. Elle ne s'en souvenait plus.

Il la contemplait d'un air dubitatif tandis qu'elle dévidait la liste des mets de son prétendu pique-nique.

— Tout cela rien que pour vous ?

Un instant, elle craignit d'en avoir trop fait. N'allait-il pas deviner qu'elle lui tendait un piège ?

— J'en achète toujours trop, je le sais, mais ce sont mes mets préférés.

— Vraiment ?

Il semblait surpris, mais pas soupçonneux, Dieu merci.

— Ce sont aussi mes mets préférés, avoua-t-il.

— Non ? fit Julia en ouvrant de grands yeux. Quelle coïncidence !

C'était maintenant ou jamais, décida-t-elle.

— Aimeriez-vous vous joindre à moi ? s'enquit-elle avec insouciance, alors même qu'elle jouait son va-tout.

La proposition le prit visiblement au dépourvu. Il détourna les yeux, puis la regarda de nouveau.

— À votre pique-nique ?

— Pourquoi pas ? Vous admirerez la vue de Dovecotes, elle est unique, franchement. Passez donc vers 11 heures. Nous descendrons à pied à la plage, puis nous pourrons manger un morceau, et peut-être disputer une partie d'échecs. Allons, dites que vous viendrez. J'apporterai le phonographe et nous déjeunerons en musique. Du Mozart, précisa-t-elle. Pas du ragtime.

D'un ton aussi désinvolte qu'elle en était capable, elle ajouta :

— Et nous pourrons finir par un bain de mer. Vous serez rentré à 18 heures ; vous aurez tout le temps de vous changer pour vous rendre à je ne sais quel dîner auquel vous êtes certainement invité.

Il réfléchit. Il était tenté, c'était évident. Julia attendit en s'efforçant d'afficher une expression indifférente, comme si sa vie ne dépendait pas de sa réponse. Il lui semblait presque entendre les rouages de la roue de la Fortune pivotant sur son axe. Le rouge ou le noir ? Oui ou non ? L'espoir ou le désespoir ?

Il la regarda. Dans ses yeux, elle reconnut la lueur qui s'était allumée en ce lointain jour d'été, sur le petit pont de bois. Il la désirait. Son cœur bondit de joie, malgré une pointe d'appréhension. Comment pouvait-on éprouver un tel bonheur alors que votre destin ne tenait qu'à un fil ? se demanda-t-elle.

— Je suis fiancé, lâcha-t-il.

À ces mots, la flamme de l'espoir s'éteignit comme une bougie que l'on mouche. Julia eut l'impression de tomber dans un puits sans fond, un puits qui menait droit aux enfers. Aidan était fiancé. Avec son exaspérant sens du devoir, jamais il ne prendrait le risque de flirter avec elle. Sauf si…

Du champagne. Il lui fallait du champagne. C'était sa seule chance de mener son plan à bien. Mais d'abord, elle devait le convaincre d'accepter son invitation. Déjà, il s'apprêtait à refuser. Elle parla la première.

— Ce n'est qu'un pique-nique, Aidan, dit-elle d'une voix sensuelle. Je n'ai pas l'intention de vous séduire.

Sur ce, elle remonta dans sa voiture et lui décocha un sourire espiègle.

— À moins que vous ne le souhaitiez, conclut-elle.

Puis elle déposa un baiser au creux de sa paume et le souffla vers lui avant de desserrer le frein. Elle s'éloigna, sachant qu'il avait envie de venir, espérant qu'il le ferait, se promettant, s'il répondait à son invitation, de mettre de côté le dégoût des choses de la chair qu'elle devait à Yardley, et d'offrir à Aidan l'étreinte la plus extraordinaire de sa vie. Et la plus longue possible, afin que Yardley ait le temps d'arriver de la gare.

Pour le pardon de ses péchés, elle verrait plus tard.

16

Julia ignorait jusqu'où elle était allée. Elle avait simplement mis un pied devant l'autre, guidée par son instinct qui, pour l'heure, lui commandait de mettre le plus de distance possible entre Aidan et elle. Mais courrait-elle jusqu'au bout du monde que jamais elle n'échapperait au trouble que ce baiser avait éveillé en elle.

Comment cela avait-il pu arriver ? Pourquoi lui ? Pourquoi maintenant ? À Dovecotes, elle l'avait embrassé, elle l'avait touché, elle s'était étendue à ses côtés, nue, tandis qu'il dormait, mais pas un instant elle n'avait éprouvé cette passion qui la consumait à présent.

Si elle avait accepté son défi ce soir, c'était pour lui prouver ce qu'elle savait déjà – qu'elle était morte à ces sensations-là. Elle savait qu'il allait l'embrasser, mais elle était persuadée que le contact de ses lèvres sur les siennes la laisserait indifférente, que cela se passerait exactement comme à Dovecotes.

Elle s'était trompée et ne comprenait pas pourquoi. Qu'est-ce qui avait changé ?

Poussée par la panique et par un désespoir dont elle ignorait la cause, elle continua de courir jusqu'à ce que, les poumons en feu, le cœur lui martelant douloureusement la poitrine, elle fasse enfin halte.

Elle se laissa tomber à genoux dans l'herbe, aspira goulûment l'air frais de la nuit. Son être entier se rebellait contre ce qui venait d'arriver, son esprit refusait d'admettre la vérité.

— Non ! gémit-elle en secouant la tête avec force. Je ne veux pas de cela !

Elle n'en voulait peut-être pas, mais c'était bel et bien là, cette douceur, cette tendresse infinie que seul un amant pouvait faire naître. Elle avait beau essayer de toutes ses forces, elle ne pouvait nier cette réalité-là. Ses lèvres, sa peau, son corps entier vibraient, frémissaient, palpitaient ; elle n'était plus que sensations. Soudain, elle comprit pourquoi ce baiser avait été si différent de ceux qu'ils avaient échangés à Dovecotes.

En réalité, c'était elle qui était différente. Elle n'était plus la femme désespérée, obsédée par la nécessité de piéger un homme pour se libérer des griffes d'un autre.

Tout ce temps, toutes ces années, elle s'était crue morte en tant que femme. Alors qu'elle n'avait été qu'endormie. Et voilà qu'elle se réveillait de son long sommeil de glace. Voilà qu'elle était de nouveau entière, et vivante. Elle ressentait de nouveau du désir – un désir puissant, charnel, enivrant. Elle éprouvait de nouveau de la joie, et de la souffrance.

Et cela l'emplissait d'une terreur sans nom.

Quelque chose roula sur ses joues. Julia porta la main à son visage, et regarda, incrédule, ses doigts mouillés de larmes.

Elle ne pleurait plus.

Elle avait appris à retenir ses larmes bien des années auparavant. Les larmes trahissaient les émotions et elle ne voulait plus en ressentir. Les larmes trahissaient la vulnérabilité et elle voulait être invincible. Les larmes trahissaient la douleur et si elle pleurait, c'était parce que les sensations qu'Aidan avaient éveillées en elle étaient aussi douloureuses à leur façon. Comme peut l'être le bonheur qu'on croyait à jamais perdu, le soleil lorsqu'on le regarde en face, l'émotion qui vous étreint lorsqu'un nouveau-né pousse son premier cri. C'était la vie, la vie, la vie !

Seulement, Julia n'en voulait pas. Elle ne voulait pas être vulnérable, fragile et nue à cause d'un homme, de ses baisers, ou de quoi que ce soit.

Enfouissant le visage entre ses mains, elle sanglota comme une enfant, convaincue d'être irrémédiablement brisée, parce que seul un être brisé pouvait ressentir de la souffrance à cause de quelque chose d'aussi beau qu'un baiser.

Durant les jours qui suivirent, Julia ne ménagea pas ses efforts pour éviter Aidan. Le matin, elle prenait son thé dans sa chambre. L'après-midi, elle partait en voiture pour de lointaines escapades ou emmenait Spike pour de longues promenades. Comme elle avait toujours été aussi indépendante qu'imprévisible, personne ne s'étonna de ses absences. Et le soir, elle ne quittait pas Eileen afin de tenir Aidan à distance.

Au demeurant, cela n'était peut-être pas utile car, à son grand soulagement, ce dernier ne semblait pas plus pressé qu'elle d'avoir une discussion au sujet de ce baiser ou de le renouveler.

Cela ne dura pas. Au matin du troisième jour, Julia assista à une scène si révoltante, si insupportable que sa résolution de fuir Aidan fondit comme neige au soleil.

Elle avait fini de s'habiller et une bonne venait de lui apporter le plateau du petit déjeuner. Sa tasse de thé à la main, elle s'approcha de la fenêtre. Il avait plu la veille, et si la pluie menaçait de nouveau, les routes seraient trop embourbées pour une promenade en voiture.

Elle nota, soulagée, que la journée s'annonçait ensoleillée, mais son soulagement fut de courte durée. Balayant du regard la pelouse qui s'étendait sous sa fenêtre, elle aperçut l'homme qu'elle s'efforçait si consciencieusement d'éviter. À ses côtés, se trouvait son cher Spike.

Aidan lança une balle, et le chien s'élança pour aller la chercher. Incrédule, Julia battit des paupières. Rêvait-elle ? Si Spike était un excellent garde du corps, c'était aussi le chien le plus paresseux de toute l'Angleterre. Et pourtant, il semblait positivement ravi de courir après cette balle pour la rapporter à Aidan ! Plus surprenant encore, il ne paraissait pas le moins du monde contrarié d'être en compagnie d'un être humain appartenant au genre masculin. C'était même le contraire, nota Julia, de plus en plus furieuse, tandis que son chien déposait le jouet aux pieds de Trathen, puis s'asseyait sur son arrière-train en remuant la queue d'un air extatique, comme s'il attendait un compliment.

En voyant Aidan lui tapoter affectueusement la tête, Julia n'y tint plus. Déposant bruyamment la tasse sur sa soucoupe, elle ouvrit la fenêtre et hurla :

— Que faites-vous avec mon chien ?

Aidan, qui s'apprêtait à lancer de nouveau la balle, s'immobilisa.

— Bonjour, dit-il, ignorant sa question.

Puis, lançant la balle, il ordonna :

— Rapporte !

Le pauvre Spike fonça à travers la pelouse.

— J'entraîne cet animal, répondit-il enfin. Dieu sait qu'il en a besoin.

— Certainement pas ! Et je ne vous ai jamais autorisé à...

Elle s'interrompit, s'étranglant de rage au spectacle de Spike qui trottait servilement vers Aidan et déposait la balle à ses pieds.

— Je vous interdis de bouger, tous les deux. J'arrive !

Elle referma brusquement la fenêtre, ulcérée. De quel droit Trathen s'occupait-il de Spike ? Elle dévala l'escalier et les rejoignit sur la pelouse.

— Laissez mon chien tranquille, ordonna-t-elle. Il vous déteste.

Comme pour la faire mentir, l'animal vint déposer la balle devant Aidan.

— Pas du tout, riposta celui-ci. Nous sommes même les meilleurs amis du monde.

Ouvrant la main, il révéla une pleine poignée de friandises.

— C'est incroyable tout ce que l'on peut accomplir avec quelques morceaux de sucre, observa-t-il en en donnant un à Spike.

— Vous *dressez* mon chien ? s'indigna-t-elle.

Aidan éclata de rire.

— À vous entendre, on dirait que je le torture.

— Vous n'avez pas le droit !

— Il faut bien que quelqu'un le fasse, répliqua-t-il en lançant de nouveau la balle. Spike ne serait pas une menace pour les hommes si vous ne l'y autorisiez pas.

— Cela ne vous donne pas le droit de vous mêler de ce qui ne vous regarde pas. N'êtes-vous pas un *gentleman* ?

Il haussa les épaules avec insouciance.

— Je suis las de l'entendre gronder. Je règle ce problème.

Julia ne voulait pas qu'il règle le problème. Spike était son chien de garde.

— Vous êtes en train de tout gâcher, bon sang ! s'écria-t-elle, exaspérée, tandis que Spike déposait la balle et quémandait une sucrerie. C'est précisément parce qu'il déteste les hommes que je l'ai acheté !

— Il me semble qu'il ne les déteste plus autant, fit remarquer Aidan en flattant la tête du chien.

— Mais vous n'avez pas le droit de faire cela ! Spike me protège !

Aidan la dévisagea, soudain pensif.

— Contre qui ? Yardley ?

Julia détourna les yeux, mais elle sentait son regard peser sur elle.

— Yardley haïssait Spike, admit-elle après quelques instants. Spike le lui rendait bien. Et cela me... convenait fort bien.

— Je me rends bien compte que vous avez acheté ce chien pour tenir votre mari à distance, Julia, et je suppose que vous étiez malheureuse. Sinon, vous n'auriez pas déployé autant d'efforts pour rompre ce mariage.

« Vous ne savez pas la moitié de la vérité », songea-t-elle, amère.

— Julia, reprit-il avec douceur, je ne voudrais pas être indiscret, mais Yardley n'est plus là. En quoi est-ce important, maintenant, que Spike déteste ou non les hommes ? De quoi avez-vous peur ?

Peur ? Le mot était faible ! Julia soutint le regard d'Aidan, incapable de lui avouer la vérité.

— Je n'ai pas peur, rétorqua-t-elle.

Aidan baissa les yeux vers Spike, qui attendait à ses pieds.

— Assis, ordonna-t-il d'une voix ferme.

L'animal obtempéra. Aidan sourit et se tourna de nouveau vers Julia.

— Vous voulez connaître le fond de ma pensée ?

Sans attendre sa réponse, il poursuivit :

— Si Spike et moi devenons amis, c'est une barrière qui s'effondre, n'est-ce pas ? Spike est un moyen de protection. Comme le serait un trait d'humour, un mensonge... ou le fait de s'enfuir. J'aimerais juste savoir d'où vous vient ce besoin de vous protéger. Est-ce pour cacher aux autres ce que vous ressentez ?

Son regard était si tendre, si chaleureux, que c'en était insoutenable.

— Et que croyez-vous que je ressens pour vous ? demanda-t-elle, les dents serrées.

— Après ce qui s'est passé l'autre soir, Julia, il me semble que nous avons l'un comme l'autre la réponse à cette question.

À ce souvenir, une chaleur traîtresse monta en elle. Elle chercha une réplique, en vain. Alors elle se contenta de baisser les yeux.

Aidan s'approcha d'elle.

— Ce qui m'intrigue, reprit-il, c'est que vous refusiez de l'admettre. Vous voulez que je me déclare le premier ? Très bien.

Il se pencha vers elle, lui souleva le menton pour l'obliger à le regarder.

— Je vous désire. Je vous ai toujours désirée. À un point tel que je suis incapable de penser à qui ou quoi que ce soit d'autre.

Il lui sourit avec une simplicité si désarmante que les défenses de Julia commencèrent à fondre.

— À votre tour, dit-il en la lâchant.

— Je ne vous désire pas, déclara Julia, d'un ton si peu convaincu qu'elle en tressaillit.

Comment paraître glaciale et distante lorsque l'on sentait la vie bouillonner de nouveau en soi ? Elle eut toutes les peines du monde à trouver une réplique qui refroidirait les ardeurs d'Aidan.

— J'ai eu assez de vous l'été dernier, ajouta-t-elle.

Le sourire d'Aidan s'élargit.

— Vous mentez.

« Je vous interdis de lire aussi aisément en moi ! » eut-elle envie de hurler.

Elle se composa une expression méprisante.

— C'est ce que croient tous les hommes quand ils se font éconduire par une femme.

— Éconduire ? répéta Aidan, qui semblait s'amuser comme un fou. Voilà donc pourquoi vous avez noué les bras autour de mon cou pour m'embrasser à pleine bouche ! Vous m'*éconduisiez*. Suis-je distrait, je ne m'en étais pas rendu compte.

Julia rougit, embarrassée. Avait-elle fait cela ?

— Votre imagination vous joue des tours, marmonna-t-elle.

— Oh, que non ! Et ensuite, vous avez passé la main dans mes cheveux et glissé la langue dans ma bouche. Pardonnez-moi de ne pas avoir interprété cela comme une tentative pour m'éconduire.

Julia le fixa, interdite. S'était-elle comportée de façon aussi indécente ? Elle avait fait cela à Dovecotes, bien sûr, mais c'était calculé, délibéré. En revanche, l'idée qu'elle ait pu recommencer sans même s'en rendre compte lui était insupportable.

Le goût des lèvres d'Aiddan lui revint brutalement en mémoire, et une douce chaleur se déploya en elle…

« Tu ne ressens rien, se dit-elle. Tu ne ressens rien du tout. »

Mensonge. Jamais elle n'avait été aussi vivante !

— Je ne vous désire pas, répéta-t-elle, butée.

Il continua de la regarder d'un air amusé, comme s'il savait mieux qu'elle ce qu'elle éprouvait.

— D'accord ! grommela-t-elle, furieuse contre elle-même. Je ne veux pas vous désirer. Là, vous êtes satisfait ?

— C'est mieux, admit Aidan. Au moins, vous êtes honnête. Pourriez-vous le rester encore un peu ?

— Que voulez-vous dire ?

— J'ai oublié un certain nombre de détails au sujet de cette après-midi à votre cottage. J'aimerais que vous me disiez ce qui s'est passé.

Julia se passa la langue sur les lèvres.

— Vous savez très bien ce qui s'est passé.

— Je ne me souviens pas de tout. Racontez-moi.

Julia s'obligea à rire.

— Il n'y a rien à raconter ! Nous avons trop bu et pris un peu de bon temps. Cela n'a rien d'extraordinaire. Les gens font ce genre de chose tout le temps !

— Ne jouez pas à ce jeu-là avec moi, Julia, murmura-t-il en lui prenant de nouveau le menton. Ne vous dérobez pas. Ne vous retranchez pas derrière un sourire ou une remarque pleine d'esprit. Je veux juste savoir certaines choses que vous êtes la seule à pouvoir m'apprendre.

— Il n'y a rien à dire ! s'écria-t-elle en repoussant sa main.

Se maudissant d'être venue, elle se pencha pour ramasser la laisse de Spike. Il était temps d'opérer une retraite stratégique.

— Et à partir de maintenant, ajouta-t-elle d'un ton sans réplique, laissez mon chien tranquille.

Puis elle s'éloigna d'un pas rageur.

Avant de s'arrêter net, retenue par la laisse.

Se retournant, elle constata que Spike était toujours assis aux pieds d'Aidan, immobile, comme taillé dans le marbre.

— Allons, Spike, viens ! s'impatienta-t-elle en se tapotant la hanche.

Ce dernier ne bougea pas d'un pouce.

— Je lui ai ordonné de rester assis, lui rappela Aidan.

Julia s'en moquait éperdument.

— Spike, dépêche-toi ! insista-t-elle, agacée.

Le bouledogue leva les yeux vers Aidan en poussant un gémissement plaintif, l'air d'attendre de nouvelles instructions. Comme Aidan gardait le silence, le chien tourna de nouveau le regard vers Julia, comme s'il était désolé de ne pouvoir lui obéir. Ce fut la goutte d'eau qui fit déborder le vase.

— Traître ! explosa-t-elle.

Et à sa grande honte, les larmes lui montèrent aux yeux – des larmes de rage et de frustration que la simple désobéissance d'un chien ne justifiait absolument pas. Elle se sentait soudain fragile et vulnérable, et savait qu'elle devait partir avant qu'Aidan s'en aperçoive.

— Allez au diable, tous les deux ! marmonna-t-elle.

Puis elle pivota sur ses talons et s'éloigna au pas de charge, abandonnant l'animal infidèle aux mains de l'homme responsable de ses souffrances.

17

Cette fois, Aidan la suivit. Alarmée, Julia hâta le pas. Elle s'était élancée à travers la pelouse, mais elle avait pris la mauvaise direction puisque le manoir était dans son dos.

Elle repéra au loin le séchoir, une cabane qui jouxtait le jardin d'herbes aromatiques. Estimant que c'était l'option la plus sûre, elle s'y dirigea. Lorsqu'elle l'eut atteinte, elle ouvrit la porte à la volée, se rua à l'intérieur... et se souvint qu'il n'y avait pas de verrou. Impossible d'empêcher d'entrer l'homme qui la talonnait de près, l'air déterminé.

— Je veux être seule, cria-t-elle, espérant que sa galanterie naturelle l'empêcherait d'insister. Allez-vous-en.

Apparemment, c'était trop demander. Lorsque Julia tenta de rabattre la porte, il la bloqua du plat de la main.

— Pas tant que vous ne m'aurez pas dit ce qui s'est passé à Dovecotes, répliqua-t-il d'un ton ferme.

— Vous le savez déjà.

— Dans les grandes lignes seulement.

Sur ce, il poussa sur la porte et entra, obligeant Julia à reculer dans les profondeurs de la cabane. Il rabattit le panneau de bois et s'y adossa.

— Mais cela ne me suffit pas, ajouta-t-il.

La bouche soudain sèche, Julia jeta un coup d'œil autour d'elle. Hélas, le cabanon n'avait que de toutes petites fenêtres et aucune autre issue ! Elle redressa bravement le menton.

— Je ne vous dois aucune explication.

— Oh que si ! J'ai le droit de savoir. Vous aviez raison, j'ai accepté votre invitation parce que j'en avais envie, et même si je ne me souviens pas de ce qui s'est passé, je crois en avoir une assez bonne idée.

Julia s'interdit de sourire en le voyant si sûr de lui. S'il savait !

— Et Dieu sait, poursuivit-il, que si cela ressemblait, même de loin, à notre baiser de l'autre soir, j'ai des circonstances atténuantes pour avoir perdu la tête et fait l'amour à une femme mariée.

Julia détourna les yeux.

— Pour tout vous dire, j'avais compris dès le début que vous tentiez de me séduire, et j'en ai été flatté. Ce que je n'ai pas vu tout de suite, en revanche, c'est que vous me manipuliez.

Il marqua une pause.

— À ce propos, enchaîna-t-il d'une voix crispée, vous aviez parfaitement calculé votre coup. Yardley est arrivé au moment idéal.

Julia s'obligea à le regarder, et lui adressa un sourire si forcé qu'elle en eut mal aux mâchoires.

— Eh bien, il me semble que vous savez déjà tout, lança-t-elle d'un ton léger. Je ne vois pas ce que je pourrais vous dire de plus.

— Ce que vous avez ressenti, par exemple ?

Le sourire de Julia s'évanouit et elle le regarda, désarçonnée.

— Pardon ? murmura-t-elle d'une voix sans timbre.

— Je veux savoir ce que vous avez ressenti.

— Ce que j'ai… Ah, je comprends ! Vous espérez des louanges sur vos prouesses au lit, c'est cela ? Eh bien, vous avez été formidable. Exceptionnel. Et vu le nombre d'amants que j'ai eus, croyez-moi, ce n'est pas peu dire. Là, vous êtes content ?

Si elle se fiait à sa mine, il ne l'était pas. Il semblait même en colère, comme en témoignaient ses lèvres pincées et le muscle qui tressautait sur sa joue. Comment le lui reprocher ? Elle était odieuse avec lui et elle le savait très bien, mais pour rien au monde elle ne lui permettait de découvrir ce qui s'était réellement passé ce jour-là.

Il fit un pas dans sa direction. Elle recula, jusqu'à ce qu'elle heurte le mur.

— En d'autres circonstances, j'aurais été curieux de savoir ce que valent mes... prestations comparées à celles de – si j'en crois les pages mondaines des journaux – vos innombrables amants, admit-il. Mais, en l'occurrence, ce qui m'importe, c'est de savoir ce que vous avez ressenti. Et pourquoi vous m'avez choisi.

Il franchit la distance qui les séparait et encadra son visage de ses mains.

— Aviez-vous seulement envie de moi ? murmura-t-il. Ou est-ce l'occasion qui a fait le larron ? Vous saviez que Yardley arriverait par le train de 17 heures. Il est impossible que vous l'ayez ignoré. Pourquoi moi ?

Lui avouer qu'il était le seul homme qu'elle ait jamais pu envisager comme amant était impossible. Elle ne pouvait se montrer aussi vulnérable. Et cependant, elle avait beau essayer, elle ne parvenait pas à ériger ses défenses habituelles. Aidan se révélait un adversaire redoutable.

— Donc, vous refusez de répondre à ma question. Et si je vous racontais ce dont je me souviens ? proposa-t-il en se rapprochant d'elle. Vous sentiez le lilas. Je me souviens que vous m'avez souri en me tendant une coupe de champagne. Je me souviens de m'être dit que je devrais la refuser. Je me souviens de m'être reproché d'avoir accepté votre invitation. Naïf que j'étais ! Mon seul but était de me prouver que je serais capable de résister à vos avances...

Il rit doucement avant de déposer un baiser sur ses lèvres, sa joue, son front. Julia se mit à trembler. Bientôt, elle allait de nouveau être la proie de sensations incontrôlables.

— Comment ai-je pu être assez stupide pour croire que j'en aurais la force ? reprit-il en plongeant son regard dans le sien. J'ai bu cette coupe de champagne, ainsi que les suivantes, pendant que vous me disiez ce que j'avais envie d'entendre. Qu'un peu d'alcool ne me ferait pas de mal... Que j'avais bien le droit de profiter de la vie avant de prononcer mes vœux de fidélité... Vous saviez ce que vous faisiez, n'est-ce pas ?

Julia hocha la tête, mal à l'aise.

— Je me souviens de cette robe blanche que vous portiez. Vous l'avez remontée au-dessus de vos genoux. Je vous ai regardée entrer dans l'eau, fasciné. C'était exactement ce que vous vouliez, j'imagine ?

Envahie par la culpabilité, Julia acquiesça de nouveau.

Il ferma les yeux et continua :

— Vous avez plongé. Puis vous êtes sortie de l'eau et vous avez marché dans ma direction, votre robe plaquée sur le corps. Elle était si transparente, dit-il d'une voix rauque, que je voyais votre peau à travers l'étoffe. C'est pour cette raison que vous l'aviez choisie, je n'en doute pas.

Il rouvrit les yeux, et Julia sentit son cœur se serrer de chagrin.

— Ensuite, vous vous êtes laissée tomber sur le sable devant moi en faisant courir votre main sur votre gorge. Vous avez renversé la tête en arrière et vous avez murmuré : « Allez-y. Vous savez que vous en avez envie. » Oui, Dieu sait que je vous désirais ! Si j'avais pu, je vous aurais prise là, sur cette plage.

Julia ne dit pas un mot. Elle détestait s'entendre rappeler combien elle s'était jouée de lui. Et cependant, son récit faisait naître en elle une excitation qu'elle n'avait pas ressentie un seul instant ce jour-là. Qu'elle ne voulait pas, qu'elle ne voulait plus jamais ressentir.

— Je me souviens que vos lèvres étaient si douces, si pleines, quand je les ai touchées...

Du pouce, il lui effleura la bouche. Julia eut beau faire, elle ne put s'empêcher de frémir.

— Je me souviens que j'ai fait courir mes lèvres sur votre gorge...

Inclinant la tête, il déposa un baiser dans son cou.

— Votre peau était aussi douce que du satin. Puis je vous ai embrassée...

Il effleura ses lèvres des siennes.

— C'est là que j'ai compris qu'il était trop tard. J'avais l'impression que j'aurais pu vous embrasser pendant des heures.

À l'entendre, tout avait été si tendre, si intime. En vérité, pendant tout ce temps, elle avait déployé des efforts surhumains pour donner tous les signes de la passion sans rien en ressentir, afin de ne jamais perdre le contrôle de la situation...

— Aidan, je...

— Je n'ai pas pu résister à ce que vous m'offriez.

Il éclata d'un rire amer.

— Si vous m'aviez dit non à ce moment-là, je crois bien que je vous aurais suppliée.

— Arrêtez ! l'implora-t-elle.

Elle ne voulait pas savoir ce qu'il avait pensé, ce qu'il avait ressenti, et combien elle lui avait fait mal. C'était insupportable.

— Pourquoi m'imposez-vous cela ? s'écria-t-elle, désespérée.

Elle tenta de le contourner mais, plus rapide qu'elle, il la prit par la taille et la plaqua contre lui.

— Après, reprit-il d'une voix dure qu'elle ne lui connaissait pas, mes souvenirs sont flous. Je me vois avec vous dans la cuisine. Vous avez déboutonné mon pantalon. Je vous ai enlevé votre robe. Et ensuite, plus rien. Dites-moi ce qui s'est passé. Avons-nous fait l'amour là, dans la cuisine, avant de monter dans votre chambre ? Ou m'avez-vous emmené à l'étage d'abord ? Et comment l'avons-nous fait ? Vous dessus ou moi ?

Julia tenta de se libérer, mais il ne desserra pas son étreinte.

— Rendez-moi mes souvenirs, Julia. Ces questions me tourmentent depuis l'été dernier, il me faut des réponses ! Aviez-vous envie de moi ? Vous ai-je donné du plaisir ? Ou bien avez-vous regardé le plafond en priant pour que Yardley n'ait pas raté son train ?

Elle ne put en supporter davantage.

— Taisez-vous ! hurla-t-elle en lui martelant la poitrine de ses poings. Je ne peux pas vous dire ce qui s'est passé. Je ne le peux pas !

— Vous ne le *voulez* pas, rectifia-t-il.

— Non, je ne le peux pas ! cria-t-elle, à bout de nerfs. Pour la bonne raison qu'il ne s'est rien passé !

À peine eut-elle laissé échapper cet aveu qu'elle le regretta, mais il était trop tard.

Aidan la lâcha pour la prendre par les bras.

— Que voulez-vous dire ? fit-il d'une voix tendue. Comment cela, il ne s'est rien passé ? Bien sûr qu'il s'est passé quelque chose ! Je me vois encore vous enlever votre robe. Vous m'avez caressé et... et...

Il se tut, cherchant à rassembler ses souvenirs. En vain.

— Et c'est tout, dit-elle. Nous en sommes restés là.

Julia laissa échapper un rire sans joie, en proie à la même incrédulité que ce jour-là.

— Vous avez dit que c'était mal, que j'étais mariée, que vous étiez fiancé et que nous devions arrêter immédiatement.

— J'ai fait cela ? articula-t-il. J'étais en train de vous embrasser et de caresser vos seins, vous aviez enroulé les doigts autour de mon...

Il secoua la tête.

— Impossible. Aucun homme ne serait capable de s'arrêter à ce stade.

— Vous l'avez été, répliqua-t-elle d'un ton acerbe. Vous avez dit que vous ne pouviez pas infliger cela à Rosalind, que vous ne pouviez pas faire cocu un autre homme et que vous ne pouviez pas me manquer de respect. Même ivre, même excité comme un étalon, il a fallu que vous vous accrochiez à vos fichus principes ! Je n'en revenais pas. Nous étions là, haletants, presque nus, et vous avez tout arrêté.

— *Presque nus ?* s'étrangla Aidan. Complètement, Julia ! Je me suis réveillé dans votre lit, nu comme un ver, votre mari sur le seuil de la chambre ! Sur ce point, je n'ai pas besoin que vous me rafraîchissiez la mémoire. Et vous aussi, vous étiez nue. Cela, je ne l'ai pas rêvé.

Julia se voûta, elle n'avait plus envie de lutter.

— Vous avez insisté pour rentrer chez vous, avoua-t-elle. J'ai argumenté en disant que vous étiez trop ivre pour monter sur votre cheval et que vous aviez besoin de retrouver d'abord vos esprits. Je vous ai préparé du café. Et j'ai versé quelques gouttes de laudanum dans votre tasse.

— Vous m'avez drogué ? rugit-il.

— Je n'avais pas le choix. Yardley n'allait pas tarder à arriver. Il ne fallait pas que vous partiez. Vous avez perdu conscience à cause du laudanum. J'ai appelé ma camériste et son mari ; nous vous avons porté à l'étage et étendu sur mon lit. Une fois seule, j'ai achevé de vous dévêtir, je me suis déshabillée à mon tour, et j'ai attendu Yardley. Quand il est enfin arrivé, vous veniez de vous réveiller. Vous vous êtes redressé, vous m'avez regardée et vous vous êtes écrié : « Bonté divine ! J'ai couché avec la femme d'un autre ! » Comme c'était exactement ce que je voulais que vous pensiez, je ne vous ai pas détrompé. Malgré votre refus de dernière minute, mon plan a fonctionné et tout s'est bien terminé.

— Tout s'est bien terminé ? répéta Aidan d'une voix sourde.

Il la lâcha et se frotta le visage, marmonnant un juron.

— Vous m'avez drogué ? J'ai juré sur l'honneur que j'avais eu des rapports intimes avec vous. J'ai menti devant une cour de justice... Et il ne vous est jamais venu à l'idée de me dire la vérité ?

— Je ne pouvais pas prendre ce risque avant que le divorce soit définitivement prononcé. Avec votre manie de vous montrer noble et chevaleresque, vous auriez été capable d'aller trouver Yardley pour tout lui révéler. Et si je vous avais mis dans la confidence avant, jamais vous n'auriez accepté. Vous êtes bien trop vieux jeu.

La mâchoire serrée, il détourna les yeux.

— J'aime à croire que j'aurais pu trouver un moyen honorable de vous venir en aide.

— Il n'y avait pas de moyen honorable, Aidan. Auriez-vous accepté de feindre d'être l'amant d'une femme que vous connaissiez à peine et que vous détestiez ? Auriez-vous pu mentir devant un tribunal ?

— J'ai bel et bien menti devant un tribunal !

— Vous ne saviez pas que vous mentiez.

— Et vous pensez que cela justifie votre mise en scène ?

— Je me moque de justifier quoi que ce soit ! s'emporta Julia. Que ce soit devant vous, devant un juge ou devant Dieu !

À présent, c'était elle qui était en colère.

— Yardley était sur le point de me ramener de force sous le toit conjugal. Si j'ai agi comme je l'ai fait, c'est parce que je n'avais pas le choix !

— C'était votre mari. L'homme à qui vous aviez juré honneur et fidélité, dont vous étiez supposée porter les héritiers.

— Plutôt porter les enfants du diable ! siffla Julia. J'aurais fait n'importe quoi pour ne pas retourner avec lui. N'importe quoi ! Je lui aurais tiré une balle dans la tête, je me serais jetée d'une falaise, j'aurais… j'aurais couché avec l'archevêque de Canterbury s'il l'avait fallu !

Aidan la fixait, sidéré.

— Pourquoi ? demanda-t-il après un long silence. Que vous a-t-il fait pour que vous le haïssiez à ce point ?

À ces mots, la colère de Julia se transforma en peur. Sa gorge était si serrée soudain qu'elle était incapable de parler. Elle ne put que le regarder, impuissante, en proie à une détresse sans nom.

Aidan dut entrevoir la vérité, car son expression changea du tout au tout. D'abord, il parut choqué. Puis une lueur de compréhension passa dans ses yeux.

— Bon sang, murmura-t-il, comment ai-je pu être aussi aveugle ? Je croyais que si votre mariage était malheureux, c'était parce que vous étiez une femme volage. Ce n'était pas cela du tout, n'est-ce pas ?

Julia redressa le menton, mais détourna les yeux, incapable de supporter la compassion qu'elle lisait dans son regard.

— Non, dit-elle simplement.

— Julia…

Il prit son visage entre ses mains pour l'obliger à le regarder.

— Julia, que vous a-t-il fait ?

Comment aurait-elle pu le lui dire ? Elle n'avait même pas été capable d'en parler à sa propre famille.

— Qu'est-ce que cela change ? souffla-t-elle. Et pourquoi cela vous importerait-il ?

— Parce que c'est ainsi, répondit-il en lui caressant la joue de ses pouces. Je me soucie de vous.

Elle lui avait fait mal. Jusqu'à cet instant, elle n'en avait pas eu conscience. Elle se figea, déconcertée. La plupart des hommes auraient été blessés. Ils auraient été furieux, ils se seraient sentis humiliés. En revanche, aucun n'aurait eu de la peine. Pas un instant elle n'avait imaginé qu'elle possédait le pouvoir de le faire souffrir.

Et malgré tout il la couvait d'un regard si tendre que c'en était insupportable.

— Arrêtez ! s'écria-t-elle en repoussant ses mains d'un geste brusque. Je ne veux pas que vous me touchiez. Je ne veux pas que vous vous souciiez de moi. Je ne veux pas que vous me désiriez. Laissez-moi tranquille, Aidan. Pour l'amour de Dieu, laissez-moi tranquille !

Elle le contourna et courut jusqu'à la porte.

— C'est difficile, Julia. Vous travaillez pour moi.

Elle s'immobilisa, interdite. Pensait-il vraiment qu'elle pouvait continuer à travailler pour lui ? À tenir son agenda et à lui chercher l'épouse idéale ?

S'apercevant que ses mains tremblaient, elle serra les poings et prit une profonde inspiration.

— Étant donné ce qui s'est passé l'autre soir, je crains de ne plus pouvoir assumer ma tâche. Considérez ceci comme la démission de Mme Boodle.

Sur ces mots, elle ouvrit la porte et sortit. Cette fois, il ne tenta pas de la suivre. Elle s'éloigna en courant, laissant derrière elle les cauchemars du passé, Aidan Carr, et surtout l'incompréhensible tendresse qu'elle lisait dans son regard chaque fois qu'il posait les yeux sur elle.

Après tout, fuir, c'était ce qu'elle savait faire de mieux.

18

Aidan regardait la porte à la peinture écaillée que Julia venait de claquer derrière elle, mais c'était le visage de la jeune femme qu'il voyait. Un visage sur lequel il avait vu quantité d'expressions – l'espièglerie, la réticence, le dédain, l'ironie, le désir, pour n'en nommer que quelques-unes, mais jamais la peur.

Elle avait tenté de la lui cacher en s'enfuyant, mais il était trop tard. Julia Yardley n'avait pas seulement haï son mari, elle avait eu peur de lui. Et tandis qu'il imaginait les raisons d'une telle terreur, Aidan sentit la rage le saisir. Il avait envie d'étrangler Yardley !

Que lui avait-il fait ? L'avait-il battue ? Ç'aurait été un motif de divorce, mais il était souvent difficile de le prouver devant un tribunal. En outre, Aidan avait le désagréable pressentiment qu'il y avait autre chose. Quelque chose d'encore plus sordide.

Et que lui-même ait pu être à ce point aveugle le rendait malade. Quoi que son mari lui ait fait, sa vie avait dû être un enfer pour qu'elle en vienne à prendre des mesures aussi désespérées. Il aurait dû comprendre depuis longtemps, mais il avait fermé volontairement les yeux. Il l'avait accusée de l'échec de son mariage, avait vu en elle une séductrice, une menteuse, une femme adultère. De la sorte, le désir qu'il éprouvait pour une femme mariée et la faiblesse qui s'était ensuivie lui étaient apparus excusables à ses propres yeux. Et supportables pour sa conscience.

Aidan n'était pas fier de lui, mais il était content d'avoir enfin compris la vérité. Oui, il en était content.

Il songea aux autres révélations qu'elle venait de lui faire. Elle l'avait drogué. Curieusement, il s'en moquait. Elle lui avait menti, ainsi qu'à tout le monde, et de cela aussi il se moquait. Elle n'avait agi ainsi que pour sauver sa peau. Il ignorait ce qu'elle avait fui, et n'avait pas besoin de le savoir. La peur qu'il avait lue sur son visage l'avait convaincu qu'elle avait eu de bonnes raisons. Peut-être était-il ridiculement amoureux, mais il avait été sincère, tout à l'heure : il se souciait d'elle.

Il voulait l'aider à surmonter cette épreuve. Il voulait l'aider à guérir.

Un vrai chevalier servant, songea-t-il avec une ironie teintée d'amertume. Julia louait régulièrement son côté chevaleresque, ce qui n'était pas sans le flatter. À présent, il comprenait que ses motifs, du moins en ce qui la concernait, n'étaient pas – n'avaient *jamais* été aussi généreux qu'il feignait de le croire. S'il l'aidait, c'était dans l'espoir secret de se rapprocher d'elle. C'était aussi simple que cela.

Non, fut-il forcé d'admettre, il n'y avait strictement rien de chevaleresque dans son attitude envers Julia.

Ce soir-là, Julia ne parut pas au dîner. Aidan n'en fut pas mécontent, car il n'aurait sans doute pas supporté de la voir arborer ce masque à la fois désinvolte et distant qu'elle semblait capable de revêtir à volonté.

Après le repas, tout le monde se rassembla dans le salon, comme d'habitude. Son verre de porto à la main, Aidan s'approcha de Paul.

— Une partie d'échecs ? lui proposa-t-il.

Paul posa le livre qu'il venait d'ouvrir, et les deux hommes gagnèrent son bureau, où son échiquier était toujours prêt.

— Êtes-vous bien certain de vouloir jouer ? s'enquit Paul lorsqu'ils furent assis devant le plateau. Je me suis entraîné tout l'hiver avec le colonel Westholm, car, à ma connaissance, il est l'un des seuls à pouvoir vous battre.

Aidan esquissa un haussement d'épaules.

— Ma foi, nous verrons bien, répondit-il.

Deux heures plus tard, le rythme de leurs échanges commença à ralentir. Paul était un très bon joueur, mais pas suffisamment pour qu'Aidan en oublie la femme qui occupait toutes ses pensées. Il observa son ami en cherchant la façon la plus diplomatique d'aborder la question qui le tracassait. Puis comprit qu'il n'y en avait pas.

— Paul ? dit-il.

— Hum ? marmonna ce dernier tout en avançant sa tour.

— Qu'est-il arrivé à Julia ?

— Que voulez-vous dire ? demanda Paul d'un air réticent.

— La discrétion n'est pas de mise. Si vous savez quoi que ce soit…

— Je ne sais rien. Julia a des raisons que la raison ignore. Elle ne dit que ce qu'elle veut bien dire.

« Pas toujours ! » songea Aidan en pensant à ses aveux du matin. Il la soupçonnait de n'avoir jamais eu l'intention de lui révéler la vérité, mais bien plutôt d'emporter son secret dans sa tombe, en même temps que celui concernant son mari.

— À vous de jouer, lui rappela Paul.

Aidan examina l'échiquier, puis déplaça son cavalier d'un geste indifférent.

— Yardley la battait-il ? demanda-t-il. La…

Aidan s'interrompit, prit une profonde inspiration pour juguler la colère qui montait en lui.

— La violait-il ?

L'expression de Paul demeura indéchiffrable.

— Un homme ne peut pas violer sa femme, répondit-il froidement. Vous ne connaissez pas la loi ?

— Alors c'était cela, murmura Aidan, frémissant de rage contenue. L'ordure !

Paul déplaça son fou, puis s'adossa à son siège et étudia Aidan, les sourcils froncés.

— Pourquoi toutes ces questions, Trathen ? En quoi cela vous importe-t-il ?

Aidan soutint son regard.

— Cela m'importe.

Paul le scruta, puis :

— Alors c'en est là ?

— Oui, répondit Aidan. C'en est là.

— Je me suis posé la question après... ce qui s'est passé l'été dernier, avoua Paul. Son divorce est prononcé, désormais.

— Je sais. Ce que j'essaie de comprendre, c'est pourquoi elle en est arrivée là.

Paul se frotta le front d'un geste las.

— J'ignore ce qui s'est passé, Aidan. Je sais que Yardley est un sale type. Je sais que Julia le haïssait. Je sais qu'elle a vécu un enfer, et, bien entendu, j'ai certains soupçons. Mais je n'ai pas l'intention de les partager avec vous ou avec qui que ce soit d'autre. Si vous voulez des réponses à vos questions, c'est à elle qu'il faut les poser.

— Je l'ai fait. Elle refuse de parler.

Paul hocha la tête. Il ne semblait guère surpris.

— À nous non plus, elle n'a jamais rien révélé concernant Yardley, si cela peut vous rassurer. Tout ce que nous savions, c'est que c'était une brute. Le reste, nous ne pouvons que l'imaginer.

— Vous n'auriez pas pu l'aider ? demanda Aidan.

À peine avait-il posé cette question qu'il la regretta. Qu'aurait pu faire Paul ?

— J'ai bien essayé, répondit ce dernier, mais…

Dans un soupir, il détourna le regard.

— Il n'y a pas mille façons de rompre un mariage malheureux.

— Non, murmura Aidan. Je suppose que non.

Il n'insista pas. À quoi bon ? L'important n'était pas de connaître les détails sordides de son mariage. Ce qu'il voulait, c'était qu'elle lui fasse suffisamment confiance pour lui ouvrir son cœur.

Certes, il la désirait toujours autant. Et elle aussi le désirait, il le savait. Mais il voulait davantage. Il voulait qu'elle accueille avec joie la passion qui les poussait l'un vers l'autre, que celle-ci la rende heureuse. Hélas ! Pour l'instant, c'était trop demander. Par conséquent, il devait se plier à sa demande et s'en aller. S'il restait, il ne pourrait résister à la tentation de rechercher sa présence, avec pour seul résultat de la faire fuir.

— Échec et mat, annonça-t-il en déplaçant son fou.

— Bon sang ! maugréa Paul. Je n'ai pas vu venir ce coup-là.

— Vous ne voyez jamais venir ce coup-là, railla Aidan.

Il se leva, et ajouta :

— Je pars demain matin, Paul. Si jamais elle souhaite me voir, je serai à Trathen Leagh.

— Si vous voulez d'elle et qu'elle veut de vous, c'est parfait. Dieu sait qu'elle mérite d'être enfin heureuse, et vous aussi. Seulement, faites attention, Aidan. Elle est fragile, même si elle ne s'en rend pas compte. Si vous la faites souffrir, elle pourrait ne jamais s'en remettre.

— La faire souffrir ? C'est bien la dernière chose au monde que je voudrais, assura Aidan.

Sur ces mots, il salua Paul et quitta son bureau.

Il se rendit dans la bibliothèque pour consulter le Bradshaw afin de connaître les horaires des trains pour Saint-Ives, puis regagna sa chambre, pour ordonner à Dawes de préparer ses bagages.

Julia lui avait demandé de la laisser tranquille, et il allait obtempérer. Provisoirement. Sous aucun prétexte il ne renoncerait à elle mais parfois, il fallait savoir opérer une retraite stratégique.

Julia dormit fort mal cette nuit-là. Chaque fois qu'elle fermait les paupières, elle voyait le visage d'Aidan dans la cabane aux herbes, son regard brillant de désir, de tendresse, et de colère à l'idée des souffrances qu'elle avait endurées. Jamais elle n'avait vu ce mélange d'émotions dans les yeux d'un homme.

Stephen l'avait désirée, et aimée, mais jamais il n'avait été tendre. Son amour était tout de passion échevelée, et immature, et n'aurait jamais résisté à l'épreuve du temps. Sa mort prématurée n'avait fait qu'y mettre un terme un peu plus tôt que prévu. Quant à Yardley, *tendre* était un mot qu'il ne connaissait tout simplement pas.

Le regard qu'Aidan avait posé sur elle était tellement différent. S'il lui était aussi douloureux, aussi effrayant, c'était parce qu'il était d'une sincérité absolue. Il exigeait d'elle la même honnêteté, et elle doutait d'en être capable. Elle était sans pitié envers les autres et prompte à sortir les griffes. Trop endurcie pour la tendresse, trop froide pour l'amour, trop effrayée pour la confiance aveugle. Une fois le désir assouvi, il ne resterait rien. Elle n'avait pas d'avenir avec Aidan. Elle avait déjà trop souffert ; elle ne supporterait pas d'avoir le cœur brisé.

Peu avant l'aube, elle sombra enfin dans un sommeil agité. À son réveil, vers 8 heures, elle était toujours aussi épuisée, mais après avoir pris un bain et s'être habillée, elle avait recouvré un peu de sa sérénité. Elle avait bien fait de donner sa démission. Ainsi, elle mettait fin à une éventuelle liaison avant même qu'elle ne commence.

Elle était cependant consciente qu'elle ne pourrait passer le reste de la semaine à éviter Aidan Carr. Il fallait qu'elle trouve le courage de lui faire face. Elle décida donc de descendre prendre son petit déjeuner avec les autres. Où elle apprit que l'épreuve du face-à-face lui serait épargnée.

— Trathen est parti ? répéta-t-elle en se figeant, sa tasse à la main.

Son autre main sur le dossier de la chaise où elle s'apprêtait à prendre place, elle regarda Paul, qui venait de lui annoncer la nouvelle d'un ton désinvolte, sans lever les yeux de son assiette.

— Où est-il allé ? demanda-t-elle.

Son cousin esquissa un haussement d'épaules.

— À Trathen Leagh, je présume. Il y a un train qui part tôt pour Saint-Ives.

— Mais...

Elle s'interrompit. À quoi bon demander la raison de ce départ précipité ? À l'évidence, il avait compris, comme elle, que poursuivre leur relation, quelle qu'elle soit, n'avait aucun sens.

— Bien sûr, fit-elle avec petit rire contraint, tout en s'efforçant de chasser un absurde sentiment de déception. Trathen Leagh, sa propriété dans les Cornouailles. Ça tombe sous le sens.

Consciente des regards qui s'étaient tournés vers elle, Julia afficha une expression indifférente. Eileen, Jane Heyer, Peggy Bourne-West, tante Eugenia, toutes l'observaient d'un air intrigué. Sans doute se demandaient-elles si Aidan et elle étaient toujours amants.

Soudain, elle eut l'impression de n'être qu'une épouvantable hypocrite.

— Je vais prendre mon thé dehors, annonça-t-elle. Il fait tellement beau, ce matin.

Sur ce, elle quitta la salle à manger et alla s'asseoir à l'une des tables de fer forgé disposées sur la terrasse. Puis elle songea de nouveau à Aidan et aux aveux qu'elle lui avait faits la veille. Comme elle s'y attendait, il avait été fou de rage. Raison pour laquelle elle s'était jusqu'à présent refusée à lui révéler la vérité. Contrairement à ce qu'elle avait toujours affirmé, l'opinion d'Aidan comptait pour elle. Elle avait toujours compté.

Julia sursauta en entendant des pas derrière elle.

— Superbe matinée, déclara Paul en la rejoignant. Idéale pour une excursion en voiture.

— C'est vrai, acquiesça-t-elle.

Il sortit une cigarette et une allumette de l'étui qu'il avait à la main.

— Il y a une bonne réserve d'essence dans les étables, ajouta-t-il en se penchant pour frotter l'allumette contre la rambarde de pierre.

Julia lui coula un regard intrigué. Elle le savait très bien. Où voulait-il en venir ?

— En effet, dit-elle. J'en ai pris un peu l'autre jour.

Il alluma sa cigarette, jetant l'allumette dans un cendrier, et s'assit de l'autre côté de la table.

— J'espère que tu en as laissé suffisamment.

— Tu comptes faire un tour en voiture ? s'enquit-elle.

— Moi, non, mais je pensais que tu en aurais envie.

Il la regarda droit dans les yeux avant d'ajouter :

— Les Cornouailles ne sont qu'à, quoi ? cinq heures de route ?

— Je n'ai rien à faire dans les Cornouailles.

— Tu pourrais être à Dovecotes avant la tombée de la nuit.

— Je te dis que je n'ai rien à faire dans les Cornouailles !

— Désolé. Je me serai trompé.

Balayant la pelouse du regard, il reprit d'un air pensif :

— C'est peut-être à cause de ton expression quand tu as appris le départ de Trathen. On aurait dit une gamine à qui l'on vient d'annoncer que le Père Noël ne viendra pas cette année.

— Pas du tout !

— Julia, soupira Paul. Tu as passé des années à fuir Yardley. Maintenant qu'il n'est plus là, tu ne crois pas que tu pourrais aller vers quelqu'un, plutôt que de le fuir ?

Julia songea à cette fameuse après-midi d'août à Dovecotes. Puis au baiser qu'Aidan et elle avaient échangé quelques jours plus tôt. Et si elle pouvait avoir les deux à la fois ? Si elle pouvait revivre ce qui s'était passé à Dovecotes, sans le désespoir ni la panique qui l'avaient alors étreinte, mais au contraire en étant vivante, passionnée, frémissante de désir ? Si elle pouvait enfin cesser d'être ce que Yardley avait fait d'elle ?

— Paul ? s'écria-t-elle en se levant d'un bond. Tu as raison. Demande à M. Warren de faire le plein de la Mercedes, veux-tu ? Je vais faire préparer mes bagages.

Une demi-heure plus tard, sa valise dans une main, la laisse de Spike dans l'autre, Julia se tenait sur le perron tandis que Warren garait sa voiture au pied des marches. Un instant plus tard, Spike sautait joyeusement sur le siège du passager et elle se glissait derrière le volant.

Elle remonta l'allée qu'elle avait empruntée si souvent pour quitter Danbury House. Sauf que cette fois, c'était différent. Elle ne fuyait pas un homme. Elle courait vers lui. N'était-ce pas un miracle ?

Le trajet de Danbury à Gwithian prenait environ cinq heures. Dans les Cornouailles, les routes n'étaient souvent que de simples pistes si bien qu'on ne pouvait pas rouler à plus de trente kilomètres à l'heure.

Tout en conduisant, Julia réfléchissait, mais pour une fois, elle ne tentait pas de se rappeler les horaires des trains ou les ports de départ des bateaux pour le Continent ! Elle pensait à Aidan, tout simplement. Et à mesure qu'elle approchait de sa destination, elle se laissait gagner par une douce excitation qu'elle n'avait pas ressentie depuis sa jeunesse. En vérité, elle en retirait encore plus de plaisir. Peut-être parce qu'il fallait avoir connu la souffrance pour apprécier le bonheur. À dix-sept ans, elle ne l'avait pas compris. Contrairement à aujourd'hui.

Elle avait d'abord envisagé de se rendre directement à Trathen Leagh, puis s'était ravisée et avait fait halte à Liskeard pour envoyer un câble à Aidan. Puis à Redruth, pour effectuer quelques emplettes. Puis à Hayle, pour acheter de la glace pilée. En début d'après-midi, elle quittait Churchdown Road et s'engageait sur la petite route privée menant à Dovecotes, les nerfs tendus à se rompre.

Viendrait-il ? s'interrogeait-elle, le cœur battant, tandis qu'elle remontait l'allée cahoteuse. Au même instant, elle aperçut un cabriolet aux armoiries de Trathen garé devant chez elle. Il était là ! Le cœur gonflé de joie, Julia le salua d'une main tremblante. Puis elle se gara et coupa le moteur. En voyant Aidan lui sourire, elle ne put s'empêcher d'éclater de rire.

Spike aussi l'avait vu. Il sauta de son siège et se rua vers leur visiteur en jappant joyeusement. Aidan descendit de son cabriolet et lui rappela sans tarder qui était le maître.

— Assis !

Spike obéit sans broncher. Il fut récompensé d'une caresse sur la tête et dûment félicité.

— Je vois que vous avez eu mon message, dit Julia en descendant de voiture à son tour.

— Votre message ? Vous voulez dire, votre *convocation* ?

Tout en parlant, il sortit de sa poche un feuillet qu'il déplia pour le lire à voix haute :

— *SERAI À GWITHIAN VERS 14 HEURES STOP VENEZ M'ATTENDRE STOP APPORTE LE PIQUE-NIQUE STOP VEUX SECONDE CHANCE AVEC FIN PLUS HEUREUSE JULIA STOP.*

Il la regarda, replia le télégramme et le fourra dans sa poche tout en se dirigeant vers la Mercedes pour récupérer la valise dans la malle arrière.

— Je n'appelle pas cela un message, conclut-il.

Julia s'esclaffa et glissa son sac à main sous le bras pour saisir son carton à chapeaux. Aidan, qui venait de s'emparer du panier de pique-nique, aperçut alors la bouteille dans son seau empli de glace.

— Vous avez aussi apporté du champagne ? s'étonna-t-il.

— Bien sûr ! s'exclama Julia. J'ai pris exactement les mêmes mets que la dernière fois. Nous allons rejouer la pièce, mais avec une fin différente.

— Est-ce bien raisonnable ? risqua Aidan. Je parle de l'alcool.

Il la regarda droit dans les yeux.

— Je pourrais perdre la tête.

Julia lui rendit son regard, et soudain, elle sut. Elle sut pourquoi c'était vers lui qu'elle s'était tournée pour se libérer de Yardley. Parce qu'elle ne connaissait rien de plus rassurant au monde que ce regard si sincère, si chaleureux, si franc.

— Vous ne perdrez pas la tête, lui promit-elle. Il n'y a qu'une seule bouteille et vous n'aurez droit qu'à un verre.

Le gratifiant de son sourire le plus séduisant, elle conclut :

— Cette fois, je veux que vous vous souveniez de tout.

19

Aidan fit alors l'expérience de ce que l'éminent philosophe français Émile Boirac appelle la sensation de déjà-vu. Ce n'était pas la première fois que cela lui arrivait depuis que Julia avait ressurgi dans sa vie, mais c'était la première fois que cela promettait d'être aussi agréable.

Pour la seconde fois, Julia lui faisait une proposition. Un événement que, la veille encore, il aurait estimé à peu près aussi probable qu'une offre de la reine Alexandra de le rejoindre dans l'enceinte royale aux courses d'Ascot. Elle l'invitait à un pique-nique. Elle avait apporté du champagne. Et elle lui souriait du même air enjôleur que l'été dernier.

— Un seul verre, acquiesça-t-il. Et que comptez-vous faire si j'arrête tout au dernier moment en invoquant le code de l'honneur et la responsabilité morale ?

Le sourire de Julia s'élargit.

— Vous étrangler, pourquoi ?

— Je l'aurai bien cherché ! s'esclaffa-t-il. Que diriez-vous d'oublier le champagne et le pique-nique pour passer directement au dessert ?

Julia le fixa d'un regard faussement innocent.

— C'est vrai ! s'écria-t-elle. Vous adorez les myrtilles.

— Surtout *après* le dessert, murmura-t-il en la parcourant d'un regard gourmand.

Julia secoua la tête. Puis, entourant le seau à glace du bras, elle se dirigea vers le cottage.

— Non. Nous devons faire les choses dans l'ordre, décréta-t-elle. Aidez-moi plutôt à porter mes affaires à l'intérieur.

Aidan lui emboîta le pas.

— Dans l'ordre ? répéta-t-il.

— Absolument.

Elle lâcha son carton à chapeaux et, veillant à ne pas renverser le seau à champagne, chercha ses clefs dans la poche de son manteau.

— Ce que je veux dire, expliqua-t-elle en ouvrant la porte, c'est que vous devez attendre que je sois prête.

— Pardon ?

Ignorant sa question, elle lui prit sa valise des mains, lui donna en échange le seau à champagne et ramassa son carton à chapeaux.

— J'espérais arriver avant vous pour me préparer, mais la route de Saint-Dennis était si embourbée que j'ai dû effectuer un détour. Notre pique-nique est donc reporté d'une petite demi-heure.

Sur ce, elle entra en appelant Spike. Aidan la suivit et referma la porte du pied.

— Apportez le pique-nique à la cuisine, voulez-vous ? reprit-elle. Et attendez-moi sagement.

— Vous êtes cruelle de me faire attendre, protesta Aidan en la regardant gravir l'escalier.

— Cela vous fera le plus grand bien, répliqua-t-elle d'un ton léger. Les gens de votre rang sont bien trop habitués à ce qu'on exauce tous leurs caprices.

— Pas moi, marmonna-t-il. En tout cas, pas avec vous.

Julia se pencha par-dessus la rambarde.

— Et mettez donc votre cheval à l'écurie, lui suggéra-t-elle. Cette fois, vous restez toute la nuit.

Sur cette délicieuse promesse, elle disparut.

Au demeurant, il n'avait pas besoin de cet aiguillon supplémentaire. En quittant Danbury Downs, il s'était efforcé de chasser Julia de ses pensées, conscient qu'ils ne se reverraient peut-être pas avant des semaines, voire des mois. Puis il avait reçu son télégramme, et son imagination s'était enflammée. Non seulement tous les fantasmes qu'il avait nourris à son sujet étaient revenus le hanter, mais au fil des heures, il en avait inventé de nouveaux. À chaque minute qui passait, sa résistance nerveuse cédait du terrain.

Prenant son mal en patience, il amena sa voiture dans l'étable, dételа sa jument et lui donna de l'eau. Si ces tâches eurent le mérite de l'occuper, elles ne l'aidèrent pas à chasser les images brûlantes qui se bousculaient dans son esprit. Il ne lui restait plus qu'à espérer qu'une fois le moment venu, il maîtriserait suffisamment sa passion pour donner à Julia autant de plaisir qu'il le faisait en imagination.

Lorsqu'il regagna le cottage, il sut qu'elle était prête. À peine avait-il ouvert la porte qu'un enivrant parfum de lilas l'accueillit.

— Vous devez entrer par la porte de devant ! cria-t-elle. Comme la dernière fois !

— Vos désirs sont des ordres, murmura Aidan en refermant la porte de l'office pour contourner le petit cottage.

Il n'eut pas le temps de frapper qu'elle lui ouvrait. En la voyant, il se dit que, ivre ou pas, il fallait être le roi des idiots pour avoir dit non à une femme pareille.

Elle portait la même robe de mousseline blanche que la fois précédente. C'était le genre de tenue qu'arboraient les dames lors de la régate annuelle de Henley, à la différence qu'elle avait oublié le jabot, les gants, le chapeau de paille... et les dessous. Il le savait, elle était nue comme au jour de sa naissance sous l'étoffe légère.

Son épaisse chevelure d'ébène était rassemblée en un chignon lâche fixé par deux épingles ornées de perles. Elle avait enfilé le genre de chaussures que les dames choisissent pour se rendre à la plage, mais contrairement à celles-ci, elle ne portait pas de bas.

— Je suis ravie que vous ayez pu venir, dit-elle.

Puis désignant le panier de pique-nique posé près de la porte, elle ajouta :

— Auriez-vous l'amabilité de porter cela ?

Spike se tenait aux pieds de sa maîtresse mais, cette fois, il ne manifesta pas la moindre hostilité envers l'intrus. Julia se tourna vers lui.

— Désolée, mon vieux Spike. Je sais qu'Aidan et toi êtes les meilleurs amis du monde, désormais, mais je ne vais pas pouvoir t'emmener.

Laissant le pauvre chien, tout dépité, attaché à un poteau devant la maison, Julia et Aidan s'engagèrent sur le même chemin que la dernière fois, un sentier creusé par le temps qui menait à la petite plage privée où avait eu lieu le fameux pique-nique.

Sur l'herbe, à la lisière de la grève, Aidan aperçut la même couverture, sur laquelle étaient posés les mêmes draps de bain pliés avec soin. De l'autre côté du plaid était installé le phonographe, avec son grand hautparleur en entonnoir et sa caisse d'acajou. Un phonogramme était posé dessus. Du Mozart, probablement, devina Aidan.

Il en eut confirmation quelques instants plus tard. Lorsque, après s'être assise sur la couverture, Julia tourna la manivelle de l'appareil et posa le bras sur le disque, les premières notes de la *Petite Musique de nuit* résonnèrent.

Elle avait également apporté du champagne : une seule bouteille, comme elle l'en avait averti.

— Qu'avez-vous pensé, la dernière fois, en découvrant tout ceci ? s'enquit-elle. Vous deviez bien vous douter de ce que j'avais en tête.

— Je le soupçonnais. Vous aviez déployé tant d'efforts, j'étais flatté que vous... que vous éprouviez un tel désir pour moi.

— Je suis désolée, murmura Julia. Je n'ai jamais eu l'intention de vous blesser ou de vous humilier.

Aidan s'assit près d'elle, s'empara de sa main pour y déposer un baiser.

— Je sais, répondit-il simplement.

Elle émit un petit rire léger et glissa ses doigts entre les siens.

— À vrai dire, je ne pensais pas que vous viendriez.

— Je m'étais persuadé que je ne risquais rien car j'aurais la force de vous résister, reconnut Aidan avec un rire désabusé. C'est fou le nombre d'arguments absurdes qu'un homme peut inventer quand il désire quelque chose sans oser se l'avouer. Vous aviez raison à propos du fruit défendu.

— Et pourtant, j'avais l'impression que la ficelle était vraiment trop grosse, que jamais vous ne tomberiez dans le piège !

— J'ai essayé. J'ai pensé à tout ce qui ne devait *pas* se passer sur cette couverture. Je me suis dit que je n'allais *pas* vous toucher, ni vous embrasser ni déboutonner votre robe. En fait, je n'ai cessé de penser à tout ce que je n'allais *pas* faire avec vous.

Julia éclata de rire.

— Peut-être pourriez-vous envisager les choses sous un angle plus positif, cette fois ? suggéra-t-elle en retroussant le bas de ses jupes pour ôter ses chaussures.

Quand Aidan vit ses pieds nus, son cœur se mit à battre un peu plus vite. Puis il comprit que s'il voulait être à la hauteur de ses espérances, il devait tenir son désir en bride. Ce qui signifiait qu'il ne pouvait se permettre de loucher du côté de ses chevilles. Détournant les yeux, il souleva le couvercle du panier à pique-nique et chercha des coupes. Il les dénicha, soigneusement emballées dans des serviettes en lin.

— Du champagne ? proposa-t-il.

— Pas encore. Vous êtes bien trop guindé. Nous faisons un pique-nique sur la plage, nous ne prenons pas le thé chez l'archevêque.

Aidan sourit et retira sa veste, qu'il posa sur un coin de la couverture.

— Enlevez-moi aussi cette cravate, ordonna Julia. Et défaites donc les premiers boutons de votre chemise.

— L'ai-je fait, la dernière fois ? s'enquit Aidan, qui n'en avait plus aucun souvenir.

— Oui, mais après avoir vidé deux bouteilles de champagne !

— Ah.

Il réfléchit quelques instants.

— Ma foi, puisque nous réécrivons l'histoire, je suppose que je peux prendre un peu d'avance sur la première version.

Sa cravate alla rejoindre sa veste, puis il déboutonna son col. Alors seulement, Julia sortit la bouteille de champagne de son seau où la glace commençait à fondre et la lui tendit. Aidan fit sauter le bouchon promptement et remplit deux coupes.

— Aux secondes chances ! dit-il en levant la sienne.

— Et aux fins heureuses, renchérit Julia.

Les yeux dans les yeux, ils firent tinter leurs coupes. Et tandis qu'ils buvaient, Aidan se promit d'apporter à cette histoire la fin la plus heureuse, la plus inoubliable possible.

Il posa sa coupe et entreprit de sortir les mets qu'elle avait apportés – caviar, moutarde et pickles – pendant qu'elle retirait couverts et assiettes de leur logement sous le couvercle du panier pour les disposer sur la couverture. Elle ouvrit ensuite des boîtes contenant des biscuits salés ou sucrés, ajouta une corbeille de myrtilles, il coupa du pain, du jambon, du poulet et différents fromages.

— Depuis combien de temps possédez-vous ce cottage ? voulut-il savoir.

— Environ sept ans. J'en ai hérité de ma grand-mère. Elle est morte après mes parents. C'est une propriété qui se transmet de mère en fille ; comme je n'ai pas de sœur aînée, c'est à moi qu'elle est échue. J'en suis ravie. J'adore cet endroit.

— Alors vous n'avez pas grandi ici ?

— Non. J'y ai passé quelques étés quand j'étais petite, mais j'allais toujours à Pixie Cove en août. J'ai vécu dans le Devon, comme mes cousins, mais pas à Danbury. Nous habitions plus à l'est, vers le Dorset.

— Vous êtes enfant unique ? Dans ce cas, nous avons quelque chose en commun, car je le suis aussi. Ma mère est morte peu après mon départ pour Eton, et mon père, un an plus tard. C'est souvent ainsi, n'est-ce pas ? murmura-t-il, pensif. Quand l'un des époux s'en va, l'autre le suit. Pourquoi, à votre avis ?

Julia haussa les épaules.

— La solitude, peut-être... Mes parents, eux, sont morts dans un accident de voiture quand j'avais vingt-deux ans. Je préfère qu'ils n'aient jamais rien su de l'échec de mon mariage. Ils en auraient été très malheureux.

— Vous croyez ? fit Aidan, qui s'apprêtait à mordre dans un sandwich. Cela me surprend.

Julia prit un morceau de blanc de poulet.

— Pourquoi ?

— Je ne sais pas. D'après ce que j'ai cru comprendre, vos parents savaient que vous n'aimiez pas Yardley. Pourtant, ils vous ont poussée à l'épouser.

— Ils espéraient que cela s'arrangerait, j'imagine. Ils m'aimaient. Ils voulaient ce qu'ils croyaient être le mieux pour moi.

— Pourquoi ont-ils choisi Yardley ? À cause de son rang ?

— Entre autres. Mon père possédait une ferme prospère, mais pas de titre. Yardley voulait m'épouser. Sa famille passait souvent l'été dans le Dorset, près de chez nous. Je l'ai toujours connu, mais je ne l'ai jamais aimé. J'ignore pourquoi je lui ai plu... Peut-être parce qu'il savait que je ne voulais pas de lui. Il était... assez pervers. Mes parents croyaient qu'il éprouvait une affection sincère pour moi. Ils pensaient qu'un mariage avec un baron assurerait mon avenir. Sans doute espéraient-ils qu'avec le temps, je finirais par m'attacher à lui.

— C'est souvent le cas.

— Ah oui ?

Julia semblait dubitative mais elle n'insista pas.

— Quoi qu'il en soit, reprit-elle, je suis heureuse qu'ils n'aient jamais su à quel point j'ai détesté mon mari. Cela les aurait désolés. Leur mariage était heureux. Ils s'aimaient beaucoup, même si ce n'était pas une relation passionnelle.

— Tant mieux pour eux, fit Aidan. Mes parents, eux, ont vécu un véritable enfer.

— Que voulez-vous dire ?

Il secoua la tête, pensif.

— Ils sont tombés éperdument amoureux l'un de l'autre quand ils se sont rencontrés et se sont mariés rapidement, mais mon père a toujours été incapable de résister à une femme. Ce dont ma mère a énormément souffert.

— Je vois, murmura Julia en le scrutant. Est-ce pour cette raison que vous êtes si attaché à la fidélité ? Parce que votre mère a été malheureuse à cause des infidélités de votre père ?

— Bizarrement, lui aussi en était malheureux. Aucune de ses maîtresses ne l'a rendu aussi heureux que ma mère, et il savait le mal qu'il lui faisait. Il en éprouvait une profonde culpabilité. Ils se querellaient sans cesse, mais mon père n'a pas cessé pour autant de courir les jupons. Je me suis juré de ne jamais trahir la femme que j'épouserai. Je ne supporterais pas de la faire souffrir ni de la déshonorer.

Julia tendit la main pour lui caresser les cheveux.

— Vous n'avez même pas trahi la femme que vous n'avez pas épousée. J'en déduis que ce n'est qu'après votre rupture avec Rosalind que vous avez pris une maîtresse ?

— Une maîtresse ? répéta Aidan sans comprendre.

Puis la mémoire lui revint.

— Ah, oui !

Il porta le poing devant ses lèvres pour étouffer une petite toux discrète, puis :

— Je... hum... Je n'ai pas de maîtresse.

— Pardon ?

— Oh, j'en ai eu, je ne suis pas un saint ! Mais j'ai rompu avec la dernière quand j'ai pris la décision de me marier.

— Vous voulez dire... avant de rencontrer Beatrix ?

— Oui.

— Et depuis, il n'y a pas eu de femme dans votre vie ?

— Non.

Il tira sur son col, un peu embarrassé par ses aveux.

— Une courtisane de temps en temps. Entre deux fiançailles, précisa-t-il avec une touche d'humour désabusé. Mais rien d'autre.

— Vous n'avez pas de maîtresse actuellement ? Aidan, vous m'avez menti.

— Oui. Je suis désolé, c'est sorti sans réfléchir. Cela a été plus fort que moi. Un homme a sa fierté, voyez-vous, et je...

Elle le fit taire en posant un doigt sur sa bouche.

— Vous n'avez pas menti, déclara-t-elle. Pas vraiment.

Un sourire mystérieux fleurit sur ses lèvres. Un sourire si extatique qu'Aidan eut soudain l'impression d'être le roi de l'univers.

— Je crains de ne pas comprendre, avoua-t-il.

S'agenouillant devant lui, Julia murmura :

— Vous avez une maîtresse, à présent. Si vous voulez encore d'elle. En plus, vous n'avez même pas besoin de la payer, ajouta-t-elle non sans espièglerie. Que dites-vous du marché ?

— Alors nous voici amants ? dit-il.

Glissant la main derrière sa tête, il approcha son visage du sien et déposa un baiser sur ses lèvres.

— Oui, souffla-t-elle. Aidan ?

— Hum ?

— Avant que tout ceci n'aille plus loin, il y a certaines choses que vous devez savoir à mon sujet.

À la grande surprise d'Aidan, elle avait parlé d'un ton très sérieux. Plus surprenant encore, elle lui retira son assiette pour lui prendre la main.

— La dernière fois que nous sommes venus ici, j'étais prête à me donner à vous, et je me suis comportée comme une séductrice aguerrie. La vérité, c'est que jusqu'au dernier moment, j'ai eu peur de ne pas en avoir le courage.

Elle eut un petit rire sans joie.

— Je ne suis plus une innocente, c'est vrai. J'ai couru les bals et les fêtes plus que la plupart des femmes, et je sais que je me suis montrée particulièrement audacieuse ce jour-là, mais vous devez savoir que malgré ma réputation scandaleuse, il n'y a eu que deux hommes dans ma vie.

— Quoi ? s'exclama Aidan, stupéfait.

— C'est la vérité. Le premier s'appelait Stephen Graham. Il a loué un cottage sur la propriété de mon père, l'année de mes dix-sept ans. C'était un poète et un admirateur de Karl Marx. Je suis tombée follement amoureuse de lui, comme on peut l'être à cet âge-là. Je suis devenue sa maîtresse. Quand il m'a proposé de m'enfuir avec lui, j'ai accepté. Il est retourné chez lui, à Glasgow, et je devais l'y rejoindre.

Aidan comprenait mieux, à présent, pourquoi ses parents avaient tant insisté pour la marier à Yardley.

Elle marqua une pause et ses lèvres s'étirèrent en un sourire figé, comme si elle ressentait le besoin de se composer un masque.

— Quand je suis arrivée en Écossse, il était mort. Il y avait eu une épidémie de scarlatine.

Elle s'empara de la bouteille de champagne.

— Mon père voulait que j'épouse Yardley depuis un certain temps, reprit-elle en se versant une coupe, mais, jusque-là, j'avais refusé de l'envisager. Déjà à l'époque, je pressentais que... quelque chose n'allait pas, chez lui.

Elle s'interrompit, le temps de remettre la bouteille dans son seau et de boire une gorgée de champagne.

— Quand je suis rentrée d'Écosse, dit-elle en posant sa coupe, j'étais déshonorée. Il y avait déjà des ragots à propos de Stephen et de moi. Dans ces petits villages, tout finit toujours par se savoir, et il ne faut pas longtemps pour que la réputation d'une jeune fille soit ruinée. Quoi qu'il en soit, mes parents se sont empressés d'arranger le mariage avec Yardley. Je ne l'aimais pas, mais j'avais tant à me faire pardonner. J'ai toujours été rebelle, désobéissante, obstinément têtue et indépendante.

— Vous ? feignit-il de s'étonner. Pas possible !

— J'avais déjà causé assez de soucis à mes parents, continua-t-elle sans relever. Je voulais me comporter comme il fallait, pour une fois. Quelle ironie ! C'est en voulant faire quelque chose de bien que j'ai commis la pire erreur de ma vie.

Elle secoua la tête et étreignit plus fort la main d'Aidan.

— Ce n'est pas de cela que je voulais vous parler.

Elle s'assit en tailleur sur la couverture, révélant ses jambes nues. Aussitôt, les souvenirs du petit pont de bois affluèrent à la mémoire d'Aidan, ravivant le désir qui le consumait à petit feu.

— L'autre jour, dans la cabane aux herbes, vous m'avez demandé ce que j'avais ressenti quand nous...

quand nous avons failli... la dernière fois que vous êtes venu ici. Vous vouliez savoir si j'avais éprouvé du désir pour vous. Je vous ai répondu que j'aurais fait n'importe quoi, mais ce n'était pas vrai. Plusieurs fois, j'ai envisagé de prendre un amant dans l'espoir de contraindre Yardley au divorce, mais je n'y suis jamais parvenue. Parce que... Eh bien, parce que je ne pouvais pas. Quand je vous ai revu au bal de Saint-Ives, je me suis souvenue que vous m'aviez beaucoup plu, le jour où nous avions fait connaissance, dans le Dorset. Il m'est aussi revenu en mémoire que vous aviez eu le bon goût d'apprécier mes jambes...

— Ce sont les plus belles jambes que j'aie jamais vues, déclara-t-il avec ferveur, baissant de nouveau les yeux vers ses chevilles délicates.

Elle tira sur ses jupes pour les lui cacher et lui décocha un regard sévère, aussitôt démenti par un petit sourire en coin.

— Ce soir-là, à Saint-Ives, j'ai décidé d'essayer de vous séduire. Je vous ai trouvé encore plus bel homme que la première fois. Et lorsque nous avons discuté, vous vous êtes montré si... comment dire... si *gentil* !

— Gentil ? répéta Aidan, feignant d'être outré. Julia, je suis duc ! Je fais carrière dans la politique, le milieu le plus impitoyable qui soit. Je suis à la tête d'un empire industriel et financier. Il y a des hommes qui tremblent dans leurs bottes quand j'entre dans une pièce.

— Je n'en doute pas, répondit-elle en souriant, mais cela ne change rien au fait que je vous trouve terriblement gentil. Ce soir-là, enchaîna-t-elle, j'étais donc sur le point de me jeter à votre tête comme une véritable dévergondée quand Beatrix est arrivée. Elle est tombée sous votre charme, et cela semblait réciproque. Alors j'ai...

Elle se tut, détourna les yeux et laissa échapper un soupir.

— J'ai renoncé.

Aidan songea à cette fameuse soirée. L'idée que Julia ait déjà eu envie de le séduire alors qu'ils ne se voyaient que pour la deuxième fois de leur vie le laissait sans voix. Après un silence, il murmura :

— Julia, à l'instant où j'ai posé les yeux sur vous, je vous ai désirée. Vous le savez. Seulement, le soir où j'ai rencontré Beatrix, vous étiez mariée et j'étais moi-même en quête d'une épouse. Si j'avais pu imaginer...

— Je sais, l'interrompit-elle. Et Beatrix essayait d'oublier Sunderland. Je l'aime comme la sœur que je n'ai jamais eue. Elle avait tout pour faire une duchesse idéale, tandis que moi, je n'avais rien d'autre à vous offrir que mon corps. Je lui ai laissé le champ libre.

Elle eut un petit rire triste.

— Combien de fois, par la suite, me suis-je dit : « Si au moins j'avais pu danser avec lui la première ! » Puis je me suis fait une raison. Cela ne devait pas arriver, voilà tout. Quand j'ai appris vos fiançailles avec Beatrix, puis quand je suis venue à Pixie Cove l'été suivant, je me suis efforcée d'être heureuse pour vous, mais cela n'a pas été facile.

— Vraiment ?

Elle lui décocha un regard contrit.

— Vraiment, confirma-t-elle. C'était terrible de vous voir avec elle et de m'obliger à me réjouir pour vous deux. J'ai essayé de donner le change, en plaisantant avec Will, en jouant des chansons légères au piano. Il fallait que je vous provoque. C'était plus fort que moi, j'étais pleine de ressentiment, et tellement désolée pour moi-même. Vous n'avez pas idée de ce que j'ai enduré, cet été-là.

— Et moi donc ! s'exclama Aidan avec un petit rire amer. Mettez-vous un instant à ma place. J'étais là, sur le point d'épouser votre cousine, une femme respectable que pour rien au monde je n'aurais voulu blesser, et en face de moi, il y avait Sunderland, son grand amour d'autrefois, riant avec vous. Vous que je désirais depuis mes dix-sept ans, vous que j'étais certain de ne jamais avoir. Je faisais de mon mieux pour me comporter en *gentleman*, mais pendant tout ce temps, je rêvais de vos jambes... J'en devenais fou. Et je me haïssais de ma faiblesse.

— Et vous avez dû me détester moi aussi.

— Eh bien, oui, d'une certaine façon. Vous n'arrêtiez pas de jouer ce satané *ragtime*.

Elle éclata de rire.

— J'ai été parfaitement odieuse avec vous pendant tout notre séjour chez Marlowe. J'en suis désolée.

Aidan réfléchit un instant, puis :

— Puisque nous en sommes aux confidences, moi aussi, j'ai quelque chose à vous avouer. Un soir, à Pixie Cove, j'ai raccompagné Beatrix au pied de l'escalier et je lui ai donné un baiser. J'avais besoin de me rassurer, de me dire que j'avais raison de l'épouser, mais alors que je l'embrassais, c'était à vous que je pensais.

— À moi ?

— Oui.

— Et cependant, si Sunderland n'était pas revenu, vous auriez tout de même épousé Beatrix, n'est-ce pas ?

Aidan posa les mains derrière lui sur la couverture.

— Oui. Sauf cas de force majeure, un *gentleman* ne rompt pas ses fiançailles. Jusqu'à ce que je la surprenne dans les bras de Sunderland, Beatrix n'avait rien fait qui justifie que je la quitte. Et, ma vie durant, j'aurais fait de mon mieux pour être le meilleur des époux.

Julia sourit.

— Décidément, vous êtes un authentique *gentleman*.

— Et je m'en félicite, malgré vos railleries.

— Vous avez raison. Les hommes comme vous, qui croient à l'honneur et ne se contentent pas d'en parler, sont des perles rares. Je devrais le savoir. Quoi qu'il en soit, ce que j'essaie de vous faire comprendre, assez maladroitement j'en conviens, c'est que... concernant les choses de l'amour, je ne suis pas très expérimentée.

Ma réputation sulfureuse n'est qu'une légende. Je l'ai inventée dans l'espoir de pousser Yardley à demander le divorce.

Aidan songea à toutes les fois où il avait condamné Julia pour sa conduite scandaleuse, ses infidélités répétées, son mépris des convenances et son amour des soirées tapageuses. Comment avait-il pu être aussi stupide ? Bon sang, il se serait donné des gifles !

— J'ai fini par apprendre que Yardley avait fait enquêter sur chacun de mes prétendus amants et découvert le pot aux roses. Voilà pourquoi il n'a jamais demandé le divorce. Il savait que ce n'était que de la comédie. C'est là que j'ai compris que si je voulais le pousser à bout, il faudrait qu'il me surprenne en flagrant délit.

— Et c'est moi que vous avez choisi pour jouer le rôle de l'amant. Pourquoi moi ?

Julia le regarda droit dans les yeux.

— Parce qu'après ce que j'avais enduré de la part de mon mari, vous étiez le seul homme que j'aurais pu laisser me toucher.

Aidan était tout à la fois stupéfait, flatté et plus heureux qu'il n'aurait su le dire. Puis les implications de ses paroles se frayèrent un chemin dans son esprit.

— Vous n'avez rien ressenti avec moi, l'été dernier, n'est-ce pas ? Vous n'avez pris aucun plaisir.

— Pas « aucun », dit-elle avec franchise, mais ce n'était sans doute pas grand-chose à côté de ce que *vous* avez éprouvé.

— Et vous n'avez jamais pris d'amant à cause de ce que Yardley…

Aidan hésita.

— À cause de ce que Yardley vous a fait.

— Oui. J'en suis venue à ne plus rien ressentir, à rester froide, à oublier ce que c'est qu'un baiser ou une caresse. C'est encore pire que cela, mais je ne sais pas comment vous l'expliquer. Le fait est que, ce jour-là, je ne pouvais me donner entièrement à vous. Je le voulais, mais je n'en étais pas capable.

Elle se tut, tourna les yeux vers la mer, avant d'ajouter très doucement :

— Je ne le serai peut-être jamais.

— Je refuse de croire cela.

— Vous ne pouvez pas savoir.

Elle le regarda de nouveau.

— Vous n'avez aucune idée de ce que j'ai enduré. Avec cet homme, je suis tombée plus bas que terre. Mais peu importe, je voulais que vous sachiez tout cela. Pour ne pas être trop déçu.

— Je ne le serai pas. Croyez-moi, Julia.

D'un geste tendre, il tendit la main pour écarter une mèche de son visage.

— Voulez-vous... voulez-vous me parler de lui ?

Elle secoua la tête.

— Pas maintenant. Une autre fois, peut-être.

— Comme vous voudrez, répondit-il, soulagé.

Il n'avait pas envie de penser à cette brute de Yardley. Cela aurait gâché leur journée.

Avec une légèreté qu'il savait forcée, Julia ajouta :

— Pour cette après-midi, j'ai des projets autrement plus importants.

Elle vida sa coupe et la posa près d'elle avant de se lever.

— Comme aller marcher dans l'eau, par exemple, reprit-elle. Il fait terriblement chaud, non ?

La température n'était pas aussi torride qu'au mois d'août, mais Aidan était secrètement ravi qu'elle change de sujet. En vérité, il n'était pas fier de lui. Non seulement il était égoïstement soulagé de remettre à plus tard les confidences de Julia à propos de son ex-mari, mais il était pressé qu'elle rejoue pour lui la scène de l'été dernier, alors même qu'il savait qu'elle avait agi ainsi poussée par le désespoir.

Le cœur battant, il la regarda ôter les épingles de ses cheveux et laisser le vent jouer avec ses longues boucles sombres. Fasciné par le souple balancement de ses hanches, il ne la quitta pas des yeux tandis qu'elle se dirigeait vers la mer. Là, elle remonta ses jupes au-dessus de ses genoux, révélant ses longues jambes fuselées, et entra dans l'eau.

Contrairement à la fois précédente, il n'était pas choqué par son audace. Il sourit, gagné par une douce euphorie mêlée d'excitation, en la voyant plonger dans l'onde, puis en ressortir, telle la plus délicieuse des sirènes, sa robe de mousseline moulée sur ses courbes affolantes. Non, songea-t-il, tandis qu'elle revenait vers lui, ruisselante, il n'était pas du tout choqué.

En revanche, exactement comme la dernière fois, lorsqu'elle s'agenouilla devant lui, il avait les reins en feu. La fine mousseline gorgée d'eau ne cachait rien de ses seins ronds et fermes, dont les pointes dressées semblaient vouloir transpercer l'étoffe. Et, de même que la dernière fois, il sentit sa résolution fondre comme neige au soleil, ainsi que tous ses principes moraux.

— Allez-y, dit-elle dans un souffle. Vous savez que vous en avez envie.

Rejetant la tête en arrière, elle fit courir sa main sur son décolleté. La bouche sèche, Aidan la regarda jouer avec la pointe durcie d'un sein. Deux secondes plus tard, il l'attrapait par les bras et se laissait tomber sur la couverture en l'entraînant avec lui.

Ses longues mèches humides lui caressant le visage, elle se pencha sur lui et l'embrassa à pleine bouche. Elle avait un goût de myrtilles et de sel de mer. Lorsqu'elle commença à frotter ses hanches contre les siennes avec une lenteur lascive, Aidan s'arracha à ses lèvres dans un gémissement.

Bonté divine, cela avait-il été aussi délicieusement érotique, la dernière fois ? s'interrogea-t-il.

Elle se souleva légèrement et, appuyée sur les bras, le souffle court, elle murmura :

— Il me semble que le moment est venu de poursuivre ce pique-nique à l'intérieur. Qu'en dites-vous ?

Comme la première fois, Aidan n'hésita pas une seconde.

— Oui, répondit-il. Bon sang, oui !

Et de nouveau, la sensation de déjà-vu le frappa de plein fouet.

20

Quand Julia lui prit la main et se dirigea vers le sentier, il ne vint pas à l'idée d'Aidan de protester.

— Vos désirs sont des ordres, répéta-t-il quelques instants plus tard en entrant à sa suite dans le cottage.

Il referma la porte de la cuisine derrière eux, et lorsqu'il se retourna, elle était dans ses bras et lui offrait sa bouche.

Aidan encadra son visage de ses mains, avant d'enfouir les doigts dans ses cheveux humides. Mais lorsqu'elle se pressa contre lui et glissa la langue entre ses lèvres, le désir qu'il s'efforçait de tenir en bride depuis le début de l'après-midi menaça d'échapper à son contrôle. Aidan s'écarta légèrement pour atténuer la passion de leur baiser, avant de lui mordiller délicatement la lèvre, comme s'il savourait une sucrerie.

Puis il tenta de la repousser en se demandant s'il allait réussir à prendre son temps, mais elle semblait avoir une tout autre idée sur la question. Lui prenant les mains, elle les plaqua d'autorité sur sa poitrine.

— C'est ce que vous avez fait la dernière fois, souffla-t-elle.

— Vraiment ?

Spontanément, il pressa ses seins ronds à travers la fine étoffe de sa robe. Il avait à peu près réussi à reprendre le contrôle de la situation, mais il savait qu'il en faudrait peu pour qu'il perde de nouveau pied, et il ne voulait pas que cela arrive. Pas encore.

Ignorant les protestations de Julia, il ôta ses mains.

— Peu importe ce que j'ai fait la dernière fois. Cette fois, je suis sobre. Je veux que cela se passe différemment. N'oubliez pas que nous réécrivons cette scène.

— La fin de l'histoire, rectifia Julia.

Il haussa les épaules, refusant de discuter, et entreprit de défaire un à un les boutons de nacre qui fermaient le devant de sa robe. Puis il écarta les pans du vêtement, le fit glisser sur ses épaules et le long de ses bras. Laissant le corsage retomber sur sa taille fine, il lui caressa doucement les épaules. Il n'osait poser les yeux sur ses seins de peur que le désir flambe de nouveau et qu'il ne le maîtrise plus. Il fit courir ses mains sur son cou, sa nuque, puis jusqu'au bas de ses reins.

Là, il entreprit de dénouer la ceinture qui retenait sa robe à la taille, tout en parsemant sa gorge de baisers.

— Je n'aurais pas dû la nouer si serré, dit Julia avec un petit rire nerveux.

Aidan en fut soulagé car il était lui-même sur les charbons ardents. Non seulement il n'avait pas bu autant de champagne qu'au moins d'août, mais à l'époque, il ignorait tout du passé de Julia, de ce qu'elle avait subi, du manque de tendresse dont elle avait souffert. Maintenant qu'il savait, il était terriblement anxieux.

Le nœud céda enfin, la ceinture tomba et la robe humide glissa sur le sol. Julia sortit avec grâce du nuage d'étoffe froissée qui gisait à ses pieds et le poussa de côté tandis qu'Aidan s'autorisait enfin à parcourir du regard son corps mince, depuis ses chevilles délicates, ses jambes qui n'en finissaient pas, le triangle d'ébène au creux de ses cuisses.

— Bonté divine, murmura-t-il d'une voix enrouée, tandis que son regard s'attardait sur sa taille fine, ses hanches étroites. Ai-je eu droit à ce spectacle splendide, la dernière fois ?

— Oui.

Il marqua une brève pause à la hauteur de ses seins. Pas encore ! s'admonesta-t-il en s'obligeant à lever les yeux jusqu'à son cou gracieux. Inclinant la tête, il déposa un baiser à la base de sa gorge.

— Ai-je déjà fait cela ? demanda-t-il.

— Oui.

— Et ceci ?

Il parsema son épaule d'une série de baisers légers avant d'y faire courir la langue, lui arrachant un frisson.

— Et cela ?

Il enroula le bras autour de sa taille, l'attira à lui et l'embrassa de nouveau à pleine bouche tout en refermant sa main libre sur son sein.

— Ai-je aussi fait cela ? s'enquit-il en laissant retomber sa main.

— Oui. Et ensuite, vous m'avez repoussée.

Aidan ne put s'empêcher de regarder ses seins dont les pointes se dressaient fièrement. La bouche sèche, il marmonna :

— Je me suis conduit comme le dernier des imbéciles.

Julia émit un petit rire de gorge.

— Oui, c'est ce que je me suis dit, avoua-t-elle, l'œil espiègle.

Il rit avec elle, puis elle cessa soudain et fronça les sourcils.

— Attendez, dit-elle. Il y a quelque chose qui ne va pas.

Aidan la parcourut d'un regard gourmand.

— Je trouve que tout va parfaitement bien, au contraire.

— Ce n'est pas ce que je voulais dire. À ce moment-là, vous étiez à moitié dévêtu.

Écartant les bras, il déclara :

— Alors il est temps de vous mettre au travail.

— C'est aussi mon avis.

Elle lui ôta son gilet de soie ivoire, qu'elle laissa tomber sur le sol. Puis elle acheva de déboutonner sa chemise, avant de s'attaquer à ses boutons de manchettes.

— La dernière fois, ils étaient en or, fit-elle remarquer.

— Ah oui ? Vous avez dû me trouver un peu trop habillé.

— Non. Je vous ai trouvé adorable.

— Je ne suis pas sûr que ce soit un compliment, pour un homme, marmonna-t-il tandis qu'elle lui retirait sa chemise.

— Ce sont des compliments que vous voulez ?

Baissant les yeux sur lui, elle murmura :

— Vous avez le plus beau torse que j'aie jamais vu.

Elle fit courir ses paumes sur ses pectoraux musclés, son abdomen plat, avant de remonter le long de ses bras solides, puis de revenir à son point de départ.

— Quand je prends un amant, déclara-t-elle en riant, je fais les choses comme il faut.

Se penchant vers lui, elle déposa un baiser sur sa poitrine, à l'endroit où battait son cœur. Aidan ressentit un pincement à la fois suave et douloureux, qui n'avait rien à voir avec le désir qui courait dans ses veines.

Et lorsqu'elle ajouta d'une voix douce :

— Je veux que tout soit parfait, Aidan.

Il fut saisi d'un mélange de respect, d'effroi, et de folle excitation.

— Quoi que vous fassiez, Julia, s'entendit-il répondre, ce sera parfait.

Il prit son visage entre ses mains et lui mordilla les lèvres, avant de chuchoter :

— Faites ce que vous voulez. Ce dont vous avez envie.

Elle se hissa sur la pointe des pieds pour l'embrasser, mais il y avait à présent une tendresse dans son baiser, une vulnérabilité qui ne s'y trouvait pas auparavant. Elle ne semblait plus tendue ni désespérée, mais presque intimidée. Elle explora lentement sa bouche, comme si elle s'aventurait en terrain inconnu, et un frisson de plaisir secoua Aidan.

Puis elle ouvrit sa braguette afin de poursuivre son exploration. Aidan serra les dents et attendit, le cœur battant, mais lorsqu'elle referma les doigts autour de son sexe palpitant, il laissa échapper un grondement de frustration.

— Je ne peux pas.

Elle tressaillit et se figea.

— Ne me dites pas que vous allez encore tout arrêter ?

— Non, non ! s'écria-t-il en repoussant sa main. C'est juste que si vous brûlez les étapes, je ne réponds plus de rien.

Sans écouter ses protestations, il prit son visage entre ses mains et la gratifia d'un long baiser qui le grisa aussi sûrement que le meilleur des champagnes. Refermant les mains sur ses seins, il les pétrit doucement, puis lâcha sa bouche pour murmurer :

— Aimez-vous cela ? Aimez-vous que je vous caresse ainsi ?

— Aidan ! s'écria-t-elle d'un rire un peu choqué, comme si elle était embarrassée. Qui se montre effrontément audacieux, à présent ?

— J'apprends vite, murmura-t-il en faisant rouler la pointe de son sein entre ses doigts. Et cela, vous aimez ?

Elle acquiesça, et rejeta la tête en arrière, paupières closes, visage empourpré. Aidan se pencha sur elle.

— Et ceci ? souffla-t-il.

Il aspira la pointe de son sein entre ses lèvres, la lécha doucement, puis avec plus de vigueur. Un long frisson la parcourut tandis qu'un gémissement étouffé lui échappait.

Aidan joua longuement avec ses seins, les mordillant, les caressant, les suçant. Bientôt, elle laissa échapper de petits halètements de plaisir, le dos cambré pour mieux s'offrir à lui, puis elle frémit, le corps tendu à se rompre. Un cri lui échappa, et ses jambes se dérobèrent sous elle. Aidan l'enlaça pour la retenir, sans cesser de lui prodiguer ces étourdissantes caresses.

— On dirait que cela vous plaît, murmura-t-il.

Elle répondit par un son étouffé.

— Était-ce un oui ? demanda-t-il en riant.

Elle hocha la tête, puis glissa les doigts dans ses cheveux, et commença à onduler contre lui. Elle laissait échapper des gémissements étouffés, comme si elle n'osait se laisser aller complètement. Peut-être était-ce égoïste de sa part, mais il la voulait tout entière, sans la moindre retenue.

Alors il tomba à genoux devant elle, fit glisser ses mains sur ses hanches et les referma sur ses fesses rondes. L'attirant à lui, il déposa un baiser sur son nombril.

— Aimez-vous cela ? demanda-t-il tout contre sa peau.

— Oui, répondit-elle dans un soupir.

— Et ceci ?

Il traça un sillon de feu sur sa peau, depuis son ventre jusqu'aux boucles d'ébène au creux de ses cuisses. Elle émit un petit hoquet de stupeur et serra les jambes.

— Aidan, que faites-vous ?

— Aimez-vous ? insista-t-il, son souffle contre sa toison lui arrachant un petit sursaut affolé.

— Je ne sais pas ! s'exclama-t-elle.

Parfait, songea-t-il avant de déposer un baiser sur le triangle de soie.

— Aucun homme ne vous a jamais embrassée là ?

— Dieu du ciel, non ! Je vous l'ai dit, je n'ai... Oh ! gémit-elle lorsqu'il lui donna un petit coup de langue.

Elle desserra les jambes, et il poussa son avantage.

— Aidan, je vous en prie, ne faites pas cela. C'est... c'est indécent !

Il rit doucement.

— Qu'y a-t-il de si drôle ? demanda-t-elle.

— Vous. Voilà que vous jouez les rosières, à présent !

— Pas du tout ! protesta-t-elle, avant de laisser échapper un petit cri étranglé lorsqu'il lui donna un autre petit coup de langue. Je vous en prie, ne faites pas cela !

— Mais aimez-vous cela, Julia ? demanda-t-il. Que ressentez-vous ?

— Je ne saurais pas l'expliquer, gémit-elle.

— Est-ce bon ?

— Bon ? Mais c'est très mal ! C'est… Oh, Seigneur !

Elle cria de nouveau et ses genoux ployèrent sous elle.

Très mal ? Aidan sourit, se redressa et, la soulevant, la déposa sur la table de la cuisine. Il s'agenouilla entre ses cuisses pour la goûter de nouveau, savourant les frémissements qui la parcouraient à chacune de ses caresses. Elle était douce, humide, brûlante. Même si elle ne parvenait pas à le dire, elle aimait qu'il l'embrasse ainsi. Et tandis que sa langue la fouillait, elle commença à onduler en rythme, son souffle se fit plus rapide. Lorsqu'il effleura le délicat bouton de chair durci par le désir, elle laissa échapper un cri, qu'elle s'empressa d'étouffer en portant la main à ses lèvres.

— Non, Julia, fit-il en l'en empêchant. Ne dissimulez pas ce que vous éprouvez. Pas avec moi. Si vous ne me montrez pas ce que vous aimez, comment voulez-vous que je vous donne du plaisir ?

Il déposa un baiser léger sur son ventre.

— Aimez-vous que je vous embrasse là ?

— Oui, murmura-t-elle.

— Voulez-vous que je continue ?

— Oui !

— Alors il faut me le dire. Dites-moi que vous voulez que je vous embrasse là.

Julia leva les yeux au plafond. Jamais elle n'avait rien fait de plus difficile.

— Embrassez-moi, marmonna-t-elle, choquée par ses propres paroles.

Il déposa un baiser sur son estomac.

— Ici ?

Julia secoua la tête, affolée et en même temps si excitée qu'elle n'arrivait plus à penser.

— Plus bas, s'obligea-t-elle à répondre entre ses dents.

Il s'exécuta, et lui prodigua des caresses intimes d'une douceur, d'une sensualité inouïe. Confusément, elle l'entendit lui demander :

— Que ressentez-vous, Julia ?

Il voulait qu'elle lui *décrive* ce qu'elle éprouvait, maintenant ? Impossible ! Elle réprima un gémissement de volupté, luttant pour ne pas s'abandonner et ne sachant même pas pourquoi. Elle n'avait pas peur. Elle n'avait pas mal. Il n'y avait que de la tendresse et des baisers brûlants et audacieux, qui éveillaient en elle un plaisir sans nom. Elle n'avait même pas honte, alors qu'elle était assise nue sur la table de la cuisine baignée de soleil, jambes écartées, tandis qu'Aidan lui prodiguait ces caresses si impudiques. Aidan Carr ! Jamais elle n'aurait imaginé cela. Où avait-il appris à faire ce genre de choses ?

Emportée dans un maelström sensuel, elle n'était plus que contradictions, désir contre instinct de conservation. Comment pouvait-elle décrire de telles sensations ? « Voluptueuses, songea-t-elle en se mordant la lèvre. Merveilleuses. Oh, Seigneur ! »

— Julia, murmura Aidan contre sa toison humide, laissez-vous aller. Vous n'avez pas à combattre ce que vous éprouvez. Vous pouvez le montrer. Tout va bien.

Il recommença ses divines caresses, et peu à peu, Julia cessa de résister. Ses hanches se mirent en mouvement spontanément, en un rythme lent et doux, puis plus rapide, plus frénétique. Le silence n'était troublé que par le bruit de la table qui heurtait le mur derrière elle et par ses halètements. La vague qu'elle sentait se ramasser en elle grossit, et grossit encore, jusqu'à l'explosion, le déferlement, le flot de volupté qui la balaya, plus brûlant qu'un courant de lave chauffée à blanc, lui arrachant un long cri de bonheur. Elle se cambra une dernière fois, les vagues de la jouissance continuant de se succéder en elle avant de refluer lentement, ne laissant derrière elles qu'une merveilleuse euphorie.

Avec un soupir de pur bien-être, Julia s'étendit sur la table et ferma les yeux.

Comment avait-elle pu oublier ce qu'était la jouissance, cette tempête de tous les sens, cette lente montée du plaisir jusqu'à la déflagration finale ?

Et cependant, ce qu'elle avait éprouvé treize ans plus tôt avait été différent. Elle était jeune et inexpérimentée, et Stephen n'avait pas cherché à savoir ce qu'elle ressentait lorsqu'il l'embrassait et la caressait. Voilà pourquoi Aidan, si bon, si généreux, si droit, si fort de corps et d'esprit, lui était un baume.

Lorsqu'elle rouvrit les yeux, il la couvait d'un regard intense. Un petit sourire flotta sur ses lèvres, mais il conserva son expression sérieuse.

— Qu'y a-t-il ? demanda-t-elle.

— Tu es si belle, murmura-t-il.

Une vague de plaisir la parcourut, d'une tout autre nature que la précédente, mais tout aussi bienfaisante.

— C'est drôle, répondit-elle, émue, je me disais la même chose à ton sujet.

Aidan la contempla, si désirable avec ses joues empourprées, ses cheveux délicieusement emmêlés, ses seins dont les pointes roses se dressaient orgueilleusement, ses grands yeux bleu lavande où la passion le disputait à l'étonnement.

De grands yeux qui glissèrent jusqu'à son entrejambe.

— Sais-tu de quoi j'ai envie, maintenant ? souffla-t-elle.

Aidan secoua la tête.

— Je veux aller là-haut. Je veux... continuer.

Au comble du bonheur, Aidan la souleva dans ses bras et l'emporta sans attendre à l'étage. Une fois sur le palier, il regarda autour de lui, aperçut un lit en cuivre recouvert de draps blancs par une porte entrouverte au bout du couloir.

— C'est par là ? demanda-t-il.

Elle acquiesça d'un hochement de tête.

La chambre de Julia était d'une sobriété monacale. Un lit, une table de toilette à plateau de marbre et une armoire en constituaient tout l'ameublement. Seuls un tapis persan aux motifs chatoyants et des rideaux de mousseline, que la brise venue de la mer agitait doucement, apportaient une touche de confort.

Tandis qu'il déposait Julia sur le lit, Aidan sentit le désir crépiter de nouveau dans ses veines et lui incendier les reins, et il craignit de ne pas être capable de le contenir plus longtemps. Les yeux rivés à ceux de Julia, il acheva de se dévêtir, puis s'allongea à ses côtés.

— Dis-moi ce que tu veux, murmura-t-il.

— Toi.

Il n'attendait que cela. Glissant la main entre ses cuisses, il la caressa de nouveau, lui arrachant un gémissement. Mais déjà elle s'agitait, s'efforçait de l'attirer sur elle. Alors il la couvrit de son corps, logea son sexe à l'orée de sa féminité, et commença à entrer lentement en elle.

— Tu es sûre ? murmura-t-il.

Haletante, elle roula sa tête sur l'oreiller et posa ses mains sur ses hanches pour l'attirer en elle.

— Oui ! s'écria-t-elle. Je te veux en moi. Je t'en supplie, ne me fais pas attendre.

D'un souple coup de reins, il plongea en elle, se retira, puis plongea de nouveau, encore et encore. Il avait adopté un rythme lent qui lui permettait de contrôler, du moins à peu près, la situation. Mais Julia ne l'entendait pas de cette oreille. À sa grande stupéfaction, elle murmura :

— Je veux que tu jouisses.

Ondulant du bassin pour l'inviter à accélérer le rythme, elle ajouta, le taquinant à demi :

— Laisse-toi aller. Je sais que tu en as envie.

Il secoua la tête.

— Toi d'abord.

Elle ne voulut pas désarmer, enroula les jambes autour de ses hanches pour le prendre plus profondément en elle, et continua d'onduler, presque frénétiquement cette fois.

— Aidan, je t'en prie, implora-t-elle. Plus vite !

Têtu, il secoua la tête en étouffant un halètement de plaisir et de souffrance mêlés.

— Je veux que tu jouisses la première, dit-il entre ses dents.

Ce qui ne l'empêcha pas d'aller et venir en elle plus rapidement, chaque coup de reins plus vigoureux que le précédent. Et lorsque Julia bascula les hanches pour venir à sa rencontre, il n'eut d'autre choix que de se laisser porter par la vague puissante du plaisir partagé.

Finalement, Aidan parvint à ses fins. Julia fut emportée la première par l'extase, dans un long cri où se mêlaient la volupté, la surprise et le ravissement. À son tour, il sombra dans le néant de la jouissance, tandis que le lit tremblait sous la puissance de l'orgasme qui les secouait tous les deux.

Ce que Julia venait de vivre n'avait rien à voir avec les étreintes brèves et intenses qu'elle avait connues autrefois avec Stephen. Pour la première fois de sa vie, elle avait fait l'amour, et cette découverte l'emplissait de gratitude et d'émerveillement. Après un ultime coup de reins, Aidan s'était effondré sur elle ; il pesait à présent sur elle de tout son poids, le visage enfoui au creux de son cou.

Envahie par une immense tendresse, Julia caressa doucement son dos musclé et déposa un baiser sur sa tempe humide de sueur. Jamais elle n'avait ressenti cette sensation de béate euphorie et de totale confiance entre les bras d'un homme.

Elle n'était plus la gamine éperdument amoureuse d'autrefois, ni l'épouse effrayée au corps de glace, ni la malheureuse prête à piéger un innocent pour échapper à son bourreau, ni la scandaleuse à la repartie facile et aux nuits solitaires.

Elle était une femme, tout simplement. Une bouffée de joie lui gonfla le cœur et un flot de bonheur la submergea, si puissant que les larmes lui montèrent aux yeux. Elle était vivante. Telle la Belle au bois dormant s'éveillant de son long sommeil, elle pouvait de nouveau ressentir du plaisir, en recevoir et en donner. La vie était pleine de merveilleuses possibilités et d'aubes radieuses.

Elle était libre. Même si elle était encore fragile, à vif, blessée, lorsque Aidan l'enveloppait de ses bras, elle se sentait invulnérable.

Elle était belle et désirable. Pour la première fois de sa vie, elle venait de faire l'amour avec un homme.

Enfin heureuse, elle laissa libre cours à ses larmes.

21

Elle pleurait. Aidan sentit ses larmes contre sa joue. Inquiet, il leva la tête.

— Julia, que se passe-t-il ? Je ne t'ai pas fait mal ?

— Non, répondit-elle d'une voix étranglée. Non, au contraire.

Elle lui caressa les cheveux en souriant.

— Je peux de nouveau pleurer. J'en suis enfin capable. N'est-ce pas merveilleux ?

Aidan roula sur le côté, s'assit et la regarda sans comprendre.

— Je te fais pleurer et cela te rend heureuse ? s'étonna-t-il.

Elle s'assit à son tour.

— Je n'ai pas versé une larme pendant douze ans, expliqua-t-elle. J'en avais fait une fierté, le signe que rien ne pouvait m'atteindre. Maintenant, je peux souffrir et je peux être heureuse.

Elle se mit à rire.

— Tu ne comprends pas ce que je veux dire, n'est-ce pas ?

— Aucune idée, admit Aidan. Mais j'ai l'impression qu'il y a un rapport avec ton ex-mari.

Le sourire de Julia se figea. Elle hocha la tête.

— Faut-il que je te parle de lui ?

L'estomac noué par une soudaine appréhension, Aidan murmura :

— Seulement si tu le veux.

Elle réfléchit un moment, puis :

— J'aimerais, mais... je ne sais pas si j'en suis capable.

Aidan attendit. Il y eut un long silence avant qu'elle reprenne dans un murmure :

— Il avait cette cravate, une cravate en soie blanche. Il l'avait toujours dans la poche. Il jouait distraitement avec. Un jour, je lui ai demandé pourquoi il gardait cette cravate en permanence sur lui. Il a eu un drôle de sourire et s'est contenté de me dire que c'était sa cravate préférée. C'est durant notre nuit de noces que j'ai compris pourquoi.

Aidan sentit les poils se hérisser sur sa nuque.

— Pourquoi ? demanda-t-il d'une voix sans timbre, mais la question était inutile.

Il avait deviné.

— Il s'en sert pour attacher ses maîtresses. Il a aussi une cravache dont il adore se servir. Il aime frapper les femmes. Ça l'excite. Plus elles ont peur, mieux c'est.

Aidan aurait voulu poser un doigt sur ses lèvres, la supplier de se taire, mais pour guérir il fallait crever l'abcès. Serrant les dents, il lui caressa la joue et s'obligea à écouter.

— J'étais choquée et révoltée. Je ne comprenais pas ce qui m'arrivait. J'ignorais ce que je devais faire. Je venais d'avoir dix-huit ans, j'étais terrifiée. Je devinais que cela était malsain, mais j'ai vite compris qu'en le suppliant d'arrêter, en lui laissant voir ma peur, je ne faisais que l'exciter davantage. Plus je me rebellais, plus cela lui plaisait. Si je m'enfuyais, il me rattrapait et me ramenait de force. Puis j'ai trouvé un moyen de me protéger.

— Lequel ?

— J'ai découvert que si je restais inerte, comme morte, comme si je ne le voyais même pas... si je ne pleurais pas, ne le suppliais pas d'arrêter... alors il n'en avait plus envie.

Elle laissa échapper un rire amer.

Aidan ne savait que dire. Il n'ignorait pas qu'il y avait des hommes qui se comportaient de manière aussi révoltante, mais jamais il ne s'était appesanti sur le sujet, le trouvant trop abject. Il n'en avait pas la moindre envie en cet instant, mais il n'avait guère le choix.

— J'ai donc appris à ne rien ressentir, à ne rien exprimer, à ne rien faire, poursuivit Julia. Je me répétais sans cesse : « Tu es morte. Tu ne sens rien. Il ne peut pas te faire de mal. » Je ne pleurais pas, je ne manifestais pas la moindre émotion.

— Julia, murmura Aidan.

Il aurait voulu la consoler, trouver les mots qui soient un baume sur ses blessures, mais aucun mot ne pouvait l'être.

— Julia, ma chérie.

— Le stratagème a fonctionné. Il s'est lassé de moi et a cessé de venir dans ma chambre. Le jour où je me suis enfuie, j'avais l'espoir qu'il ne chercherait pas à me retrouver.

Aidan savait que cet espoir avait été vain. Il regretta soudain de ne pas tenir l'alcool. Un whisky bien tassé lui aurait fait le plus grand bien.

— Il a remonté ma piste jusqu'à Paris, où je vivais, et m'a proposé un compromis, continua Julia. Je passerais trois mois par an à Yardley Grange pour respecter les convenances et le reste de l'année, je serais libre d'aller où bon me semblait.

— Et tu as accepté.

C'était davantage une constatation qu'une question.

Elle hocha la tête.

— Je n'avais pas vraiment le choix. Pour ton information, se faire attacher, battre et violer par son mari ne constitue pas un motif valable pour demander le divorce.

Si elle avait parlé sans émotion apparente, Aidan, en revanche, bouillait de rage.

— Je l'ignorais, dit-il d'une voix blanche.

— Tant que les coups de cravache n'entaillent pas les chairs, ce n'est pas considéré comme de la cruauté. Moi aussi, je l'ignorais, jusqu'à ce que je consulte des avocats. L'un d'entre eux a même ri en me disant que certaines femmes appréciaient de tels traitements et m'a suggéré de m'y habituer. Ils ont tous été formels, je n'avais d'autre choix que de les endurer. Voilà pourquoi j'ai accepté la proposition de Yardley. Ma discrétion concernant ses tendances faisait partie du marché.

— Si tu avais parlé, fait des révélations dans la presse...

Aidan n'alla pas plus loin. Il avait déjà compris que cela n'aurait servi à rien.

— Et ensuite ? Je n'aurais toujours pas pu obtenir le divorce. De toute façon, je ne supportais pas l'idée d'en parler à qui que ce soit. Je n'avais même pas le courage d'avouer à ma propre famille ce que je subissais. J'avais tellement honte.

— Tu n'avais pas de raison d'avoir honte ! s'indigna Aidan.

— C'est facile à dire, et je sais que c'est vrai, mais révéler cela publiquement ? Raconter ce qu'il me faisait ? Le décrire ?

Elle secoua la tête.

— Il fallait que je pense à ma famille, reprit-elle d'une voix chevrotante. Je ne me voyais pas les obliger à assister, impuissants, à mon naufrage. Il n'y avait aucun recours légal contre Yardley. Cette histoire aurait fait scandale, et ils en auraient été éclaboussés. Et puis, je ne voulais pas de la pitié des gens. Sans parler de leur mépris. Avant de condamner la perversion de Yardley, on m'aurait blâmée pour mon manque de discrétion.

Hélas, songea Aidan, écœuré, ce n'était que trop vrai.

— Donc, tu as accepté son accord. Que s'est-il passé entre-temps pour que tu fasses... ce que tu as fait avec moi ?

— Je n'ai pas réussi à tenir ma promesse. Une année, j'ai refusé de rentrer à Yardley Grange. Tant que j'étais là, il se contentait de ma personne, mais après mon départ, il s'est retourné vers les bonnes. Je n'ai pas pu revenir sous le toit conjugal, sachant ce qu'elles avaient subi...

Sa voix se brisa.

— Ces pauvres filles...

— Julia, Julia, l'interrompit Aidan en l'attirant dans ses bras. Ce n'était pas ta faute.

— Non, mais j'ai été lâche.

— Certainement pas ! répliqua-t-il avec véhémence. Je ne connais pas de femme plus courageuse que toi.

Elle secoua la tête.

— C'est la vérité, insista-t-il.

Il déposa un baiser dans ses cheveux, puis s'adossa à la tête du lit sans la lâcher.

— Je ne te laisserai pas te déprécier ainsi. Et les domestiques ne sont pas des esclaves. Elles peuvent toujours chercher un autre emploi.

— Sans lettre de recommandation ? Aidan, le simple fait qu'elles restent ne dit que trop clairement qu'elles n'ont pas le choix.

— Ce n'est pas ta faute, Julia, répéta-t-il. Tu ne peux pas sauver le monde entier.

— Je sais, soupira-t-elle. Quand j'ai refusé de rentrer à Yardley Grange, il a pris une maîtresse. Apparemment, elle avait les mêmes goûts que lui, tout s'est donc arrangé pendant quelque temps. Jusqu'à ce qu'elle le quitte, et qu'il recommence à me harceler. Il m'a traquée dans toute la France et l'Angleterre. Je devais sans cesse être sur mes gardes. C'est là que j'ai trouvé une solution pour le fuir.

— La Mercedes ? devina Aidan.

— Oui. Bien m'en a pris car peu de temps après, il m'a supprimé ma pension. Les dettes se sont accumulées, et ce que me versait Paul ne suffisait pas. La situation est devenue intenable. Puis Yardley a failli mourir d'une mauvaise fièvre, et quand il s'est rétabli, il n'avait plus qu'une idée en tête : avoir un héritier. Il m'a alors proposé un nouveau pacte. Une fois que j'aurais accompli mon devoir en lui donnant un fils, il consentirait au divorce. Je n'ai pas pu m'y résoudre. En cas de divorce, lorsque l'enfant aurait atteint sept ans, c'est son père qui en aurait la garde. Et s'il divorçait de moi pour cause d'adultère, on ne me confierait jamais mon enfant. À quelles horreurs serait-il contraint d'assister sous le toit paternel ? J'en faisais des cauchemars. Je n'avais pas le droit de mettre un enfant au monde pour lui infliger une pareille existence.

— Bien sûr, ma chérie, bien sûr. Mon Dieu, si seulement j'avais su cela plus tôt !

— Mon prince charmant ! sourit-elle. Et qu'aurais-tu fait ?

— J'ai quelques idées. Réputation ternie ou pas, je suis toujours le duc de Trathen. J'ai plus d'influence que Yardley n'en aura jamais, et bien plus d'argent. Je peux faire de sa vie un enfer, crois-moi. Et j'avoue que la tentation est forte.

Julia se mordit la lèvre.

— Sa vie est *déjà* un enfer, Aidan. Et peu importe. Je suis délivrée de lui, désormais. Me venger signifierait seulement qu'il a encore une emprise sur moi. Si je me moque de ce qui peut lui arriver, c'est la preuve que je suis vraiment libre, et il n'y a rien que je souhaite davantage.

Aidan hocha la tête, se rendant à ses raisons.

— Très bien, mais je pourrais au moins demander à lady Weston de chercher une autre place pour ses bonnes. Ne dirige-t-elle pas une agence de placement ?

— Il les remplacerait aussitôt par d'autres.

— Certes. Je pourrais aussi faire circuler des rumeurs au sujet de ses vices, histoire de décourager des fiancées potentielles.

— Pour qu'il te fasse un procès en diffamation ? Méfie-toi, Aidan.

— Tout est dans la façon de s'y prendre. Quand j'en aurai fini avec lui, toute la bonne société de Londres se pincera le nez à son passage, dégoûtée par ses pratiques infâmes, mais il sera incapable d'apporter des preuves quant à l'origine de la rumeur. Fais-moi confiance, à cette sorte de jeu, je peux le faire mat avant qu'il ait bougé sa première pièce.

Julia lui caressa la joue.

— Sous tes airs angéliques, murmura-t-elle, tu es un vrai démon.

Il fit mine de s'indigner.

— Voilà une accusation totalement infondée ! Je vais à la messe tous les dimanches. Et autrefois, j'étais enfant de chœur.

Julia l'étudia d'un air pensif, la tête inclinée de côté. Puis un sourire lui retroussa le coin des lèvres tandis qu'une lueur espiègle s'allumait au fond de ses yeux. Elle posa la main à plat sur le torse d'Aidan avant de descendre lentement vers son abdomen. Puis, sans cesser de sourire, elle le força à s'allonger sur le lit, s'agenouilla près de lui et referma les doigts autour de son sexe, qui durcit aussitôt.

— Enfant de chœur, tu parles ! murmura-t-elle.

Ils firent de nouveau l'amour mais cette fois, ce fut Julia qui dirigea les opérations. Elle commença par le caresser, avant de le prendre dans sa bouche, lui infligeant le même délectable supplice que celui qu'il lui avait fait endurer. Elle en savoura chaque instant, jusqu'à ce qu'il ondule des hanches et que son souffle jaillisse, haletant, entre ses dents serrées.

— C'est bon, articula-t-il, je me rends. Je te veux, Julia. Je veux te prendre. Tout de suite.

Elle l'enfourcha docilement, se souleva de manière que son érection soit positionnée à l'entrée de son sexe, puis murmura :

— Un *gentleman* demande poliment.

— S'il te plaît, gémit-il.

Elle rit, à la fois excitée et émue. Avec lui, la chair était belle, un véritable acte de partage.

Il la pénétra d'un seul coup de reins, et la jouissance explosa aussitôt en elle, lui arrachant un cri de volupté et de surprise mêlées. Ses muscles intimes se contractèrent follement tandis qu'Aidan se cabrait sous elle. Et quand il bascula à son tour dans l'extase en criant son nom, elle frissonna de bonheur.

Lorsque tout fut fini, que leurs respirations se furent calmées, que leurs cœurs eurent retrouvé un rythme normal, Julia l'embrassa doucement et chuchota :

— Je crois que je suis capable de prendre du plaisir au lit, tout compte fait. Tant que c'est avec toi.

Aidan se réveilla à l'aube. Il se leva sans bruit et emmena Spike faire une promenade. À son retour, Julia dormait toujours. Il se glissa doucement dans le lit pour ne pas la réveiller.

Elle dormait comme une enfant, remarqua-t-il, ému. Sur le côté, les mains jointes sous la joue. Dans la pâle clarté du matin, son teint était lumineux. Ses cils épais ombraient délicatement ses joues et ses lèvres étaient gonflées d'avoir été trop embrassées.

Le petit elfe impertinent qu'il avait rencontré autrefois dans un bois du Dorset était devenu une femme magnifique, à la fois forte et fragile. Une femme qui avait besoin de paix et de tranquillité, d'être choyée et protégée. Et tout cela, il pouvait le lui offrir.

Il songea soudain à sa quête de l'épouse idéale et à la liste sans fin de qualités qui lui avaient jusqu'à présent paru indispensables. Il se rendait soudain compte que la duchesse de ses rêves n'avait besoin que d'avoir du caractère. Et du caractère, Julia en avait à revendre ! Sa force intérieure et sa capacité à encaisser les coups du destin sans jamais se départir de sa grâce le laissaient sans voix.

Julia était impossible, incorrigible, invincible. Et c'était elle qu'il voulait. Il l'aimait. Sans doute l'avait-il aimée au premier regard, même s'il n'avait pas voulu l'admettre. Jamais il ne pourrait l'obliger à se plier à sa volonté ou à se soumettre aux conventions de la bonne société, mais cela, il le savait depuis toujours. Julia était une âme impossible à vaincre.

Elle ouvrit les yeux, battit des cils et lui décocha un sourire ensommeillé.

— Que tu as l'air sérieux, murmura-t-elle. À quoi penses-tu donc ?

— À notre poème préféré. Tu es la seule personne que je connaisse qui soit vraiment invincible.

Elle fronça les sourcils d'un air surpris.

— Moi ? Je ne suis pas Invictus. C'est toi qui l'es ! Je te reverrai toujours, dans cette salle de tribunal, « meurtri par les tribulations, debout bien que blessé ».

— Non, ma chérie. Moi, je vis selon les règles. Je me contente de la donne que la vie m'a distribuée. Toi, tu agites le poing sous le nez du destin pour lui lancer des défis.

Elle éclata de rire.

— Peut-être. Encore que je ne me suis jamais vue comme une personne invincible.

Il déposa un baiser sur ses lèvres si douces.

— Je t'aime. Et je veux passer ma vie à te le prouver.

Il se redressa légèrement et plongea son regard dans le sien.

— Épouse-moi, s'entendit-il demander.

Les mots lui avaient échappé. À peine Aidan les avait-il prononcés qu'il comprit qu'il venait de commettre une grave erreur. À vouloir brûler les étapes, il venait peut-être de compromettre définitivement ses chances de la conquérir.

22

Il sembla à Julia qu'un poids énorme lui écrasait la poitrine, la clouait sur le lit, l'empêchait de respirer. Elle tenta de le chasser en éclatant de rire.

— Aidan, tu ne peux pas m'épouser, voyons !

— Pourquoi ?

Elle se redressa en position assise.

— J'ai une réputation scandaleuse, voilà pourquoi !

— Moi aussi.

Julia le fixa d'un regard incrédule. Puis elle rejeta le drap et se leva pour mettre un peu de distance entre eux, se donner le temps de réfléchir. Mais à peine debout, elle s'avisa qu'elle était nue, et donc plus vulnérable que jamais. Elle s'empressa d'aller récupérer un peignoir dans son armoire et le passa rapidement, regrettant de ne pas pouvoir fumer une cigarette pour se calmer les nerfs.

— Si ta réputation a été ternie, c'est uniquement à cause de moi, lui rappela-t-elle. En outre, pour un homme, ce n'est pas aussi grave.

— Aux yeux de la bonne société peut-être, mais pas aux miens. Et de toute façon, je me moque de ce que pense la bonne société.

— L'amour rend aveugle, mon chéri. Tu as toujours été très sensible à ce que la bonne société pensait de toi.

— Tu comptes davantage à mes yeux, s'entêta-t-il. Je t'aime.

Il se leva à son tour et entreprit de s'habiller. Il était on ne peut plus sérieux, comprit Julia, et une bouffée de panique la submergea.

— Aidan, je suis divorcée. Je ne retrouverai peut-être jamais ma place dans la société, et c'est toi qui en feras les frais.

— Insinues-tu que je pourrais avoir honte de toi ? rétorqua-t-il. Jamais.

Là encore, il était sérieux, si elle se fiait à son regard grave et à son ton ferme. Mais qu'en serait-il dans cinq ans, si le monde s'obstinait à bouder sa duchesse ? Dans dix ans, si leur fils n'était pas accepté à Eton à cause d'elle ? Dans vingt ans, si leur fille ne trouvait pas de mari par sa faute ? Elle l'ignorait et ne voulait pas le savoir.

Comprenant toutefois qu'il était inutile de discuter, elle opta pour une autre tactique.

— Je ferais une épouvantable duchesse. J'ai horreur des bonnes œuvres et des bals de charité.

Il éclata de rire et s'approcha d'elle.

— Jamais je ne te forcerai à faire ce dont tu n'as pas envie.

Elle frissonna. *La forcer*.

— Non, mais tu le pourrais. Dans le serment de mariage, il est écrit que je te dois obéissance, dit-elle d'une voix faible.

— Je ne le ferais pas, articula-t-il, les sourcils froncés.

— Tu le pourrais, répéta-t-elle, obstinée.

Puis, avec des inflexions affolées dont elle était consciente, elle demanda :

— Pourquoi ? Pourquoi faut-il se marier ? Ne pouvons-nous pas continuer ainsi ?

— Tu veux dire avoir une liaison ?

— Oui. Je ne vois pas où est le mal.

— Je t'aime. Je veux t'épouser. Je veux des enfants.

— Tu veux dire, des héritiers pour ton titre.

— Non, Julia, répondit-il d'un ton patient. Je veux dire des enfants. Une famille.

Elle détourna les yeux.

— Je ne sais même pas si je peux t'en donner. J'ai trente ans et je ne suis jamais tombée enceinte. Si j'étais stérile ?

— Alors le titre irait à mon cousin. Quant à ma famille, ce serait juste toi et moi.

— Tu ne peux pas vouloir une chose pareille ! Tu souhaites avoir des enfants. Si tu te retrouves lié à moi et que je suis incapable de t'en donner, tu finiras par m'en vouloir, puis par me haïr, et… et…

Elle s'interrompit, cherchant ses mots.

— … le mariage aura tout gâché !

Aidan laissa échapper un soupir, puis s'assit sur le lit pour enfiler ses chaussures.

— Qu'est-ce que ça signifie ? demanda Julia. Ce soupir ?

— Je trouve tes arguments puérils.

— Je ne suis pas puérile ! s'emporta Julia.

— Je n'ai pas dit que tu l'étais, répliqua-t-il posément, mais à t'entendre, le mariage et l'amour ne sont pas compatibles. C'est soit l'un, soit l'autre. Il n'y a pas de demi-mesure. Je trouve que c'est une vision très infantile.

— Infantile ou pas, c'est la vérité ! rétorqua Julia avec feu.

Elle venait tout juste de retrouver sa liberté, il n'était pas question qu'elle y renonce.

— Le mariage peut se révéler un cauchemar, comme le mien, ou heureux et ennuyeux, comme celui de mes parents, ou encore passionné et tourmenté, déclara-t-elle sombrement. Il n'est jamais ce qu'il devrait être.

— Et que devrait-il être ? voulut savoir Aidan.

— Passionné *et* heureux *et* paisible.

— Je ne vois pas pourquoi nous ne pourrions pas avoir tout cela.

— Oh, mais nous le pouvons ! À condition de ne pas être mariés.

Aidan émit un petit ricanement agacé.

— Où est la différence ? Crois-tu qu'il suffit de publier les bans et de se jurer fidélité pour tuer l'amour ?

— Non, l'amour ne dure pas de toute façon.

— Que tu es cynique !

— Je suis réaliste. Tôt ou tard, l'amour finit par mourir. C'est juste une question de temps. Seulement, si nous sommes mariés, nous devrons rester ensemble.

— Quel effroyable destin, railla Aidan.

Cette fois, ce fut elle qui soupira.

— Hier encore, tu étais d'accord pour que nous soyons juste amants. Qu'est-ce qui a changé ?

— Tout !

D'un geste exaspéré, il fourragea dans ses cheveux.

— Je t'aime, reprit-il. Je t'aime depuis toujours. Ce matin, en te regardant dormir, j'ai su que je voulais passer ma vie à tes côtés. Chaque jour de ma vie. Je veux vieillir avec toi. Est-ce donc que tu ne m'aimes pas ?

Ce serait le moyen parfait de s'en sortir, songea Julia. Il lui suffisait de prendre un ton blasé et de rétorquer : « T'aimer ? Oh, Aidan, mon chéri, tu n'imaginais tout de même pas que l'amour avait quoi que ce soit à voir dans cette histoire ? »

Hélas ! Elle ne pouvait pas dire cela. Ce serait un mensonge. Le moment était certes mal choisi, mais, en l'occurrence, elle était incapable de mentir.

— Je t'aime, admit-elle à contrecœur. Mais ce que je veux, c'est la passion que partagent les amants, pas l'ennui conjugal. Ne pouvons-nous continuer ainsi le temps que durera notre amour ?

Il secoua la tête d'un air buté.

— Nous aurions tout ce dont nous avons envie, sans les chaînes, plaida-t-elle.

— Les chaînes ? explosa Aidan. Je te demande d'être ma duchesse, de partager ma vie et de porter mes enfants, et tu parles de chaînes ?

— Oui ! hurla Julia. Je veux être libre ! Libre, tu comprends ! J'ai été esclave du mariage durant douze ans, et je n'ai pas l'intention de recommencer. Comment as-tu pu croire que j'accepterais ?

Aidan sursauta comme si elle l'avait giflé.

— Que veux-tu dire ? demanda-t-il d'une voix où vibrait une colère froide. Que je suis comme Yardley ? Que je t'attacherais ?

— Pas au sens propre, bien sûr !

— Mais au sens figuré ? Bonté divine, pas étonnant que tu ne m'aimes pas.

— Si, je t'aime.

Il secoua la tête.

— Non, pas vraiment. Parce qu'il n'y a pas d'amour sans confiance.

— Tu es injuste. Tu ne peux pas me demander cela, pas après...

— Non seulement je le peux, mais je le fais, coupa-t-il. Je n'ai rien de commun avec cet homme. Je ne devrais même pas avoir à te le dire ! Julia, nous nous connaissons depuis treize ans. Crois-tu que je serais capable de t'infliger les horreurs qu'il t'a fait endurer ?

— Bien sûr que non ! Mais cela ne change rien au fait que je n'ai pas l'intention de me remarier. Plus jamais je ne me laisserai enfermer dans ce piège.

— Je t'aime. Jamais je ne t'enfermerais.

— Même si la cage est dorée, le mariage demeure une prison.

— Alors que proposes-tu ? demanda-t-il avec lassitude. Qu'on se retrouve ici de temps à autre quand nos obligations mutuelles nous en laisseront le temps ? Tu me dis que tu veux être ma maîtresse. Je veillerai donc à ton confort, à tes besoins matériel, en bref, je t'entretiendrai, et donc tu m'appartiendras ? En quoi serait-ce moins une prison ?

— Je n'ai jamais parlé d'être ta catin rémunérée ! s'indigna-t-elle. Je veux que nous soyons ensemble le plus possible, comme un couple marié, mais sans toutes ces formalités légales.

— Tu plaisantes ? s'écria Aidan, choqué.

Julia réprima un sourire. Il était si ridiculement, si délicieusement vieux jeu !

— Pourquoi pas ? Nous ne serions ni les premiers ni les derniers.

— Et si tu tombes enceinte ?

Julia détourna le regard, mal à l'aise.

— Je te l'ai dit, je suis peut-être stérile.

— Et si tu ne l'es pas ?

— Il y a des méthodes pour éviter une grossesse.

— Elles ne marchent pas toujours. Et en cas d'échec, mon enfant serait un bâtard !

Il avait prononcé ce dernier mot avec tant de mépris que Julia tressaillit. Cette discussion ne les menait nulle part, car chacun campait sur ses positions. Au désespoir, elle chercha une porte de sortie, un compromis acceptable. Après réflexion, elle prit une profonde inspiration, et hasarda :

— Tu peux toujours épouser quelqu'un d'autre. Ainsi, tu auras... des enfants légitimes.

La seule idée lui était insupportable, mais aucune autre solution ne lui venait à l'esprit pour ménager leurs exigences si contradictoires.

Aidan étrécit les yeux et s'écarta d'elle, comme s'il éprouvait de la répulsion, soudain.

— Je refuse de croire que tu puisses suggérer une chose pareille.

« Nous n'avons pas d'autre choix », songea-t-elle.

— De toute façon, tu t'étais résigné à un mariage sans amour, lui rappela-t-elle.

— Uniquement parce que je ne croyais pas au coup de foudre ! Je pensais que l'amour viendrait ensuite, mais il n'est pas question que j'épouse une femme en sachant que je la tromperai. Je ne suis pas mon père !

Il fit une pause, puis reprit d'un ton plus posé :

— Hors du mariage, je ne vois aucune option acceptable.

Julia réprima un éclat de rire plein d'ironie amère.

— Alors c'est tout ou rien ? *Qui* est puéril, maintenant ? rétorqua Julia d'un ton où l'ironie le disputait à l'amertume.

Aidan leva les yeux au plafond, pivota sur ses talons en ravalant un juron et se dirigea vers la fenêtre. Il garda le silence un long moment.

— Je t'aime, Julia, finit-il par dire. Je t'aime de toute mon âme, de tout mon cœur, de tout mon corps, mais même cela ne justifierait pas que je sacrifie mon honneur.

Une bouffée de colère mêlée de ressentiment monta en Julia. Au diable son code de l'honneur, ses idées d'un autre âge et ses exigences intenables ! Elle le détestait d'attendre d'elle qu'elle se plie à sa volonté. Et surtout, elle se détestait de ne pas avoir le courage de lui donner ce qu'il voulait par-dessus tout.

— Pourquoi me demandes-tu cela ? gémit-elle tandis qu'il se dirigeait vers la porte. Parce que je ne peux pas te le donner ?

Il s'immobilisa à sa hauteur.

— Parce que je t'aime, répondit-il, la tendresse dans son regard la bouleversant. Et parce que je veux que tu m'aimes assez pour t'engager avec moi pour la vie. Parce que je veux que tu sois vraiment libérée de Yardley, et que tu ne le seras pas tant que tu auras peur du mariage. Parce que je veux que tu me fasses suffisamment confiance pour savoir que, quoi qu'il arrive, je t'aimerai, je te protégerai et je te chérirai jusqu'à mon dernier souffle. Voilà pourquoi, Julia.

Elle aurait tellement voulu le croire ! Mais si elle se trompait ? Si elle commettait une erreur irréparable ?

— Et pour moi, conclut Aidan, cela n'est possible que si tu m'épouses, devant Dieu et les hommes.

— Aidan, je…

Elle avait beau savoir qu'il n'était pas Yardley, elle était paralysée par la peur. Jamais Aidan n'accepterait de divorcer si un jour ils n'étaient plus heureux ensemble.

— Je ne peux pas ! s'écria-t-elle. Tu m'en demandes trop !

— Je ne me contenterai pas de moins, répliqua-t-il avant de gagner la porte. Mais si c'est ainsi que tu vois les choses, il n'y a rien de plus à dire. Je serai à Trathen Leagh pour l'été.

— Pourquoi me dis-tu cela ? demanda-t-elle, partagée entre la colère et le chagrin. Parce que tu penses que je pourrais changer d'avis ?

Il fit halte sur le seuil, mais ne se tourna pas vers elle.

— Parce qu'après ce qui s'est passé cette nuit, tu pourrais être enceinte. Et que si cela arrivait, je veux le savoir.

Sur ces mots, il sortit de la chambre. Et de la vie de Julia. Les joues ruisselantes de larmes, elle écouta son pas décroître dans l'escalier.

Aidan traversa la cuisine en trombe – il se souviendrait de cette pièce toute sa vie, soupçonnait-il – et quitta la maison. Il aimait Julia comme un fou et la seule idée de ne plus jamais se réveiller à son côté comme ce matin lui était une souffrance insupportable. Mais pourquoi diable lui avait-il dit qu'il passerait l'été à Trathen Leagh ? Pourquoi rester ? Si un enfant avait été conçu, il ne pourrait même pas lui donner son nom.

Il se dirigeait vers l'étable pour atteler sa voiture lorsqu'il se souvint que le phonographe, ainsi que sa veste et le pique-nique étaient restés sur la plage, or il menaçait de pleuvoir. Lâchant un juron, il fit demi-tour et descendit le sentier à grands pas. Il lui fallut faire deux voyages pour tout remonter, mais Julia ne se montra pas.

Jamais elle ne changerait d'avis. Il avait vu son expression horrifiée lorsqu'il lui avait demandé de l'épouser. Il comprenait mieux, à présent, son aversion pour le mariage et ne pouvait pas la lui reprocher. Mais qu'elle puisse le comparer à Yardley le blessait et l'insultait ; en tant que *gentleman*, en tant qu'homme et en tant qu'être humain.

« Je ne suis pas Yardley ! » eut-il envie de hurler, alors qu'il passait sous la fenêtre de la chambre de Julia. Mais à quoi bon ? Il regagna l'étable et entreprit d'atteler la jument. Il regrettait d'avoir dit à Julia qu'il passerait l'été à Trathen Leagh. Mais il ne l'avait fait que pour ne pas partir loin d'elle. Avec un peu de chance, il la croiserait en ville. Ou peut-être l'apercevrait-il, prenant un bain de mer, lorsqu'il naviguerait dans les parages. Et sinon, il pourrait toujours venir discrètement à Gwithian pour l'épier de loin…

Bonté divine, il perdait l'esprit ! D'un geste impatient, il passa le harnais à l'animal. Il avait eu toutes les peines du monde à quitter Julia, tout à l'heure. Combien de jours, ou d'heures, s'écouleraient avant qu'il cède et revienne lui dire qu'il acceptait les miettes qu'elle consentirait à lui jeter, et même qu'il serait heureux de s'en contenter ?

Elle était divorcée, mais pas moins inaccessible qu'autrefois.

— Aidan ?

Il se figea en entendant sa voix. Que voulait-elle ? Si c'était pour lui dire au revoir, qu'elle le fasse et qu'elle s'en aille ! Agacé, il se remit à sa tâche.

— C'était un sacré discours, que tu as fait, lâcha-t-elle. Très éloquent.

— Pas suffisamment, semble-t-il, puisque je n'ai pas réussi à te convaincre.

Elle s'approcha de lui, mais il ne se retourna pas.

— Que veux-tu, Julia ? demanda-t-il.

— Parler.

— Nous nous sommes tout dit. Je t'ai demandée en mariage, tu as refusé.

— Aidan, s'il te plaît, regarde-moi.

S'interdisant tout espoir, il pivota vers elle.

— J'ai été surprise par ta demande, avoua-t-elle, mais je n'aurais pas dû l'être. Tu n'es pas homme à te contenter d'une liaison. C'est du reste pour cette raison que j'ai laissé le champ libre à Beatrix, le soir où nous nous sommes revus, au bal de Saint-Ives. J'avais déjà compris que tu ne pourrais pas être heureux avec une femme mariée. Et aujourd'hui, je comprends que tu ne peux pas non plus être heureux avec une femme si tu n'es pas marié avec elle. Aidan… rien ne m'importe plus au monde que ton bonheur.

— Qu'es-tu en train de me dire, Julia ? murmura-t-il.

Elle laissa échapper un petit rire tremblant.

— Je suis en train de te dire oui. J'accepte de t'épouser. Si nous avons un enfant, je veux qu'il porte ton nom. Et…

Elle s'interrompit. Aidan retint son souffle, n'osant encore croire à son bonheur.

— Et je t'aime, reprit-elle. Ce soir-là, à Saint-Ives, je suis tombée amoureuse de toi. J'ai croisé ton regard. Il était si franc, si honnête, que j'ai eu l'impression d'arriver enfin au port après la tempête. J'ai besoin de toi. J'ai besoin de ta force, de ton calme.

Aidan la contempla, bouleversé. Cette femme si belle, à l'esprit libre, lui offrait son cœur. C'était une responsabilité presque effrayante, mais il était par nature un homme qui ne reculait pas devant ses responsabilités. Et il ne pouvait imaginer sa vie sans elle.

Il s'approcha d'elle, déposa un baiser sur ses lèvres, et sentit qu'elle souriait.

— Qu'est-ce qui t'amuse ainsi ? s'enquit-il.

— Je n'ai pas terminé. J'ai d'autres raisons.

— Oh, toutes mes excuses ! Je t'écoute.

— Si je ne t'épouse pas, tu finiras par te laisser passer la bague au doigt par une autre femme, laquelle – je n'ai aucun doute sur ce point – ne te conviendra absolument pas. Je t'aime trop pour te laisser te fourvoyer dans un mariage malheureux. Il faut que je te sauve d'un tel désastre.

— J'ignorais que c'était à la princesse de voler au secours du prince, mais je te remercie.

Il se pencha de nouveau sur elle pour sceller leur accord d'un baiser, mais juste avant que leurs lèvres ne se rencontrent, elle murmura :

— Un dernier point. Spike ne me le pardonnerait pas si je te laissais partir.

Aidan ne put retenir un sourire attendri.

— Toutes tes défenses sont tombées, à présent, ma princesse. Comment te sens-tu ?

— Libre, Aidan ! s'exclama-t-elle en se jetant à son cou. Libre !

Publier les bans était certes très vieux jeu, mais Aidan prétendit que cela permettrait à Julia de disposer de trois semaines de réflexion avant le mariage.

À vrai dire, il ne fut pas mécontent d'avoir un peu de temps pour convaincre le vicaire – qui avait exprimé des réticences – de marier une divorcée dans son église.

Lorsqu'il publia l'annonce de ses troisièmes fiançailles dans la presse, le choix de la promise fit sensation. Les paris furent ouverts, et l'on misa à cinq contre un que la mariée tournerait les talons au dernier moment.

Julia leur donna tort. Vêtue d'une superbe robe blanche – oui, blanche –, la scandaleuse lady Yardley, née Hammet, se tint au côté d'Aidan en l'église de Saint-Ives et prononça son serment, avec conviction et tout son cœur, cette fois.

Sa voix ne faiblit pas quand elle promit devant l'assemblée réunie de prendre Aidan pour époux, d'être avec lui pour le meilleur et pour le pire, dans la richesse ou dans la pauvreté, dans la maladie comme dans la santé, répétant mot pour mot le serment sacré.

Enfin, presque mot pour mot. Aidan n'entendit pas le verbe *obéir*.

Sans doute l'avait-elle oublié.

Découvrez les prochaines nouveautés des différentes collections J'ai lu pour elle

AVENTURES & PASSIONS

Le 3 avril

Inédit

Aimer encore – **Carolyn Jewel**

Le scandaleux comte de Banallt est un séducteur né, qui attire toutes les femmes dans son lit. Toutes, hormis Sophie Evans. Mariée à un libertin notoire, désabusée, elle l'éconduit. Mais tenir tête à Banallt est un jeu dangereux… Quatre ans plus tard, quand Sophie devient veuve, Banallt se jure de conquérir celle qu'il désire depuis bien trop longtemps.

Inédit

Les trois grâces - 2 -Possédé par la grâce – **Jennifer Blake**

Angleterre, 1486. Victime d'une malédiction qui causerait la mort de son futur époux, lady Catherine Milton a abandonné l'espoir de se marier. Le roi, lui, en a décidé autrement et lui intime l'ordre de séduire l'Écossais Ross Dunbar. De fait, Ross tombe aussitôt sous le charme de la belle. Et réciproquement. Mais Catherine doit se rendre à l'évidence : si elle succombe à son amour pour Ross, il en mourra…

Inédit

Pacte sensuel – **Cecilia Grant**

Veuve depuis peu, Martha Russell doit à tout prix protéger son domaine des griffes de son détestable beau-frère. Et pour garder ses terres, il lui faut un héritier. Forte de cette idée lumineuse, elle propose un marché à son voisin, le scandaleux et débauché Theophilus Mirkwood : un mois de passion en échange d'une rémunération…

La fiançée offerte ꝏ **Julie Garwood**

Au vainqueur du tournoi, le roi a promis la main de lady Nicholaa. Alors que la belle captive s'avance parmi la foule, elle commet un acte de bravoure en sauvant des flammes une enfant. Devant l'assemblée pétrifiée, le roi, ému par un tel courage, propose alors à la jeune femme de choisir elle-même un prétendant. Voilà pour elle l'occasion idéale de se venger de Royce, de ses humiliations et de ses caresses osées...

Le 17 avril

Inédit ***Les McCabe - 2 -La séduction du Highlander*** ꝏ **Maya Banks**

Dans l'Écosse du Moyen Âge, les mœurs sont parfois impitoyables. Rejetée par les membres de son clan, Keeley McDonald a été trahie par tous ceux qu'elle aimait. Pourtant, son cœur est pur et noble. Aussi, quand elle aperçoit un guerrier entre la vie et la mort, elle le recueille, le soigne, puis succombe à la tentation. Caresses exquises, étreintes passionnées, le bel Highlander l'ensorcèle. Et lui fait courir un immense danger…

Les Highlanders du Nouveau Monde - 2 -Fidèle à son clan ꝏ **Pamela Clare**

1759. Quand Morgan McKinnon, le chef d'un bataillon de soldats sanguinaires, tombe aux mains des Français, il est voué à une mort atroce. Car ces derniers vont le livrer aux Abénaquis. Or, dans un premier temps, le prisonnier est confié à la pupille du commandant du fort. Contre toute attente, Amalie sent son cœur vaciller pour ce barbare sans foi ni loi...

Des roses pour le dire ꝏ **Jacquie d'Alessandro**

Alors qu'il se rend à son pavillon de chasse pour quelques jours de repos, Stephen Barrett tombe dans un traquenard. Il parvient à échapper à ses agresseurs mais après une chute de cheval, il perd connaissance. À son réveil, une ravissante jeune femme est à son chevet. Troublé par la beauté de Hayley, Stephen, huitième marquis de Glenfield, préfère dissimuler son identité...

Le 3 avril

PROMESSES

Inédit

Destiny - 2 - À l'ombre des pommiers ☙ **Toni Blake**
Rachel Farris revient à Destiny avec un objectif en tête : faire déguerpir Mike Romo qui veut s'approprier la pommeraie familiale. Or Mike est intraitable sur le sujet, persuadé que les terres lui ont été spoliées des années plus tôt. S'engage alors un bras de fer des plus intenses entre la jeune femme et le séduisant policier.

Inédit

Toi, mon héros ☙ **Laura Kaye**
Quand Alyssa Scott comprend que Marco Vieri travaille dans le bar où elle vient d'accepter un job, elle manque défaillir. Le meilleur ami de son grand frère est encore plus beau qu'avant, mais bien plus sombre aussi. Et si par le passé l'ex-soldat l'a protégée d'un père violent, c'est à elle aujourd'hui de délivrer Marco de ses démons...

Passion intense

Des romans légers et coquins

Le 17 avril

Une lady nommée Passion ☙ **Lisa Valdez**

Quel est cet inconnu qui, profitant d'une bousculade au Crystal Palace, a enlacé audacieusement Passion et réveillé la sensualité de cette veuve respectable ? Comment ose-t-il, ici, au beau milieu d'honnêtes gens ? Tourmentée par le désir, persuadée qu'elle ne le reverra jamais, Passion se donne à lui. Et bientôt, elle se découvre esclave de celui dont elle ne connaît que le prénom. Mark...

Inédit

Carrément dingue de toi ☙ **Erin McCarthy**

Quand le coureur automobile Ryder Jefferson réalise qu'il est encore marié à Suzanne, il est à la fois fou de rage... et de joie. Cela fait deux ans qu'ils sont séparés mais le divorce n'a jamais été effectif ! Ce malentendu ne serait-il pas l'occasion pour Ryder de reconquérir celle qu'il aime toujours ? En employant, par exemple, leur plus grand point commun : le sexe...

Et toujours la reine du roman sentimental :

Barbara Cartland

« Les romans de Barbara Cartland nous transportent dans un monde passé, mais si proche de nous en ce qui concerne les sentiments. L'amour y est un protagoniste à part entière : un amour parfois contrarié, qui souvent arrive de façon imprévue.
Grâce à son style, Barbara Cartland nous apprend que les rêves peuvent toujours se réaliser et qu'il ne faut jamais désespérer. »

Angela Fracchiolla, lectrice, Italie

Le 3 avril
Le prince russe

10150

Composition
FACOMPO

Achevé d'imprimer en Italie
par GRAFICA VENETA
Le 6 février 2013

Dépôt légal : février 2013
EAN 9782290057674
L21EPSN000952N001

ÉDITIONS J'AI LU
87, quai Panhard-et-Levassor, 75013 Paris

Diffusion France et étranger : Flammarion